BIBLIOTHÈQUE ALLEMANDE
Dirigée par Nicole Bary

DÉSARROIS

DU MÊME AUTEUR

CHEZ LE MÊME ÉDITEUR

La Mise à mort, 1995

Le Jeu de Napoléon, 1997

La Fin de Horn, 1999

Willenbrock, 2001

L'Ami étranger, 2001

Dès le tout début, 2002

Prise de territoire, 2006

Paula T., une femme allemande, 2010

Le Noyau blanc, 2016

L'Ombre d'un père, 2019

Christoph HEIN

DÉSARROIS

Traduit de l'allemand
par Nicole Bary

Éditions Métailié
20, rue des Grands Augustins, 75006 Paris
www.editions-metailie.com
2024

Titre original : *Verwirrnis*

ISBN : 979-10-226-1355-2
ISSN : 1248-4695

De ceci je veux me souvenir plus tard

Friedeward Ringeling était un original – et sur ce point même ses amis les plus intimes étaient d'accord –, il était un reliquat précieux du monde de nos grands-mères, des calèches, des concerts à domicile, une époque où le mot *toilette* ne désignait pas un cabinet d'aisances, il ne passait pas inaperçu et suscitait plus ou moins d'admiration.

En toutes circonstances il était correctement vêtu, aucun de ses amis, ils devaient en convenir, ne pouvait se souvenir de l'avoir jamais vu non rasé ou même sans cravate. Même chez lui, personne ne l'avait jamais rencontré en vêtements négligés, même à la maison il portait une cravate manifestement choisie en harmonie avec la couleur de sa veste, et ses amis disaient en plaisantant qu'il allait certainement se coucher avec un pyjama digne d'une tenue de ville pour être vêtu de façon convenable en cas d'incendie ou de cambriolage.

Lorsque, en société, il quittait son veston, il sollicitait l'accord des femmes présentes avant de prendre place à table en tenue décontractée. Ce comportement désuet en amusait certaines, d'autres au contraire se sentaient honorées et faisaient l'éloge des manières raffinées de Friedeward à leur partenaire. Mais de temps à autre son comportement déconcertait l'une des convives, car toutes les femmes n'étaient pas habituées aux coutumes héritées des générations précédentes. Sa façon d'être les gênait plutôt, suscitait régulièrement des malentendus que Friedeward et ses amis tentaient de dissiper avec des explications pénibles et lassantes, la plupart du temps en vain.

Mais Friedeward était convaincu que renoncer à certaines règles de bienséance conduisait à une décadence culturelle et pour finir à une régression vers une barbarie antérieure à la civilisation, et pour cette raison il tenait à elles avec une détermination farouche. Décidé et résolu, il s'engageait pour elles partout où il les voyait sacrifiées de façon inconsidérée, et aussi suivies avec négligence. Il lui semblait incomber à la génération des aînés de montrer le bon exemple à leurs cadets et de les inciter à respecter le bon usage dans leurs relations sociales.

C'était un être d'une grande noblesse. Cette façon de le qualifier tombée en désuétude lui convenait parfaitement. Mais il était aussi un homme en lutte contre son destin et contre lui-même.

Friedeward Ringeling était né six ans jour pour jour avant le début de la Seconde Guerre mondiale, le 1er septembre 1933, à Heiligenstadt, une petite ville du district de l'Eichsfeld, il était le fils d'un professeur d'anglais et d'une infirmière. Il fréquenta le lycée d'État catholique qui peu de temps avant, par décret des autorités nationales-socialistes, avait été rebaptisé École supérieure d'État, réservée aux seuls garçons. Son père était son professeur d'allemand et d'anglais.

Pius Ringeling était un vétéran de la Première Guerre mondiale, à dix-sept ans, en janvier 1918, il s'était porté volontaire pour servir dans l'armée allemande et avait été déclaré inapte au service deux mois plus tard, car lors de l'offensive de printemps en mars 1918, et précisément pendant la bataille de Péronne, une petite ville du département de la Somme, il avait été gazé par ses propres camarades alors qu'ils utilisaient de l'ypérite, un gaz de combat appelé aussi gaz moutarde.

Après la fin de la guerre, soutenu par l'ancien chef de sa compagnie, il déposa une requête pour obtenir la décoration réservée aux blessés, créée peu de temps auparavant, et il reçut, non pas la croix noire, à laquelle son unique blessure lui donnait droit, mais la croix d'argent, pourtant réservée à ceux qui avaient été blessés cinq fois. Pius, profondément catholique, qui avait après la guerre réussi son habilitation pour enseigner l'allemand, le latin et l'anglais, porta cette médaille chaque jour jusqu'à la fin de sa vie, toutefois sous le revers de son veston pendant les régimes qui suivirent la guerre. Il resta, jusqu'à la fin, monarchiste, méprisant la constitution démocratique de la République, tout autant que les régimes qui suivirent, des nationaux-socialistes et des communistes.

Deux ans avant la fin de la guerre, l'enseignement du latin fut réduit à l'École supérieure de garçons comme dans tout le département, et complètement supprimé six mois plus tard, si bien que le professeur de lycée Pius Ringeling – ce titre honorifique, il ne le porta que peu de temps, car on ne l'employa plus, lui substituant le terme administratif de Studienrat – acquit une habilitation restreinte pour enseigner la chimie, de façon à conserver un poste à temps complet.

En raison de son invalidité, il ne fut pas incorporé pendant la Seconde Guerre mondiale, mais recruté d'office fin janvier 1945 dans la seconde sélection du Volkssturm*, et chaque week-end il dut se présenter pour recevoir une formation dans un des bataillons. En mars 1945 les cours furent complètement suspendus et Pius fut convoqué chaque matin au Volkssturm pour creuser des tranchées et, sous la conduite d'un horloger âgé, amputé d'une jambe, remettre en état pour le bataillon les armes saisies par les troupes de la Wehrmacht.

Trois semaines après son incorporation, deux envoyés de la police militaire firent leur apparition, ils étaient

* Le Volkssturm (que l'on pourrait traduire par "Tempête du Peuple") est le nom donné à la milice populaire allemande levée en 1944, qui devait épauler la Wehrmacht dans la défense du territoire du Reich à la fin de la Seconde Guerre mondiale. (*Toutes les notes sont de la traductrice.*)

chargés de débusquer les déserteurs et les planqués. Ils découvrirent que l'amputé, au terme d'un séjour dans un lazaret, avait quitté son unité sans autorisation et était rentré chez lui. En raison des compétences acquises au front, le maire l'avait nommé chef du groupe de combat local, ce qui n'empêcha nullement la police militaire de l'arrêter et de l'enfermer dans les sous-sols de la mairie. Pius Ringeling exhorta ses camarades du Volkssturm à se rendre avec lui à la mairie pour exiger la mise en liberté de l'horloger ; sans lui, ils étaient tout simplement incapables de remettre en état les armes saisies. Cette action aboutit à l'arrestation immédiate de Ringeling, car le maire n'osa pas remettre l'horloger en liberté et chercha de l'aide auprès de la police militaire qui vit en Ringeling le meneur, l'arrêta et l'enferma aussi au cachot. Cependant la police militaire se volatilisa pendant la nuit, car la contre-offensive de la Wehrmacht près de Struth avait échoué, provoquant de grosses pertes, et les soldats dispersés des différentes unités participant au combat fuyaient, en débandade, contrairement aux ordres. Pour cette raison le maire décida de libérer les deux prisonniers et de les renvoyer dans leur unité, non sans avoir auparavant rédigé un compte rendu des plus détaillés des faits.

Dans la période d'après-guerre, Pius Ringeling reçut l'autorisation de continuer à enseigner, car les collègues et les voisins purent attester de son opposition au national-socialisme auprès des nouvelles autorités scolaires, et les dossiers archivés à la mairie parlèrent également en ce sens. Il est vrai que sa religion et sa foi ouvertement affichées hérissaient les nouveaux responsables de l'enseignement, mais comme on avait un besoin urgent d'enseignants non compromis avec les nazis, comme la majorité de la population du district d'Eichsfeld était catholique, et donc aussi les enseignants de formation universitaire, la direction pédagogique accepta le croyant Pius Ringeling, tout en l'avertissant par écrit qu'il devait s'abstenir de toute propagande religieuse, sinon il serait immédiatement renvoyé. Comme il manquait des enseignants dans toutes les écoles, la direction pédagogique du district lui accorda sans autre forme de procès l'habilitation pour la chimie, et donc l'autorisation d'enseigner cette matière aussi dans les classes préparant au baccalauréat.

Lors de sa réouverture, le lycée avait été hébergé dans un bâtiment provisoire, car l'Armée rouge occupait l'ensemble des locaux scolaires où elle avait établi un camp de transit pour les centaines de milliers de prisonniers de guerre libérés et pour les réfugiés. Pius Ringeling s'abstint, comme on le lui avait ordonné, d'aborder tout thème religieux dans ses cours. Comme les enseignants âgés, de formation universitaire, étaient croyants, et les nouveaux maîtres qui, recrutés dans des métiers sans rapport avec l'enseignement, avaient reçu en quelques mois les rudiments des matières à enseigner, s'avéraient être des athées radicaux et conscients de leur devoir, on évitait aussi d'aborder des sujets indésirables même dans la salle des professeurs, mais on continuait à fréquenter les offices religieux comme d'habitude, on vivait sa foi librement.

Le professeur certifié Pius Ringeling était un homme aux principes solides et non seulement ses élèves devaient s'y conformer, mais aussi sa famille ; il aimait à désigner ses règles de vie sévères comme un "commandement moral". Sa femme et ses trois enfants – deux fils et une fille – devaient s'y conformer, et savoir, disait-il, où était leur place. La mère de Friedeward, Wilhelmine, enseignait aux futures sages-femmes à l'école d'infirmières de l'hôpital local et chantait dans les deux chorales de l'église. C'était une femme vigoureuse et déterminée qui n'avait pas sa langue dans sa poche et savait s'imposer auprès des collègues et des patients, et pourtant à la maison elle se soumettait à son mari sans se plaindre.

Elle ne le contredisait jamais, ne s'opposait pas non plus à lui lorsqu'il s'en prenait aux enfants avec une trop grande dureté.

Pour Pius Ringeling, le dressage corporel était l'élément nécessaire d'une pédagogie bourgeoise, la seule capable de former des adolescents à la vie, sans ces principes on ne pouvait pas implanter dans la génération suivante le civisme, l'ambition, la volonté de réussir, encore moins les fixer durablement. Il punissait son aînée, une fille prénommée Magdalena, en lui donnait une claque sur les fesses ou un coup sur la tête. Au cours de ses premières années d'exercice et jusqu'à ce qu'après la fin de la Seconde Guerre mondiale les lois sur l'enseignement du nouveau gouvernement interdisent strictement dans les écoles est-allemandes toute forme de châtiment corporel, il avait eu recours avec prédilection à ce genre de punition. Devant ses collègues, Pius Ringeling qualifiait cette interdiction de fiasco pédagogique, ordonné par des bureaucrates qui ne comprenaient rien à la pédagogie, en particulier à la manière d'éduquer des jeunes gens, et ignoraient tout d'une journée scolaire. Chez lui et entre amis, il parlait d'idiotie communiste, d'un décret absolument criminel, et prophétisait un naufrage imminent au second État allemand qui n'en était encore qu'à sa fondation. En fin de compte, on ne pouvait pas bâtir un État avec des enfants qui ne connaissaient pas le châtiment et étaient en conséquence mal élevés.

En classe il ne recourut désormais qu'à des mesures compatibles d'après lui avec les nouveaux règlements scolaires. C'est ainsi qu'il avait l'habitude d'attraper les élèves récalcitrants ou indisciplinés par l'oreille ou par les cheveux, ce que les garçons et les filles ressentaient comme une punition tout à fait douloureuse, mais n'était pour Pius Ringeling rien d'autre qu'un avertissement affectueux. Tout au long de sa carrière, il n'eut plus à craindre que les parents se plaignent car, à Heiligenstadt, ils trouvaient presque tous l'interdiction, annoncée en grande pompe, des punitions corporelles à l'école tout aussi absurde que lui-même. Ils étaient majoritairement d'avis qu'une tape donnée à un enfant au bon moment n'avait jamais nui et qu'un avertissement indolore ôtait aux maîtres et aux parents la possibilité de faire de leurs gamins des êtres convenables.

Tandis que Pius se contentait de punitions légères pour sa fille Magdalena, les châtiments pour ses deux garçons, le cadet Hartwig et le benjamin Friedeward, étaient plus durs. Ils étaient dressés à coups de fouet, de martinet, ce court manche en bois auquel étaient fixées sept lanières de cuir de quatre-vingts centimètres chacune. Le fouet n'était pas seulement le moyen adéquat pour éduquer, ce châtiment jouissait aussi d'une reconnaissance absolue dans la bourgeoisie de la classe moyenne. Les couches sociales plus humbles et plus pauvres recouraient pour dresser leurs enfants à la baguette de saule ou à tout autre objet approprié.

Une fois le châtiment infligé, les enfants de Pius devaient se placer devant lui et répondre à chaque fois à la même question : pour qui la punition avait-elle été la plus douloureuse ? Pleurant à chaudes larmes ou complètement muet mais le visage ravagé de douleur, l'enfant parvenait à articuler les mots qu'on attendait de lui : Pour toi, mon cher père, pour toi.

Pius Ringeling était aussi respecté que redouté de ses élèves. Ils reconnaissaient, il est vrai, sa vaste culture, mais ils le haïssaient à cause de sa brutalité. Tous savaient dans la cour de l'école qu'il brisait ses propres enfants à coups de martinet, car Hartwig le racontait ouvertement. Pour Friedeward, les questions de ses camarades d'école sur le sujet étaient plutôt désagréables. Mais Hartwig ne parlait pas seulement de la torture avec une grande liberté, il en parlait même volontiers, car depuis des mois il s'employait à modifier le martinet. À peu près une fois par mois, quand les parents s'absentaient pour longtemps, il le prenait et raccourcissait les lanières de cuir de quelques millimètres à l'aide du rasoir paternel. Il taillait les sept lanières de façon identique, pour ensuite rendre leur aspect initial à l'extrémité des lanières à l'aide de salive et d'un reste de cendres du fourneau de la cuisine.

Friedeward était horrifié par l'entreprise de son frère aîné et le suppliait à chaque fois d'arrêter. Il redoutait que leur père découvre un jour ou l'autre ses agissements et que s'abattent alors sur eux deux un orage terrible et une rencontre en bonne et due forme avec le fouet. Cependant il n'aurait jamais osé trahir son frère, Hartwig l'avait menacé, si c'était le cas, d'une punition bien plus dure, en comparaison de laquelle les coups du martinet n'étaient qu'une joyeuse partie de glissades.

En fait il n'avait pas échappé à Pius qu'on avait trafiqué son fouet. À peu près six mois après que Hartwig avait commencé ses manipulations, Pius convoqua ses deux fils dans son bureau et les pria de prendre place autour de la table à laquelle il recevait ses visiteurs. Le martinet tant redouté, accroché d'ordinaire au-dessus d'une photo en noir et blanc de Pius en uniforme, était posé sur la table, à côté du cendrier en fonte. Pius se plaça derrière ses deux fils et leur demanda s'ils n'avaient pas quelque chose à lui dire. Ils se turent tous les deux, Hartwig avec une obstination provocante, Friedeward tendu par l'angoisse. Alors le père empoigna les deux garçons au collet et les secoua.

– Je pense que vous avez quelque chose à me dire.

Ils continuèrent de se taire. Le père desserra sa prise, finit par les lâcher et s'assit à son bureau. Il eut un sourire méchant.

– C'est bon, alors c'est moi qui ai quelque chose à vous dire. Les lanières de cuir ne mesurent plus que soixante et onze centimètres, il manque donc neuf centimètres qui ont été victimes de votre rage destructrice. Je l'ai très bien remarqué, depuis le début. Espèce d'idiots, vous n'avez pas été attentifs au cours de physique. Que provoque un fouet plus court ? Alors ? Je vais vous le dire : les coups deviennent plus rapides et plus douloureux. Et si vous continuez à vous en prendre à mon martinet, un jour vous allez faire connaissance avec le manche en bois. Je vais bien réussir à vous faire passer l'envie de faire des bêtises. Réjouissez-vous déjà en pensant à la prochaine raclée. Et maintenant dehors !

Deux ans après la fin de la guerre, les deux aînés quittèrent la maison familiale. Magdalena avait terminé ses études d'infirmière avec succès et elle épousa en mai Karl Lehmann, un commerçant de retour de captivité qui avait perdu trois doigts de la main droite en combattant au front. Il avait douze ans de plus que Magdalena, dirigeait la librairie-papeterie de son défunt père et avait perdu sa première femme à la naissance de sa fille. Au début il s'était occupé du nouveau-né avec l'aide de sa mère et de sa belle-mère, mais ensuite, en octobre 1943, sa dispense d'incorporation avait été suspendue et après trois semaines de formation militaire il avait été envoyé dans le Groupe d'armées du Nord sur le front de l'Est. La fillette resta sous la garde de ses grands-mères.

Karl était au front depuis trois jours lorsque les éclats d'une grenade à fragmentation lui arrachèrent trois doigts. Il fut envoyé dans un lazaret de campagne en Courlande et, deux mois plus tard, renvoyé dans son unité, bien que, blessé de guerre, il ne pût même pas être employé aux écritures. En mars son unité, qui faisait partie du Groupe d'armées de Courlande, fut encerclée par une division blindée de l'Armée rouge. On capitula sans combattre et les soldats allemands furent acheminés vers le camp de prisonniers 317 à Riga. À l'hôpital du camp, on lui façonna une prothèse de la main, un crochet en fonte qu'il pouvait fixer à l'aide d'un brassard en étoffe. À cause de sa blessure de guerre il ne fut que partiellement apte au travail au camp et on le libéra au bout de huit mois.

À la fin de l'année 1945, quatre jours avant Noël, il retrouva à Worbis sa mère et Gundula, sa fillette de deux ans. La première semaine de janvier, il reçut de la mairie l'autorisation de reprendre son commerce de librairie-papeterie et, le dernier lundi du même mois, il put rouvrir son magasin. En plus des livres brochés autorisés par l'administration militaire, il proposait des cahiers, des imprimés, des stylos et des crayons provenant de ses anciens stocks dont il s'était scrupuleusement assuré qu'ils ne présentaient pas d'emblèmes ni de marques du régime nazi disparu.

En juin il fit la connaissance de Magdalena, qui n'avait que dix-sept ans, lorsque, au terme d'un séjour de trois semaines à l'hôpital universitaire de Göttingen où on lui avait placé une nouvelle prothèse de la main plus adaptée, ce fut cette infirmière, en dernière année d'études, qui le soigna et s'occupa de sa rééducation à l'hôpital de Heiligenstadt. Ils se plurent. Karl Lehmann admirait la façon sérieuse et décidée de la jeune fille qui savait s'occuper des patients douillets et têtus, et la façon tout aussi amicale que résolue dont elle s'assurait que tous se conformaient aux décisions des médecins. De son côté Magdalena était impressionnée par la façon dont Karl Lehmann acceptait son destin, serein et résigné, dont il s'interdisait toute pitié, car d'autres camarades de son unité avaient été bien plus sévèrement blessés que lui, ou même n'avaient pas survécu.

Lehmann venait chaque semaine à Heiligenstadt pour rencontrer Magdalena qui, une fois par mois, leur rendait visite à Worbis, à lui et à sa fillette. Gundula avait eu du mal à accepter comme père l'homme de retour de la guerre et de captivité et à l'aimer sans réserve, elle était habituée à ses grands-mères et l'infirme au crochet de fer lui fit longtemps peur. Mais elle fit immédiatement une place dans son cœur à Magdalena et ne la quittait pas d'une semelle quand la jeune femme leur rendait visite. Et ce fut la fillette âgée de trois ans qui parla de mariage pour la première fois. Elle n'arrêtait pas de susurrer à son père et à Magdalena qu'elle voulait à cette occasion répandre des fleurs sur le sol et l'enfant savourait la confusion qu'elle suscitait chez les adultes.

Un jour Karl répondit à sa fille :

– C'est à Magdalena que tu dois poser la question. Moi, je l'épouserais immédiatement. Le plus tôt possible. Mais peut-être suis-je trop vieux pour elle, ou bien veut-elle un mari avec deux mains valides.

Magdalena secoua énergiquement la tête, dit qu'elle aimait Karl et Gundula, mais elle venait seulement d'avoir dix-huit ans et se sentait trop jeune pour se lier pour toujours.

– Je ne veux pas d'une vieille maman, déclara Gundula, quand tu auras cent ans, tu pourras être ma grand-mère, et des grands-mères j'en ai déjà deux.

Ils se marièrent un an plus tard. Magdalena ne savait pas si elle aimait réellement Karl, si elle voulait passer toute sa vie à ses côtés, et elle était angoissée à l'idée de devenir la belle-mère d'une fillette de quinze ans plus jeune qu'elle. Mais elle voulait, elle devait quitter la maison paternelle, elle voulait son indépendance, elle ne voulait pas continuer, comme sa mère et ses frères, à être exposée chaque jour aux principes de son père, à devoir supporter sa sévérité autoritaire et sa violence. Et elle avait une raison supplémentaire de vouloir épouser Karl : il ne frappait jamais son enfant, car pour lui Gundula était un ange, il s'exprimait ainsi, et il ne voulait pas s'exposer à la damnation éternelle pour avoir levé la main sur un ange.

Une semaine après le départ de Magdalena, Hartwig disparut à son tour. Il avait seize ans lorsqu'il quitta en cachette la maison de ses parents avec toutes ses affaires. Il choisit le moment de sa fuite avec circonspection et partit pendant les vacances scolaires, alors que son père se trouvait avec d'autres pédagogues de Thuringe à Weimar, l'ancienne capitale du Land, pour y suivre une formation. Il raconta à sa mère qu'il voulait rendre visite à sa sœur à Worbis. Trois jours plus tard elle reçut une lettre dans laquelle il lui annonçait qu'il s'était enrôlé à Hambourg sur un cargo frigorifique à bord duquel il partait pour les États-Unis avec l'intention de s'y établir. Dans un post-scriptum il faisait remarquer que, sur le bateau, il n'y avait pas de martinet et que les châtiments corporels avaient été abolis cent ans plus tôt.

Lorsque le père de Hartwig rentra de Weimar, sa mère affolée, complètement bouleversée, lui donna la lettre alors qu'il était encore sur le pas de la porte. Au milieu de ses larmes, elle lui avoua qu'elle avait le sentiment d'avoir perdu, après Magdalena, le deuxième de ses enfants. Elle comprenait son fils, comprenait pourquoi Hartwig s'était enfui de la maison paternelle. Pour elle aussi les heures passées en dehors de la maison étaient les plus heureuses. Elle attendait avec impatience les répétitions de la chorale, les conversations qu'elle pouvait y avoir avec ses meilleures amies, et toute l'année elle se réjouissait en pensant au séminaire que le cantor organisait chaque année dans un lieu différent pendant une semaine. Elle passait huit jours avec les choristes dans un coin perdu, dans un couvent, dans un vieux château transformé en hôtel ou une auberge de jeunesse. C'était cette unique semaine qui lui donnait la force de supporter le reste de l'année aux côtés de son mari.

Mais Pius Ringeling se contenta de faire une moue méprisante, roula en boule la lettre qu'il jeta à la corbeille en disant : “Tiens donc ! Il n'appréciait pas le martinet !”

Il se refusa à prononcer une parole de plus sur Hartwig. À chaque fois que sa femme parlait de lui, il gardait un silence agacé ou quittait la pièce. À l'école, il annonça que son fils était parti à Berlin où il continuerait sa scolarité. Ni sa femme ni lui ne cherchèrent à retrouver Hartwig, ils ne se demandèrent pas non plus s'il avait réellement émigré. Aux autorités ils dirent que leur fils les avait quittés, fâché, et que jusqu'ici il n'avait pas donné de nouvelles, en espérant qu'on ne leur poserait pas de questions supplémentaires, car quitter sans raison valable et sans autorisation la zone d'occupation n'était pas souhaité et ils étaient soucieux de ne pas éveiller des soupçons inutiles.

Friedeward, alors âgé de quatorze ans, fut très peiné du mariage de Magdalena et de son installation à Worbis, ainsi que de la disparition de Hartwig, ses frère et sœur aînés lui manquaient. Il était désormais le seul enfant à la maison et se sentait constamment contrôlé, surveillé. L'attention des parents se concentra effectivement davantage sur leur benjamin, d'autant plus que son père supposait qu'il avait été au courant des projets de son frère, ou nourrissait en secret l'idée de se sauver lui aussi. Comme Friedeward n'échappait à la surveillance de son père ni à la maison, ni à l'école – il était son professeur d'allemand et d'anglais –, il se sentait constamment sous pression. La peur de son père qui ne le quittait jamais, l'empêchait de respirer. À la différence de son frère, il n'osait pas penser à s'enfuir. Nulle part au monde il n'échapperait à la dure emprise de son père, partout son regard méprisant le poursuivrait, le rappellerait à l'ordre, le punirait. La seule chose qui permettait à Friedeward de se révolter, oui, d'oser, était son souhait le plus cher exprimé chaque soir dans sa prière au Seigneur : que son père meure enfin !

Pius Ringeling continuait d'utiliser le martinet dans l'éducation de son fils. Au moins une fois par trimestre il fouettait Friedeward et le sommait ensuite de lui assurer que c'était son père qui souffrait le plus de la punition. Friedeward devint prisonnier d'un cercle vicieux : la peur du martinet le paralysait, il lui semblait de plus en plus difficile de se concentrer à l'école sur les cours, ce qui lui valait des blâmes et des mauvaises notes. À la maison il faisait preuve d'obstination – bien qu'inconsciemment –, ce qui provoquait son père et l'incitait à le punir une fois de plus. Chaque nuit avant de s'endormir il répétait à mi-voix sa prière, que Dieu fasse mourir mon père, bien qu'il sût que Dieu ne l'exaucerait pas et que c'était un péché, même un péché mortel dont il aurait dû demander pardon.

Il avait quinze ans lorsqu'il se rebella pour la première fois et contredit son père. Un vendredi de novembre, son père lui avait à nouveau infligé des coups de fouet. Il avait supporté la torture, les dents serrées et sans verser la moindre larme, et lorsque son père après le dernier coup replaça le martinet contre le mur derrière son bureau et posa la question d'usage à son fils, Friedeward le regarda en lui disant : Moi, mon cher père, moi. Seulement moi.

Il fallut un moment à Pius Ringeling pour comprendre les paroles de Friedeward. Il fixa son fils, cligna des yeux jusqu'à qu'ils ne soient plus que deux fentes étroites, et d'un geste rapide décrocha le fouet du clou, fit un pas en direction du garçon. Mais ensuite il arrêta son geste.

– Tu as peut-être raison, dit-il, tu es peut-être devenu tellement raisonnable que nous pouvons désormais nous passer de cet instrument pédagogique. Qu'en penses-tu ?

D'un signe de tête Friedeward approuva vivement.

– Bien, dit son père, essayons.

Il ouvrit la porte de droite de sa table de travail, tira le tiroir du bas, enroula les lanières de cuir autour du manche de bois et fourra le martinet dans le tiroir. Il le poussa tout au fond.

Désormais le père se contenta effectivement de crier après son fils pour ses manquements de toutes sortes. Toutefois la peur que le père inspirait au fils ne disparut pas, à chaque fois que ce dernier l'entendait élever la voix de façon menaçante, il avait l'impression d'entendre aussi le bruissement terrifiant des lanières fouettant l'air, ressentait douloureusement les coups, comme si son père, contrairement à son intention, avait de nouveau recours au fouet.

Pour la joie de ses parents, Friedeward s'était inscrit à la bibliothèque municipale et s'y rendait chaque semaine pour reporter les livres et en emprunter d'autres.

Dans les deux petites salles de la bibliothèque, deux des murs étaient recouverts d'étagères, dans la plus grande se trouvait le bureau de la bibliothécaire ainsi qu'une table et deux chaises pour les visiteurs. Elle l'appelait la salle de lecture. Avec un représentant de la municipalité, elle avait passé en revue l'ensemble des livres parus avant 1945 et les avait marqués d'un tampon vert pour indiquer qu'ils n'étaient pas nocifs et étaient donc bons pour le prêt.

Il y avait cependant certains livres et magazines que Friedeward n'empruntait pas, se contentant de les lire sur place. Son père aurait certainement désapprouvé ces lectures, car elles traitaient de l'Amérique, des Indiens et du peuplement du pays par les émigrants anglais.

Friedeward se plongea dans les récits de voyage d'Européens traitant de ce continent qu'il ne connaissait pas et il ne cessait de s'étonner en regardant dans des ouvrages illustrés les montagnes, le Grand Canyon, les grandes villes et les gratte-ciels. Il rêvait de l'Amérique, rêvait que son frère Hartwig avait trouvé là-bas son bonheur, car il ne pouvait expliquer autrement son silence depuis des mois et des années – aucune lettre, aucune carte postale ne parvint jamais à Heiligenstadt. Il se délectait en imaginant qu'il suivait son frère, menait une vie heureuse dans la lointaine Amérique, de l'autre côté du globe, inatteignable pour son père. Il rêvait de devenir cow-boy et de galoper dans la prairie, de garder les vaches avec des hommes à la peau basanée qui ne connaissaient pas la peur, d'attraper des chevaux sauvages, de passer avec ses compagnons des soirées autour d'un feu de camp, de dormir sous la tente, de faire la connaissance d'Indiens, de les accompagner à la chasse et de mener la vie primitive des autochtones. Et il retrouverait son frère qui avait fait son chemin avec succès dans ce pays des possibilités infinies, y avait trouvé sa place et l'aiderait.

Friedeward n'avait pas tort de penser que son père deviendrait méfiant s'il le surprenait en train de lire ce genre de livres, il devinerait ses projets ou du moins son grand espoir, sans compter que le père contrôlait régulièrement les lectures de son fils et avait l'habitude de faire des commentaires. Friedeward ne se faisait pas seulement du souci à cause de ses lectures secrètes, mais il craignait que son père tire inéluctablement de ses excellents résultats en anglais – il était le meilleur de la classe à qui son père enseignait cette matière – la conclusion que son second fils voulait suivre le premier. La crainte de son père le dominait, il sentait nuit et jour, à chaque heure de sa vie, la dure poigne de son père sur sa nuque.

Au début de son année de seconde, un nouvel élève fut admis dans sa classe, Wolfgang Zernick, le fils du nouveau cantor de l'église catholique Saint-Gilles. Le jeune homme se distinguait par son étonnante assurance, le rejet et la méfiance des autres élèves, qui, comme c'est habituel, se montraient réservés voire hostiles à son égard, ne semblaient pas le déstabiliser. Il ne faisait rien pour obtenir la faveur ou même la sympathie de ses camarades, il allait son chemin sans s'occuper d'eux. Il ne prenait part à aucune des activités extrascolaires, le football ne l'intéressait pas, il ne voulut pas davantage devenir membre de l'équipe de handball en salle de l'école, bien que sa taille – il dépassait tous ses condisciples – semblât l'y avoir prédestiné et qu'il comptât rapidement dans sa classe parmi les meilleurs en sport, et fît partie de ceux qui étaient choisis en premier lorsqu'on formait des équipes. Au lieu de cela il suivait trois fois par semaine des cours de musique, jouait de la guitare et semblait mépriser sans le dire les autres passions.

Le nouveau excitait la curiosité de Friedeward qui ne tarda pas à devenir son ami, ils passaient ensemble plusieurs après-midi de la semaine. L'adolescent longiligne lui en imposait, il admirait la façon dont il s'habillait, sa démarche, son long nez un peu fort, ses lèvres pleines et sa façon de dégager son front avec élégance en rejetant en arrière ses cheveux bruns un peu longs d'un léger mouvement de la tête. Il était un modèle pour Friedeward qui réussit à améliorer ses performances scolaires dans le but de l'impressionner, il reprit même pour lui plaire des cours de piano qu'il avait abandonnés l'année précédente au grand dam de sa mère. Il voulait rivaliser avec l'ami si doué pour la musique, ou du moins ne pas le laisser trop nettement le dépasser.

Les parents de Friedeward appréciaient le nouvel ami de leur fils. Pius Ringeling approuvait qu'il soit le fils du très estimé cantor de Saint-Gilles et sa femme s'en réjouissait d'autant plus que le cantor Zernick était le nouveau chef de chœur qu'elle aimait tant. Les parents de Friedeward réservèrent un bon accueil à Wolfgang et prirent soin de lui comme de leur propre fils – ou beaucoup mieux, car Pius ne lui cria jamais après et ne lui infligea jamais de punition corporelle. Lorsque Wolfgang jouait du piano, les parents écoutaient tous les deux, ravis, et le félicitaient comme ils ne l'avaient jamais fait avec leurs propres enfants.

Avec le temps l'amitié entre les deux jeunes gens grandit, ils se comprenaient à demi-mot, ils avaient les mêmes conceptions politiques, s'intéressaient à la musique et à la littérature contemporaine, surtout à la poésie, ils se distinguaient si fortement de leurs autres condisciples que cette attitude aurait pu passer pour du mépris.

Leur apparence les distinguait aussi des autres jeunes de leur âge. Ils soignaient leur coiffure et leurs vêtements, et avaient ainsi déjà presque leur propre style. Cela plaisait aux filles. Elles les admiraient tous les deux, les dévoraient des yeux en secret, entre autres parce qu'ils comptaient parmi les meilleurs élèves de la classe, pas seulement en allemand, en anglais et en mathématiques, mais aussi en sport et en musique. Friedeward et Wolfgang aimaient qu'on les remarque. Ainsi, pendant les cours comme en récréation, ils saupoudraient leurs propos de mots étrangers peu courants ou d'expressions désuètes, ils jubilaient intérieurement quand ils impressionnaient les professeurs par leur savoir ou leur comportement. Ils prenaient un malin plaisir à reprendre leurs enseignants, ce qu'ils faisaient avec une politesse et une modestie extrêmes. Certains d'entre eux craignant d'être ridiculisés évitaient de les interroger.

C'est seulement aux cours d'anglais et d'allemand qu'ils renonçaient à leurs petits jeux arrogants, car ils ne voulaient finalement pas provoquer Pius Ringeling. Friedeward redoutait le fouet et Wolfgang ne voulait pas qu'on lui parle de son attitude en classe lorsqu'il était en visite dans la famille Ringeling.

Pendant les récréations ils se promenaient tous les deux dans *la zone de la consommation*, c'est ainsi que les élèves désignaient la partie Est de la cour, car elle se trouvait en face de l'épicerie. C'était le pré carré des garçons les plus âgés. De l'autre côté, dans *la zone de l'église*, se promenaient les filles les plus âgées, tandis que le centre de la cour appartenait aux jeux des plus jeunes. On restait entre soi. Certes les garçons regardaient sans se cacher du côté des filles et commentaient entre eux leur allure, leur mise, leur coiffure et leur façon de se mouvoir. Les filles au contraire ne jetaient que rarement un coup d'œil du côté des garçons. Si l'une d'entre elles se faisait prendre en train de le faire, une remarque moqueuse des autres lui faisait monter le rouge de la honte au visage.

De temps à autre, la frontière invisible était transgressée. Si l'un des garçons avait quelque chose à dire à une fille et devait pour cette raison se rendre dans *la zone de l'église*, il était accompagné des remarques sarcastiques de ses camarades.

Trois filles de première se rendaient régulièrement pendant la grande récréation dans *la zone de consommation*, dans un coin à l'abri du regard des surveillants qui avaient coutume de se tenir sur le perron. À cet endroit, caché par l'encorbellement de la petite remise qui abritait le matériel sportif, se trouvait le coin fumeur de la cour, où une à deux douzaines d'élèves tiraient sur des cigarettes bon marché. Lorsqu'un enseignant approchait, des camarades donnaient un signal discret et les mégots encore brûlants volaient en décrivant un bel arc vers une friche de l'autre côté de la clôture.

Dans la cour les filles allaient deux par deux ou en petits groupes, elles se donnaient le bras ou se tenaient étroitement enlacées pour échanger des confidences, leurs têtes proches à se toucher, elles n'arrêtaient pas de parler. La plupart d'entre elles bavardaient sans arrêt et étaient manifestement capables d'écouter leurs amies sans interrompre pour autant le flot de leurs paroles.

Les garçons aussi, dans *la zone de consommation*, allaient par deux, ou en petits groupes d'intimes, et bavardaient, en évitant toutefois de se toucher. Quelques rares fois ils se donnaient des bourrades. Il arrivait bien sûr qu'en faisant une confidence l'un d'eux prenne son camarade par les épaules ou le cou, pour éviter qu'un intrus écoute. De temps à autre il arrivait aussi que l'un des deux attrape le bras de l'autre et lui fasse une prise d'étranglement. Si son visage se frottait au manteau de son camarade, l'étoffe grossière lui râpait les joues et les oreilles – manteaux et vareuses étaient généralement taillés dans d'anciennes capotes militaires.

Friedeward n'était pas contrarié si un camarade lui enlaçait les épaules, mais il trouvait la prise d'étranglement extrêmement désagréable, même humiliante. Intérieurement il était constamment sur la défensive, pour pouvoir dégager sa tête à temps. Mais il en allait tout autrement pour Wolfgang. Il sentait instinctivement que cette démonstration affectueuse, mais stupide de la part de cet ami, ne le menaçait nullement. Ses yeux bruns chaleureux étaient une promesse d'amitié, non de perfidie, et l'enlacement lui apportait une proximité familière tout à fait souhaitée.

Friedeward et Wolfgang rêvaient d'une vie d'artiste. Lors de leurs longues promenades, ils se récitaient à tour de rôle des poèmes qu'ils avaient eux-mêmes composés.

Avec l'arrogance de leur jeunesse, ils s'assuraient mutuellement de la plus profonde admiration, se promettaient l'un à l'autre la célébrité et la gloire à venir qui un jour s'étendraient bien au-delà de leur petite patrie locale. En même temps ils déniaient à leurs futurs lecteurs, des gens semblables à leurs camarades de classe, toute compréhension de l'art et de la littérature.

Leurs lectures leur apportaient toujours suffisamment de sujets de discussion. La tante de Wolfgang, Helena, disposait d'une bibliothèque très bien fournie datant d'avant la guerre. Elle avait appartenu à son mari défunt, qui était peintre, et elle la conservait pour honorer sa mémoire. C'est avec joie qu'elle prêta à son neveu et à l'ami de ce dernier des livres et les conseilla avec compétence dans leurs choix. C'est ainsi que Friedeward et Wolfgang lurent, en plus des lectures scolaires qui privilégiaient les textes classiques allemands, certaines œuvres parmi les plus importantes de la modernité ainsi que de la première moitié du XXe siècle, dont certaines n'avaient pas encore été rééditées ou étaient tombées sous les interdits des censeurs, parce que les livres leur déplaisaient ou parce qu'ils considéraient leurs auteurs comme des fascistes ou des ennemis de la République récemment fondée.

Deux des livres parmi ceux que leur avait recommandés tante Helena constituaient leurs lectures favorites. Ils les lurent plusieurs fois, s'en lurent mutuellement des passages, pouvaient citer certaines phrases mot pour mot et sans se tromper. Il s'agissait de la nouvelle de Thomas Mann, *Tonio Kröger*, et du récit de Musil, *Les Désarrois de l'élève Törless*. Au cours d'allemand ils avaient déjà étudié des essais et des extraits de romans de Thomas Mann ; en revanche il n'avait jamais encore entendu parler de Robert Musil. Ces deux livres évoquaient des jeunes gens de leur âge, comme eux pleins d'espoir et d'angoisses. Comme eux l'avenir leur semblait prometteur, mais ils hésitaient sur la voie à suivre, ils étaient complexés face aux adultes, mal à l'aise en présence des femmes et des jeunes filles, gauches dans la vie pratique et les tâches du quotidien qui leur semblaient un défi menaçant, mystérieux, insurmontable.

Cependant, même s'ils se reconnaissaient dans ces deux livres, même s'ils se sentaient proches des deux héros, bon nombre de choses leur semblaient énigmatiques et incompréhensibles. Quand ils avaient l'impression d'avoir saisi un passage, l'instant suivant il leur devenait obscur et ne révélait pas son mystère. Les corps sveltes des garçons, leur nudité leur plaisaient et, lorsqu'il était question de "sombres excitations", d'"inquiétude sans répit", d'"une vague de pudeur", ils se sentaient proches de leurs héros. Ils étaient allongés dans une prairie, se chuchotaient mutuellement à l'oreille des phrases extraites de ces livres, un grand calme les submergeait.

Le week-end, Wolfgang se rendait régulièrement à Leinefelde, une bourgade à un peu moins de quatorze kilomètres de Heiligenstadt. C'est là qu'il avait vécu autrefois avec ses parents. Il allait voir Helga, une cousine éloignée, ce qu'il raconta en rigolant à Wolfgang. Ils étaient amis, ajouta-t-il, c'était une fille formidable avec qui il aimait à discuter. C'était son amie.

Friedeward et Wolfgang projetèrent de faire un tour à vélo au bord de la Baltique pendant les vacances d'été. Leurs parents les aidèrent dans leurs préparatifs, entre autres pour trouver un second vélo, et le cantor Zernick parvint même grâce à une paroissienne fidèle à dénicher une tente des anciens stocks de l'armée, une tente d'officiers de la Première Guerre mondiale, certes volumineuse mais, comme la veuve de guerre l'assura, imperméable.

Le dernier vendredi de juin, on leur remit leurs bulletins de fin de première. Friedeward et Wolfgang reçurent les leurs les derniers des mains de leur professeur principal. Ils avaient tous les deux les meilleures notes, il n'y avait que trois "Deux" perdus dans une collection de "Un". Trois jours plus tard ils montèrent sur leurs vélos avec leur chargement, en plus de la tente aux dimensions imposantes, leurs vêtements et des provisions de bouche, thé, soupes en sachet, conserves de viande. Leur caisse commune n'était pas très riche, mais tout de même satisfaisante. Ils avaient prévu trois jours pour parcourir les quatre cents kilomètres jusqu'à Heiligendamm. Ils ne voulaient pas rouler pendant plus de sept heures chaque jour, pour pouvoir tranquillement monter la tente et tout ranger le lendemain matin. Ils voulaient aussi pouvoir s'arrêter pour visiter l'une ou l'autre des curiosités touristiques sur leur chemin.

Le premier jour ils réussirent à parcourir le trajet prévu, mais ils ne furent pas capables d'aller visiter quoi que ce soit, ils parvinrent tout juste à monter leur tente avant de s'écrouler sur leurs matelas pneumatiques et de s'endormir. Le lendemain, de violentes courbatures dues aux longues heures sur le vélo les contraignirent à descendre de selle à midi et à installer leur bivouac, et cet après-midi-là, ils n'eurent ni la force ni l'envie d'aller visiter le château de Wolmirstedt. Ils installèrent leur tente, se firent un thé et quelques sandwichs, partagèrent une bière, il était à peine huit heures lorsqu'ils se couchèrent.

Ce n'est que cinq jours après leur départ qu'ils atteignirent Heiligendamm, mais ils étaient maintenant suffisamment entraînés pour faire le trajet du retour en trois jours et ne pas perdre une journée supplémentaire de leurs précieuses vacances. Ils avaient réservé dans un camping au bord de la Baltique et ne furent plus obligés, comme pendant le voyage, de faire du camping sauvage n'importe où. Comme à cet endroit-là les vacanciers étaient surtout des familles avec des enfants en bas âge, la plage la plus proche du camping était bruyante et agitée, et chaque matin après le petit-déjeuner, Wolfgang et Friedeward allaient du côté des falaises où la plage de sable était particulièrement agréable. Le troisième jour ils découvrirent que deux cents mètres plus loin, où de gros galets rendaient plus difficile de s'allonger ou de marcher dans le sable, des vacanciers se baignaient nus et prenaient le soleil complètement dévêtus. À partir de ce jour ils se rendirent eux aussi sur cette plage, s'étendirent nus sur leurs serviettes, discutèrent de l'école, de leurs projets, de la vie qui les attendait, de leurs rêves et de leurs angoisses. Ils nagèrent et plongèrent, s'attirant l'un l'autre sous l'eau, jouant ensemble comme des gamins.

Ils remarquèrent qu'on les observait. Les pères de famille plus tout jeunes les regardaient avec méfiance, redoutant qu'ils ne soient là que pour mater leurs femmes et leurs filles dévêtues. Les jeunes filles se retournaient de temps en temps en direction de Friedeward et Wolfgang. Il était tout à fait évident que les deux garçons à l'allure athlétique leur plaisaient. Mais eux, ils ne se souciaient pas des autres vacanciers, ils ne s'intéressaient pas non plus aux jeunes filles, seule leur maladresse quand elles jouaient au ballon les amusait, ou leur appréhension quand elles nageaient et plongeaient. Friedeward et Wolfgang étaient occupés d'eux-mêmes, ils n'avaient d'intérêt que l'un pour l'autre et savouraient leur solitude à deux.

À la fin de leur première semaine de vacances, il y eut soudain un peu d'excitation sur la plage à une heure avancée de l'après-midi. "Attention, police !" On entendit quelqu'un donner l'alerte à mi-voix, un avertissement qui fut rapidement colporté. Les vacanciers eurent à peine le temps d'enfiler un vêtement avant qu'un policier en uniforme se montre sur la plage et se faufile parmi eux pour les rappeler à l'ordre.

– Nous ne sommes pas à Ahrenshoop ici. Heiligendamm est un lieu de repos et de tradition, je ne tolère ici aucune cochonnerie, ne cessait-il de répéter.

Les vacanciers à la nudité dissimulée dans des draps ou peignoirs de bain évitaient de regarder le policier, ils ne tenaient pas à se faire remarquer. Ils savaient tous que le naturisme n'était pas souhaité dans cette station balnéaire des bords de la Baltique, on les en avertissait par les avis déposés dans leurs hébergements, on leur demandait même de les signer quand ils s'inscrivaient au camping, et des affiches placardées à chaque accès à la plage rappelaient le règlement.

– Si ça se reproduit, je colle une contravention à tous ceux qui sont ici. Et je ne le redirai pas deux fois, n'arrêtait pas de répéter le policier.

Ils gardèrent tous un maillot ou un slip de bain pour le reste de la journée, mais dès le lendemain matin ils y renoncèrent. Deux messieurs bedonnants, à l'accent saxon indiscutable, organisèrent une surveillance de la plage. Chacun des hommes présents devait se tenir pendant vingt minutes à l'extrémité de la plage des naturistes et donner l'alarme dès qu'ils voyaient arriver le policier municipal. Les Saxons enrôlèrent aussi Friedeward et Wolfgang pour faire un tour de guet, ce qu'ils acceptèrent, amusés. Ils montèrent la garde ensemble, une serviette de bain autour des hanches, faisant les cent pas sur le petit chemin d'accès à la plage.

Friedeward était fasciné par Wolfgang et il se surprit à le dévorer des yeux, à maintes reprises, sans même en avoir conscience, à admirer son dos musclé, son petit cul, ses longues jambes d'athlète. Le corps de Wolfgang lui rappelait les sculptures gréco-romaines, telles qu'il les connaissait pour les avoir vues dans ses manuels scolaires ou dans les volumes illustrés de son père, il connaissait le Discobole, le Tireur d'épines. Lorsqu'il le dit à Wolfgang, ils rougirent tous les deux, pendant quelques minutes ils éprouvèrent une certaine gêne. Un peu plus tard, Friedeward montra du doigt avec un grand éclat de rire le pénis en érection de Wolfgang, en proie à un vrai fou rire il se jeta sur sa couverture et mordit dans sa serviette pour se calmer. Soudain Wolfgang posa sa main délicatement sur le dos de Friedeward qui tressaillit et, ensuite, ils restèrent en silence allongés l'un à côté de l'autre, sans se regarder. Ils se taisaient, plongés dans leurs pensées, et on entendait leur respiration haletante.

Le soir une fois couchés, la lumière éteinte, Friedeward sentit soudain que Wolfgang le touchait, lui caressait délicatement les épaules, le cou et les joues. Friedeward, angoissé, tendit le bras, trouva en tâtonnant le dos de Wolfgang et, en tremblant, fit glisser sa main vers les hanches de son ami. Wolfgang l'enlaça alors plus fortement et redoubla ses caresses, Friedeward gémit. Ils se caressèrent en proie à une grande excitation, mais avec un grand respect l'un de l'autre, ils recherchaient l'intimité tout en évitant de blesser les sentiments du partenaire. Lorsque Wolfgang éjacula de façon inattendue, il saisit le membre de Friedeward qui éjacula au même moment et se détourna en gémissant. Ils restèrent ensuite calmement allongés et souriants dans l'obscurité de la tente. À un moment ils se prirent la main et s'endormirent.

Le lendemain matin au petit-déjeuner – ils se firent du café sur un réchaud à alcool et mangèrent chacun trois petits pains achetés la veille –, Friedeward demanda :

– Bien dormi, mon ami ?

– Mieux que bien ! approuva Wolfgang avec un rire contenu.

– Que veux-tu dire, est-ce que nous sommes… ?

– Pédé, c'est ce que tu penses ?

– Ne dis pas ça, Wolfgang.

– Je ne sais pas. Ça y ressemble, non ? dit Wolfgang. Ce serait grave ?

– Pas pour moi. Mais vraisemblablement pour mes parents. Je préfère ne pas savoir ce que mon père…

Il se tut, un frisson le parcourut, il se détourna.

– Nous sommes bientôt majeurs, objecta Wolfgang pour le rassurer, nous pourrons alors faire ce que nous voulons. Plus personne ne pourra décider à notre place, pas même ton père.

Friedeward acquiesça, mais il n'en éprouva pas moins un certain malaise.

– Allez, c'est bon, Friedl, dit Wolfgang pour le réconforter, en lui tapant sur l'épaule. Ne te fais aucun souci. Ça suffit, profitons de nos vacances

Au cours de leur voyage, ils avaient pris peu à peu l'habitude de se nommer Friedl et Wölfchen.

– C'est vrai. Tu as bien raison. – Friedeward réfléchit et ajouta : – Mais qu'est-ce qu'il y a entre toi et cette Helga ?

– Bon, eh bien, c'est mon amie. J'ai un ami et une amie.

– Comment ? Un ami et une amie ? Comment ça marche ? Je pensais…

– Comment ça marche, je n'en sais rien, mais j'aime bien Helga. Et toi aussi. C'est comme ça.

– Mais moi je ne le comprends pas, Wölfchen !

– Ça arrive, c'est tout. Et maintenant mange ton petit pain et allons à la plage. – Il se mit à rire. – Mais tiens-toi correctement, mon cher. La luxure n'est pas de mise là-bas.

Malgré toutes les précautions des baigneurs, le policier les surprit, trois jours plus tard, dénudés. Il était arrivé en compagnie d'un collègue par l'autre accès à la plage, celui qui n'était pas surveillé, ils avaient dévalé la côte escarpée à toute allure, empêchant les vacanciers de s'enfuir en direction de Heiligendamm. Ils demandèrent à tous leurs papiers, relevèrent l'identité de chacun. Le policier qui les avait déjà mis en garde quelques jours auparavant informa chacun des touristes dont il avait relevé le nom qu'il devait s'attendre à recevoir une contravention pour outrage à la pudeur sur la voie publique. Et qu'ils allaient le payer cher.

De plus il interdit à Friedeward et Wolfgang l'accès à cette plage, s'ils passaient outre ils devraient payer une amende supplémentaire élevée et seraient interdits de séjour dans toutes les localités de la côte de la Baltique. Ils y seraient indésirables et ils savaient certainement pourquoi. Toutefois ils avaient le droit d'utiliser la plage du camping.

Intimidés par ces propos, ils ne fréquentèrent que la plage proche du camping pendant les deux semaines qui leur restaient et gardèrent scrupuleusement leur slip de bain. Ils firent la connaissance d'une jeune fille, Astrid, originaire de Berlin, elle avait leur âge et s'apprêtait elle aussi à entrer en terminale en septembre. Elle était venue à la mer avec sa sœur, sa cadette d'une année, pour se baigner et prendre le soleil, mais elle voulait rentrer à Berlin un peu plus tôt, car quatre semaines plus tard commençait le Festival international de la jeunesse, et il y avait chaque jour des choses nouvelles à découvrir. Sa sœur Rita, leur confia-t-elle, ne dormait pas avec elle sous la tente, mais passait ses journées et ses nuits avec son copain, ce que leurs parents restés à Berlin ne devaient absolument pas savoir.

– Rita est une sacrée coureuse, ajouta-t-elle. Elle a un an de moins que moi, mais elle est nymphomane, son copain actuel est déjà son troisième.

Les deux garçons aimaient à bavarder avec Astrid, elle leur était sympathique. Ils restaient donc allongés sur la plage tous les trois et parlaient de tout, de Dieu et des hommes, surtout de Dieu, car les parents d'Astrid étaient des athées intransigeants. Son père était le directeur du Département de la planification économique à Berlin, et sa mère travaillait comme dessinatrice industrielle à la Maison de la Radio, Nalepastrasse. À la différence de ses parents, Astrid s'intéressait à la religion, à toutes les religions, comme elle le déclara, mais elle ne faisait partie d'aucune Église, et n'était pas non plus membre d'une organisation de jeunesse chrétienne. Eu égard à la fonction de son père, ses parents le lui auraient interdit.

– Vous fréquentez l'Église, leur demanda-t-elle. Vous êtes croyants ?

– Je suis agnostique, répondit Wolfgang. Très exactement un déiste agnostique.

Comme ce concept ne disait rien à Astrid, il lui expliqua sa conception du monde, qui avait déjà existé dans l'Antiquité, donc longtemps avant le christianisme, et selon laquelle aucun être humain ne pouvait savoir qui étaient Dieu et les dieux. Cette idée lui plaisait, il avait commencé l'année précédente à approfondir cette conception du monde. Il faisait allégeance aux Sept Sages de la Grèce, ainsi que Platon les désignait. Astrid se montra impressionnée. Elle demanda ensuite à Frieward à quoi il croyait, et celui-ci répondit qu'il ne croyait qu'à l'art. Les arts étaient ses seuls dieux.

– Tous les deux, vous êtes bien un peu mabouls, constata-t-elle en souriant.

Quant à elle, elle s'intéressait surtout au bouddhisme, car il enseigne que la vie est un éternel retour, n'a donc ni commencement ni fin. Mais elle n'était pas croyante. Ses parents l'avaient d'ailleurs expressément priée de mettre fin à sa "quête de bondieuseries", c'étaient leurs mots, pour ne pas mettre en danger ses études à cause de cette "marotte". Astrid voulait étudier la médecine et son père avait entendu dire que les élèves appartenant à une Église ne seraient bientôt plus admis à étudier cette discipline. La direction de l'Église, sous la conduite de l'évêque Dibelius, un horrible antisémite, avait refusé de participer au Front national* et avait pris des mesures disciplinaires selon le droit ecclésiastique contre ces jeunes pasteurs conciliants à l'égard des nouveaux dirigeants.

– "Celui qui fait partie de la Junge Gemeinde** ne sera à l'avenir plus admis à faire des études", voilà ce qu'a dit papa, c'est déjà prévu dans les moindres détails et ce sera entériné au prochain congrès du Parti. Il dit que si je vais à l'église, je peux faire une croix pour toujours sur mes études de médecine et qu'à cause de moi il aura des problèmes. Dans le nouvel État il n'y a plus de place pour l'Église, la superstition doit être éradiquée et à sa place il faut développer chez les jeunes une conception scientifique du monde.

Wolfgang se mit à rire :

– Alors ton père a du pain sur la planche ! Tu sais que chez nous, à Heiligenstadt, dans toute la région d'Eichsfeld, il n'y a que des catholiques ? Je crois que, chez nous, même les secrétaires du Parti sont catholiques, des cryptocatholiques, s'entend.

---

* Le Front national de l'Allemagne démocratique est une organisation de la RDA (jusqu'en 1973) qui regroupait l'ensemble des partis et organisations politiques autorisés par le régime est-allemand. Le SED (Parti socialiste unifié) dirigeait la coalition.

** La paroisse des jeunes. Organisation de l'Église protestante.

– C'est juste, renchérit Friedeward, pour Noël on les voit tous à l'église. Ils enlèvent ce jour-là leur insigne du Parti et prient comme les autres.

Astrid leur raconta qu'on parlait d'eux dans tout le camping.

– Que dit-on de nous ?

– Bon, certains disent que vous êtes de l'autre bord. Vous savez bien. Parce que vous êtes toujours ensemble et partagez la même tente. La grosse femme qui campe à côté de moi, elle vient de Gera, pense avoir entendu des bruits étranges provenant de votre tente. On devrait vous dénoncer, a-t-elle dit, des gens comme vous devraient être en prison pour ne pas contaminer les autres. Et elle voulait savoir si je n'avais rien remarqué et pourquoi je fréquentais des types pareils.

Ses propos embarrassèrent Friedeward, mais Wolfgang se contenta de ricaner :

– Et toi, qu'en penses-tu ?

– Je n'en sais rien. Pas la moindre idée, et ça m'est égal.

– Ta voisine est tout simplement une grosse dinde. On dirait qu'on l'a gavée comme une volaille et elle voudrait envoyer les autres en prison !

– Comme je l'ai déjà dit, ça m'est égal. Et, chez nous, nous avons des conceptions complètement différentes. Un des frères de ma mère était pédé. Et, en plus, il était communiste. Les nazis l'ont envoyé au camp d'Oranienburg, et là-bas ils l'ont tué en mars ou avril 1934. Voilà pourquoi ma famille pense un peu différemment. Ma mère dit que c'est une affaire privée, chacun vit à sa façon.

– Et la religion n'est pas une affaire privée ?

– Pour eux c'est une superstition qui date du Moyen Âge. L'opium pour le peuple. L'abrutissement du peuple.

– Et en plus de cela, une sœur nymphomane ! Pas mal, la famille !

Ils rirent de concert et Friedeward fut content que l'on abandonnât ce sujet sulfureux.

Au cours des dernières journées de vacances, ils prirent soin tous les deux de ne pas se faire remarquer. Ils évitèrent de se toucher, passèrent beaucoup de temps avec Astrid et s'efforcèrent de dissiper les soupçons. Ils avaient déjà suffisamment de problèmes avec la police et ne voulaient pas risquer d'avoir une contravention supplémentaire.

Astrid et sa sœur durent repartir deux jours avant eux. Elles avaient promis à leurs parents d'être de retour avant début août, car le festival allait commencer dans la capitale et elles devaient apporter leur concours.

Ils échangèrent leurs adresses et se promirent de se revoir.

– Si vous venez à Berlin, vous pouvez habiter chez nous. Nous avons suffisamment de place, nos parents voyagent beaucoup, et alors ma sœur s'enfuit de toute façon chez son mec. Dans le cas contraire, je vous trouverai un hébergement chez des amis. Pas de problème, comme je l'ai dit.

Le dimanche matin, Friedeward et Wolfgang portèrent les bagages des deux sœurs sur leur vélo jusqu'à la gare, d'où elles se rendirent à Bad Doberan avec le Molli, le chemin de fer à vapeur et à voie étroite, pour y prendre la correspondance pour Berlin. En leur disant au revoir, Wolfgang dit qu'ils passeraient les voir en rentrant chez eux. Passer par Berlin, ce n'était pas un détour et ils pourraient enfin visiter la capitale et même peut-être aussi Berlin-Ouest.

Astrid réfléchit, puis elle hocha la tête en disant :

– Alors venez plutôt avant le début du Festival international, car ensuite il n'y aura pas une seule chambre de libre dans tout Berlin. Tout est déjà prêt dès maintenant, des lits et des matelas ont été installés dans tout ce que la ville compte d'écoles et de gymnases, et je peux facilement vous trouver quelque chose. Chez nous, à la maison, ce n'est malheureusement pas possible parce que mes parents sont complètement sous pression à cause du festival et il m'est impossible de leur poser la question. Mais je vous trouverai quelque chose, pas de problème. Quand comptez-vous arriver ?

– Nous pourrions partir après-demain, très tôt. Nous arriverions le soir à Berlin. Nous nous débrouillerons pour faire le trajet d'une seule traite. Il ne nous faudra pas plus de onze ou douze heures.

– Allez à vélo seulement jusqu'à Bernau et de là vous pouvez prendre la S-Bahn jusqu'à Pankow, c'est direct. De la gare il vous faut cinq minutes jusqu'à chez nous. Je vous donne notre numéro de téléphone.

Ils continuèrent à faire des signes aux deux filles alors que la locomotive à vapeur et ses deux vieux wagons avaient déjà quitté la petite gare.

– Une fille formidable, cette Astrid, dit Wolfgang, pas coincée, pas enquiquinante comme les autres filles. Elle me plaît.

– Oui, on peut parler avec elle. Avec quelle autre fille peut-on bien avoir une conversation sensée !

– Tu coucherais avec elle ? Tu peux imaginer ça, Friedl ?

– Avec Astrid ? Ça va pas, non ? Pourquoi donc ?

– Juste une idée. Moi, je pourrais l'imaginer. Il me semble qu'avec Astrid je pourrais me débrouiller au lit.

– Avec une fille ? Qu'est-ce que ça veut dire, Wolfgang ? Je pensais que toi et moi…

– L'un n'exclut pas l'autre. J'aimerais tout simplement essayer une fois.

– Ça, je ne pourrais pas. Pour moi, c'est inimaginable. Je ne pourrais pas aller au lit avec une fille. Tout à fait exclu.

– Ne vois donc pas les choses de façon si étriquée, Friedl. C'est tout à fait normal. Il faut faire toutes les expériences.

Friedeward regarda son ami, hébété, puis il secoua la tête, tout aussi décontenancé que choqué. Il ne comprenait pas comment Wolfgang pouvait dire une chose pareille. Comment son Wölfchen pouvait avoir ce genre d'idées. Cela le peinait horriblement. Pendant des semaines, il vécut encore dans le souvenir de cet incident, il était blessé et se sentait humilié. De temps à autre il remettait ça sur le tapis, mais Wolfgang écartait le sujet d'un revers de main ou se moquait de lui.

Le dernier jour de juillet, Friedeward et Wolfgang se mirent en route à sept heures du matin. Leurs vélos étaient à nouveau lourdement chargés, beaucoup de sable était resté dans la toile de tente bien qu'ils l'aient soigneusement secouée, et des jours plus tard, à Heiligenstadt, ils trouvèrent encore à plusieurs reprises du sable de la Baltique dans leurs affaires. Le soir, à neuf heures passées, ils rencontrèrent comme convenu Astrid à la gare de la S-Bahn. Ils se rendirent avec elle à son lycée, le lycée Wilhelm Pieck, Kissingenstrasse, où plusieurs salles de classe avaient été préparées pour accueillir les jeunes voyageurs du monde entier attendus par milliers. Jusqu'ici seuls des groupes de Hongrie et d'Autriche étaient arrivés, ils étaient logés dans le petit gymnase, comme Astrid le leur expliqua. Pendant le Festival international elle travaillait comme auxiliaire bénévole dans son école et elle avait réussi à trouver un hébergement pour Wolfgang et Friedeward dans le pavillon où résidaient autrefois les directeurs qu'on surnommait "la Villa". Astrid avait commandé pour eux deux rations, comme disait la cuisinière, et on les leur remettrait à la cuisine de l'école.

– Bon, au cas où quelqu'un poserait la question : vous êtes les éclaireurs de la délégation de Heiligenstadt. Je ne pouvais pas m'y prendre autrement. Cette délégation n'arrive que dans quatre jours et est logée à Lichtenberg.

Astrid leur indiqua une chambre dans la Villa où six matelas étaient déjà installés, mais où il n'y avait encore personne. Ils avaient toute la place pour eux et purent enfin déposer leurs bagages. Ils déballèrent sur la table, au milieu de la pièce, leurs provisions. Ils invitèrent Astrid, mais elle avait déjà dîné chez elle.

– Nous nous verrons demain. Je serai ici à huit heures avec des petits pains frais. Combien de temps restez-vous ?

– Deux nuits, ça ira ? Comme ça nous aurons toute une journée pour visiter Berlin.

– Jusqu'au 3 août, il n'y a pas de problème. On fera le plein seulement à partir du 3 ou du 4. Vous pouvez rester trois nuits.

– Deux, ça suffit. Ensuite nous devons prendre le chemin du retour. Merci, Astrid, merci pour tout.

– Pas de problème. À demain. Je vous ai concocté un programme pour découvrir Berlin, je veux dire, les principales curiosités. Je l'apporte demain. Bonne nuit.

Ils furent réveillés peu après minuit par deux noirs de Conakry, arrivés de Prague avec du retard, affectés à leur chambre. Les deux Guinéens, qui ne parlaient ni allemand ni anglais mais un français correct, étaient des fonctionnaires de la Confédération générale du travail de Guinée, le syndicat le plus important de leur pays, et les envoyés personnels de leur président, Sékou Touré, au Festival international, comme ils le déclarèrent avec fierté. Ils déballèrent leurs affaires sans se presser, en s'entretenant à mi-voix. Ce n'est que plusieurs heures après leur arrivée qu'ils éteignirent la lumière et se couchèrent.

Le lendemain matin, Astrid arriva de chez le boulanger avec un grand sachet. Le programme qu'elle avait prévu pour eux comprenait la visite du chantier des deux premiers bâtiments à arcades de la Stalinallee, en l'honneur de Staline, du nouveau Palais des Sports, achevé quelques jours auparavant et dont la construction n'avait duré que quatre mois. Il fallait absolument qu'ils aillent voir ces constructions prestigieuses, car, leur déclara-t-elle avec enthousiasme, dans quelques années la ville serait complètement réaménagée dans le style de ces bâtiments qui avaient remplacé le paysage de ruines. La ville entière serait aussi belle que Moscou. Elle leur conseilla de laisser leurs vélos à l'école et d'emprunter les transports en commun, car les vélos très convoités à Berlin seraient plus en sécurité cadenassés à l'intérieur de l'école.

– Et n'oubliez pas votre carte d'identité, on en a toujours besoin à Berlin, leur recommanda-t-elle en leur disant au revoir. Elle leur donna aussi quatre tickets pour le métro et la S-Bahn.

Ils prirent le métro jusqu'à Marchlewskistrasse et se promenèrent dans les grands espaces vides. Les ruines et les tas de gravats avaient été chargés sur des péniches et acheminés sur la Spree vers Friedrichsfelde, dans les gravières de la forêt municipale de Köpenick, dans le parc de Friedrichshain on avait entassé des décombres qui formaient un gigantesque monticule. Tout l'arrondissement avait été nettoyé, son aspect inanimé et inhospitalier les angoissa. Des bus passaient dans ses grandes surfaces vides, on ne pouvait pas ignorer la pétarade des motos sur la large avenue déserte devant le nouveau Palais des Sport aux lignes classiques. Ni Friedeward ni Wolfgang n'éprouvaient d'intérêt pour ce genre de constructions et ils reprirent le métro en direction d'Alexanderplatz. De là ils se promenèrent dans le vieux centre de Berlin en traversant l'ancienne place du Château. Du château on ne voyait plus rien, pas un mur, par un portail n'était resté debout, des débris de brique rouge jonchaient l'immense surface vide, en direction de la Spree se dressait une colossale tribune en bois que Wolfgang connaissait pour l'avoir vue en photo dans le journal. Trois mois plus tôt, à l'occasion du 1er mai, des centaines de milliers de Berlinois avaient défilé sur cette place, devant les hommes et les femmes du nouveau gouvernement installés à la tribune. Maintenant plusieurs camions avec leurs remorques se trouvaient sur la place, des ouvriers du bâtiment construisaient des échafaudages en bois, on était en train de hisser au-dessus de la tribune l'emblème gigantesque du Festival international de la Jeunesse – trois jeunes gens portant une colombe de la paix.

Alors qu'ils marchaient en direction de la Porte de Brandebourg, un policier de Berlin-Est les arrêta, leur demanda leurs cartes d'identité et voulut savoir où ils se rendaient.

– Nous visitons Berlin, répondit Wolfgang, ce n'est pas interdit.

– Ici s'achève le secteur démocratique, citoyens. Faites demi-tour !

Il leur rendit leurs papiers et, d'un geste de la main, leur indiqua l'est. Ils ne savaient que faire, ignorant si le passage était interdit ou si le policier de la frontière avait simplement voulu leur chercher des noises. D'un geste impatient il agita à nouveau la main pour les intimider et ils firent demi-tour, se rendirent à la Friedrichstrasse et achetèrent dans une boulangerie des gâteaux qu'ils fourrèrent dans leurs sacs à dos. Au guichet de la S-Bahn, ils prirent des billets de retour et grimpèrent sur le quai. Ils furent encore une fois interpellés par un policier à qui ils durent montrer leurs papiers et dire où ils allaient.

– À Potsdam, répondit Friedeward. Il avait entendu dire par un de ses camarades de classe que c'était la réponse la plus anodine à donner.

De mauvaise grâce, le policier leur rendit leurs papiers et exigea qu'ils ouvrent leurs sacs à dos et le sachet de pâtisserie. Lorsque le train pour Potsdam arriva et qu'ils montèrent dans le wagon, il les suivit du regard en clignant des yeux.

À l'arrêt suivant, Lehrter Stadtbahnhof, le train s'arrêta et un policier de Berlin-Ouest monta à son tour, il parcourut du regard l'assistance et s'approcha de Friedeward et de Wolfgang. Il leur demanda lui aussi leurs papiers et leur fit ouvrir leurs sacs à dos. Il voulait, dit-il, voir s'ils avaient l'intention de distribuer de la propagande russe dans le Berlin libre. Après eux, il aborda encore deux autres jeunes, avant de quitter la rame à la station suivante.

Ils descendirent au Bahnhof Zoo, allèrent sur la place devant la gare et étudièrent le programme de cinéma affiché sur une colonne Morris. Ils avaient surtout l'intention d'aller voir à Berlin un film précis dont journaux et radios de l'Ouest parlaient depuis des mois. Ils n'en avaient pas parlé à Astrid. Le film, *Confession d'une pécheresse,* était un scandale que les Églises et la classe politique avaient appelé à boycotter et à interdire car il dépeignait sous des traits séduisants la prostitution et la mort assistée. Ils trouvèrent, Kantstrasse, un cinéma qui projetait le film en fin d'après-midi et ils se dépêchèrent d'y aller. Grâce à leurs papiers de l'Est, ils purent payer les billets d'entrée avec de l'argent de l'Est.

Ils avaient encore trois heures devant eux, et ils se rendirent sur le célèbre Kurfürstendamm dont les prestigieux immeubles patriciens étaient encore noircis par la fumée des incendies, conséquences des bombardements. Au bout de la rue s'élevaient, majestueusement menaçantes, les ruines de la Kaiser-Wilhelm-Gedächtniskirche, l'Église du souvenir. Trois pans de mur du clocher émergeaient des ruines, reliés entre eux par le chœur prêt lui aussi à s'effondrer. L'accès à l'ensemble du bâtiment était interdit, l'église vouée à la démolition.

Les immeubles de quatre ou cinq étages bordant le Ku'damm portaient encore tous les stigmates de la destruction. C'étaient des ruines remises en état dans l'urgence, elles avaient un aspect effrayant et délabré, elles étaient des blessés de guerre. Seules les boutiques au rez-de-chaussée étaient déjà réhabilitées, et leur décoration, tantôt opulente, tantôt médiocre, attirait le regard. Friedeward et Wolfgang flânèrent le long de l'avenue dépouillée de ses arbres, admirèrent les étalages dans les vitrines et restèrent bouche bée devant des immeubles en ruine avec des traces d'incendie hautes de plusieurs mètres.

– Notre Heiligenstadt s'est mieux sortie de la guerre, constata Friedeward.

– C'est vrai, mais Magdebourg a encore davantage souffert, lui répliqua son ami, ajoutant que la rue dans laquelle ils se trouvaient ressemblait à un cadavre qu'on aurait déguisé.

Friedeward approuva et montra un bâtiment récent d'un étage sur la façade duquel s'étirait sur toute la longueur l'inscription "Restaurant-pâtisserie Kranzler", un local extrêmement moderne comparé aux immeubles endommagés par la guerre.

– J'aimerais bien aller y boire un café.

– Avec notre argent ? N'y songe pas, Friedl.

Devant l'entrée du cinéma il y avait deux femmes âgées coiffées d'un chapeau cloche. L'une d'elles l'avait fixé avec une épingle dont chaque extrémité s'ornait d'une fraise artificielle. Les femmes avaient en main des brochures et ne cessaient de crier aux gens qui se précipitaient dans le cinéma : "Honte à vous ! Repentez-vous ! Honte à vous !"

Friedeward et Wolfgang en rirent et se dirent que, peut-être, il allait y avoir de la bagarre, des boules puantes, et que la police interviendrait.

La salle de cinéma les impressionna tous les deux, il n'y avait pas de grande salle de cette sorte dans leur ville natale. Ils contemplèrent avec étonnement les trois rideaux qui semblaient faits en matière précieuse et qui s'ouvrirent les uns après les autres, les parois recouvertes de velours rouge, les lustres impressionnants qui s'éteignirent lentement.

La projection se déroula sans incident, le public, captivé, suivait le déroulement de l'action à l'écran et fut à la fin bouleversé par le suicide du couple des amants. Mais le moment du film le plus important et attendu avec le plus d'impatience fut la scène dans laquelle l'actrice principale apparaissait complètement nue, pour quelques secondes seulement. Le souffle coupé, les spectateurs fixaient l'écran. Jusque-là on n'avait encore jamais pu voir une comédienne totalement dévêtue.

Lorsque dans le plan suivant on ne vit plus la femme nue, un soupir tout à fait audible parcourut les rangées.

Après le générique de fin, le public encore visiblement impressionné quitta la salle en silence ou en chuchotant à voix basse. Quelques adolescents, filles et garçons, ricanaient, gênés, les adultes semblaient plongés dans leurs réflexions. Friedeward et Wolfgang se sourirent, mal à l'aise et intérieurement bouleversés par l'audace du film. Ce n'est qu'une fois sur le quai, alors qu'une rame de la S-Bahn en direction de l'est entrait en gare, qu'ils se remirent à se parler.

– Peux-tu imaginer que chez nous, à Heiligenstadt, on montre un film comme ça ?

– Non, pas vraiment, répondit Wolfgang, ça provoquerait sûrement l'effondrement de l'église de la vieille ville.

– Oui, certainement. Et mon père ferait un infarctus.

– Il était quand même violent, le film. Ce qu'ils se permettent…

– Au bord de la Baltique nous avons vu beaucoup de bonnes femmes à poil.

– Certes, mais dans un film c'est autre chose. Plus excitant en quelque sorte. Tu ne trouves pas ?

– Il serait préférable que nous n'en parlions pas chez nous. À Astrid non plus. Je ne sais pas, mais il me semble qu'elle ne voulait pas que nous visitions Berlin-Ouest. Parce qu'elle ne doit pas y aller, à cause de son père. Elle m'a raconté un jour que, pour se rendre à Potsdam avec sa famille, elle doit contourner la ville. Ils ne traversent pas Berlin-Ouest. Et ils mettent une bonne heure de plus.

– C'est complètement fou. Mais, bien sûr, son père est au gouvernement, il ne peut pas se rendre aussi simplement dans un autre État. Pour lui, ce serait une visite d'État officieuse ou quelque chose dans le genre.

À neuf heures du soir, ils étaient de retour dans leur hébergement de la Kissingenstrasse. Astrid était déjà partie, mais elle avait laissé un sac de provisions sur leur lit, accompagné d'un message les prévenant qu'elle repasserait le lendemain à huit heures.

Le lendemain, elle leur apporta à nouveau des petits pains et, pendant le petit-déjeuner, ils lui racontèrent leurs découvertes, parlèrent de leur excursion à Berlin-Ouest, mais évitèrent d'évoquer, ne serait-ce d'un seul mot, *La Confession d'une pécheresse.* Ils invitèrent Astrid à leur rendre visite à Heiligenstadt et lui dirent au revoir.

Ils traversèrent encore une fois le secteur occidental pour se rendre à Potsdam, de là ils voulaient pédaler jusqu'à Heiligenstadt. Dans la S-Bahn ils furent contrôlés aussi bien par des policiers berlinois de l'Est qu'à la station suivante par des policiers de l'Ouest, il leur fallut ouvrir leurs bagages, défaire les courroies de la tente. Ce n'est qu'en fin de matinée qu'ils purent, à la gare de Potsdam, monter sur leurs vélos, le trajet dura sept heures, interrompues seulement par deux courtes pauses. Le soir ils installèrent leur tente dans une forêt, non loin de la route, ils repartirent le lendemain matin à six heures et arrivèrent chez eux à quatre heures de l'après-midi.

Le père de Friedeward n'était pas à la maison, seule sa mère l'accueillit, déplora qu'il ait maigri et lui prépara un déjeuner tardif. Son père avait à faire à Worbis et ne rentra que le soir. Il salua à peine son fils et lui ordonna sèchement de le suivre dans son bureau. Il lui tendit alors une lettre du commissariat de police de Heiligenstadt, adressée certes à Friedeward, mais que son père avait ouverte. Il s'agissait d'un imprimé prérempli qui le mettait en demeure de se présenter immédiatement à la police de Heiligenstadt pour *élucider une affaire.* Le courrier mentionnait que Friedeward Ringeling était accusé d'atteinte à l'ordre public, un délit puni par la loi. Cela s'était produit le jeudi 19 juillet 1951, à Heiligendamm au bord de la Baltique, à quatorze heures, comme les agents de la Volkspolizei*, Schulzke et Julitz, l'avaient constaté et noté dans leur procès-verbal.

Friedeward lut deux fois la lettre en entier, puis il regarda son père qui s'était assis à sa table de travail et le fixait d'un air soupçonneux.

– J'écoute.

En bégayant, Friedeward expliqua assez confusément que Wolfgang et lui ainsi que de nombreux autres vacanciers étaient allongés sur la plage de nudistes lorsque les policiers étaient arrivés, avaient relevé l'identité de tout le monde, car apparemment la plage n'était pas une plage pour les nudistes, c'était interdit à Heiligendamm.

– Tu étais nu sur la plage avec Wolfgang ? demanda son père, incrédule.

– Oui, et avec plein d'autres personnes. Et c'était la plage pour les nudistes de Heiligendamm, elle l'a toujours été. C'est ce que tout le monde nous a dit au village et au camping. Ceci, ajouta-t-il en brandissant la lettre, c'est tout simplement une chicanerie de la police.

– Mais pourquoi t'es-tu trouvé sur la plage des nudistes avec Wolfgang ? Pourquoi y êtes-vous allés ?

Il continuait à regarder son fils avec méfiance.

– Là-bas presque tout le monde y va. Au bord de la mer, c'est normal.

Déconcerté et dégoûté, Pius Ringeling secoua la tête :

– Normal, non. Normal, c'est tout à fait autre chose, mon garçon. Il est usuel que les gens se promènent vêtus. Se dévêtir devant les autres, ce n'est pas normal,

* Police est-allemande.

c'est pathologique. Ça s'appelle de l'exhibitionnisme. Un trouble du comportement pathologique qu'il faut soigner. Et qui est puni, à juste titre, comme tu vois.

– Mais tout le monde était nu là-bas, tout le monde.

– Ce que tous les autres font, ça ne m'intéresse pas. Tous, c'est la plèbe, tu comprends, sans instruction, sans culture, sans éducation. Ma famille ne se commet pas avec n'importe qui, j'y veille. C'est mon devoir en tant que père de famille et gardien du foyer. Tu as compris ?

– Oui.

– On dit : oui, mon cher père.

– Oui, mon cher père.

– Demain matin tu vas immédiatement te présenter au commissariat de police et tu reconnais ta faute. Ils te diront la sanction qui t'attend. Et maintenant dehors !

Friedeward sortit du bureau de son père, abattu. Il était furieux qu'il lui ait passé un tel savon, il n'y avait aucune raison de le chapitrer aussi rudement. Il était certes interdit sur de nombreuses plages de se baigner nu, mais en dehors des plages officielles il y avait longtemps que c'était habituel, et les jeunes détestaient se promener avec un maillot mouillé. D'autre part, son père avait ouvert, sans sa permission, une lettre qui lui était destinée. Mais malheur à lui s'il lui avait rappelé l'inviolabilité du courrier, qui valait même au sein de la famille, le vieux aurait certainement explosé !

Au commissariat de police, l'affaire fut réglée en dix minutes. La préposée, une jeune femme en civil, ricana quand Friedeward lui tendit la convocation et elle l'informa qu'étant donné que les collègues de Heiligendamm avaient enregistré l'affaire, on ne pouvait plus l'effacer de son dossier. Elle lui demanda s'il était d'accord pour une amende de quinze marks et, comme Friedeward acquiesçait et sortait son porte-monnaie, elle ajouta qu'à Heiligendamm ils l'auraient certainement coffré pour trois jours.

Lorsque, le soir, son père s'enquit de savoir comment les choses s'étaient passées au commissariat et quelle punition on lui avait collée, il ne put se retenir. Il raconta avec une joie secrète qu'on s'était moqué de cette plainte des collègues de la Baltique, qu'on avait trouvée absurde. En même temps il évita intentionnellement de dire qu'il avait eu affaire à une femme ; son père n'acceptait pas les policières et il se serait peut-être plaint à ses supérieurs du comportement de cette femme et de l'amende administrative trop insignifiante.

Son père fit remarquer, en lui lançant un regard méprisant :

– C'est possible. Ce type est vraisemblablement lui aussi un exhibitionniste. Des têtes creuses et des prolétaires, voilà ce que sont maintenant nos policiers. Ils parviennent péniblement à la troisième, et encore en redoublant trois fois la sixième ou la cinquième, et ils se nomment désormais des gardiens de l'ordre. Pauvre État, pauvre Allemagne ! Mais chez moi, ce genre de chose n'a pas cours, je te le dis.

Pendant les trois semaines de vacances restantes, Friedeward dut aider sa mère à des travaux de jardinage, ou plutôt exécuter tout seul tous les travaux nécessaires dans le grand potager attenant à la maison. Il tailla la haie à hauteur d'homme le long de la clôture, répandit du purin d'orties sur les plants de tomates, cueillit les mûres et les cassis, et, perché sur une échelle en bois, cueillit les pommes mûries pendant l'été. Lorsque sa mère rentrait le soir, elle lui demandait de lui montrer le travail accompli et trouvait toujours quelque chose à critiquer. Mais Friedeward y était habitué ; ses parents n'avaient jamais encore été satisfaits de son travail ni de ses résultats.

Il ne voyait Wolfgang qu'en semaine, ils se promenaient ensemble dans le parc thermal, longeaient la Leine ou faisaient des excursions à vélo jusqu'à la frontière nord de la Forêt de Thuringe et Eisenach. Ils discutaient et s'assuraient mutuellement de leur admiration et de leur affection. Ils faisaient l'amour quand l'occasion se présentait et qu'ils se croyaient à l'abri des regards. Lorsque les parents n'étaient pas à la maison, au cours de leurs excursions, cachés dans la forêt, dans le foin, dans l'herbe. Leur passion les rendait avides et insatiables, ils attendaient toujours plus du corps de l'autre. Ils se baignaient dans la Leine et essayaient de nager dans les eaux peu profondes du fleuve. Lorsque Friedeward en parla à la maison, son père, méfiant, demanda s'ils se baignaient avec un maillot de bain.

Mais bien sûr, se hâta de répondre Friedeward, ce qui toutefois n'était pas absolument vrai, car ils avaient effectivement emporté des maillots, mais ils avaient sauté nus dans l'eau depuis un endroit abrité des regards.

Le week-end son ami continuait, comme par le passé, à se rendre le samedi ou le dimanche, à vélo ou en train, à Leinefelde où son amie Helga vivait avec son père. Sa mère avait eu un cancer cinq ans auparavant et était morte l'année suivante. Son père, chef de la gare principale de Eichfelde, était un catholique convaincu et ténor irremplaçable à la chorale de l'église de Leinefelde. Il idolâtrait Helga, sa fille unique. Il acceptait et appréciait sa longue amitié avec Wolfgang, d'autant plus que son père, le cantor Zernick, était son ami d'enfance. À l'occasion il les qualifiait tous deux de fiancés, une plaisanterie que Wolfgang comme Helga entendaient en souriant.

Wolfgang avait présenté Helga à Friedeward. Un week-end ils s'étaient rendus ensemble à vélo à Leinefelde et avaient passé la journée tous les trois. Lors des présentations, Helga avait dit qu'elle se réjouissait de connaître enfin Friedeward.

– Wölfchen parle sans arrêt de toi. Il raconte continuellement que Friedl a dit ceci ou cela. Je crois que tu es la personne la plus importante pour lui.

– Non, c'est toi, ma chérie, intervint Wolfgang.

– Non, non, reprit Helga, je ne crois pas que tu racontes à tout bout de champ ce que j'ai dit. Tu ne le fais qu'avec ton cher Friedl. – Et se tournant vers Friedeward elle ajouta : – Si tu étais une fille, je serais incroyablement jalouse.

Ils s'entendaient bien tous les trois et, quand Helga venait à Heiligenstadt, ils passaient la journée ensemble. Parfois Wolfgang l'embrassait rapidement sur la joue, dans le cou ou sur la bouche. En même temps il jetait un regard à la dérobée vers Friedeward et lui souriait, ce qui déconcertait son ami. Friedeward avait de la peine à comprendre les sentiments de son ami. Celui-ci n'arrêtait pas de répéter qu'il les aimait tous les deux, c'était comme ça. Friedeward avait du mal à suivre. Il avait demandé à Wolfgang s'il couchait aussi avec Helga, mais son ami avait nié. Avec une fille aussi pieuse que Helga qui allait trois fois par semaine à l'église, il était complètement exclu de penser à quelque relation intime que ce soit avant le mariage. Elle le lui avait dit plus qu'explicitement et elle ne changerait pas d'avis. Lorsque leur relation devenait tendre ou même passionnée, elle se refusait discrètement, parfois même s'enfuyait. Il ne coucherait avec Helga que lorsque le prêtre aurait donné sa bénédiction.

– Tu es satisfait maintenant ? demanda-t-il à Friedeward en esquissant un sourire.

Ce dernier se contenta de hocher la tête :

– Satisfait ? Je ne suis absolument pas satisfait. Dans une certaine mesure, je me sens même berné, et je ne peux pas me défaire de l'idée que tu me trompes.

– Avec une fille, mon Dieu, Friedl, c'est tout à fait différent. Cela n'a rien à voir ni avec toi ni avec moi. Si j'étais lié à un autre garçon aussi intimement qu'avec toi je comprendrais, tu aurais toutes les raisons d'être jaloux. Mais pas à cause de Helga. Pas à cause d'une fille.

– Et alors pourquoi vas-tu chaque semaine lui rendre visite ? Son père dit bien que vous seriez pour ainsi dire fiancés. Tu comptes l'épouser ?

– Fiançailles ? Mariage ? Pourquoi pas, dans le fond ? C'est une bonne idée, Friedl, une très bonne idée même. Réfléchis un peu : si nous étions mariés, l'un et l'autre, nous pourrions nous retrouver sans arrière-pensées. Nous serions tout simplement deux hommes mariés amis, et personne n'aurait rien à redire. Oui, je vais peut-être épouser Helga, effectivement. Jusqu'à présent, je n'y avais pas pensé. Nous étions déjà amis quand nous n'étions que des enfants. Nos familles étaient aussi amies, et c'est pour cette raison que nous nous rencontrions souvent et jouions ensemble. Nous avons toujours eu les mêmes centres d'intérêt, Helga joue très bien du hautbois, nous faisions partie tous les deux de l'orchestre de l'école et parfois nos familles passaient leurs vacances ensemble, jour après jour pendant trois ou quatre semaines nous ne nous quittions pas. Je l'aime bien. Et elle, elle m'aime et ça me plaît. Pour son père et mes parents, nous sommes comme fiancés. Personne, pas même en rêve, ne pourrait imaginer que nous sommes ensemble, toi et moi. Friedl, c'est vraiment une bonne idée. Nous devrions nous marier. Cela nous rendrait la vie plus facile, personne ne pourrait plus penser que nous avons une liaison. Réfléchis-y.

– Non, je refuse. Et je ne crois pas que je le puisse. Je ne veux pas vivre avec une fille.

– Elle ne serait qu'une partenaire. Une sorte de partenaire comme en affaires, rien de plus. Et cela nous aiderait, toi et moi. Mon père tomberait de haut s'il apprenait que nous sommes ensemble. Et quant à ton père, je préfère ne pas penser à ce que monsieur le professeur entreprendrait !

– Mais comment ça pourrait marcher, Wölfchen ? je veux dire, que comptes-tu raconter à Helga ? Que tu es impuissant ? Ou malade ? Impossible, ça ne va pas. Pas dans la durée. Une fois mariée, aucune femme n'acceptera. Comment t'imagines-tu les choses ?

– Je n'en sais rien du tout. Je sais seulement que nous devons nous protéger. En tant qu'étudiants nous pouvons partager une chambre ou un appartement, mais ça ne durera pas éternellement. Et si quelqu'un nous dénonce ? Qu'arrivera-t-il ? Il y a des lois contre les gens comme nous.

– Je sais.

– Cinq ans de prison ou quelque chose comme ça. C'est ce que tu veux, la prison ?

– Non, bien sûr que non, mais comment ça peut marcher avec une fille ? Avec une femme ? On se marie pour avoir des enfants, et alors il faut bien coucher avec la femme. Tu ne peux pas te marier et ensuite vivre comme frère et sœur avec ta femme.

– Ah, d'une certaine façon, c'est faisable. Quand nous nous embrassons, Helga et moi, je pense à toi. Et ça marche. Et je me dis que ça marchera aussi quand je coucherai avec elle. Je n'arrêterai pas de penser à toi.

– Je ne sais pas si ça marche, Wölfchen. Je ne l'ai encore jamais entendu dire.

– Bien sûr que non. Personne ne va te raconter ça. Mais tu ne peux pas l'imaginer ? De toute façon, ce serait mieux que cinq années de tôle. N'est-ce pas ? Tu ne peux vraiment pas imaginer ça ? Même pour nous ?

– Non. Absolument impossible.

– Il suffirait peut-être que l'un de nous deux se marie. Si l'un de nous deux vit avec une femme, la situation est déjà tout autre. Personne ne découvrira aussi vite nos combines.

– Wölfchen, fiancé et marié, je ne sais pas si je dois en rire ou en pleurer.

– Tu dois considérer les choses autrement : il s'agirait tout simplement d'une assurance vie. L'assurance de ne pas finir en prison. Et la prison n'est pas la seule menace qui pèse sur nous. Il y a tes parents et les miens, les voisins et tout notre entourage. Crois-tu que nous puissions continuer à vivre ici tranquillement si notre relation est connue. Ici ou n'importe où, d'ailleurs ?

Friedeward lança un regard désespéré à son ami, il ne savait que répondre. Il savait que Wolfgang avait raison, mais la perspective des fiançailles et ensuite du mariage de son Wölfchen avec Helga le remplissait d'effroi. À chaque fois qu'il se trouvait avec ces deux-là, il était tourmenté par l'idée qu'il allait perdre son ami à cause de cette fille.

Ils avaient de la peine à cacher qu'ils s'aimaient. En classe comme à la maison, ils étaient très prudents. Aux yeux de tous ils passaient pour être de bons amis, et les choses devaient rester ainsi. Il le fallait.

Helga surprit un jour Friedeward en train de caresser le cou et le dos de Wolfgang et s'en montra très surprise. Ce genre de geste de tendresse était courant entre filles, dit-elle, mais elle ne l'avait encore jamais remarqué entre garçons. Elle en rit, il lui plaisait qu'ils ne soient pas tous les deux aussi coincés que ses camarades de classe et elle voulut savoir si tous les garçons au lycée de Heiligenstadt avaient un comportement aussi libre. À Leinefelde, il ne fallait pas y penser, cela signifierait immédiatement que les deux garçons étaient de l'autre bord.

Ils étaient embarrassés, l'un et l'autre, Friedeward finit par dire qu'il n'avait pas caressé Wölfchen, il avait simplement voulu éloigner une guêpe en évitant de se faire piquer lui-même. Déconcertée, Helga le regarda sans rien dire.

L'indécision de Wolfgang tourmentait Friedeward, ou plutôt ce qui le tourmentait c'était que Wolfgang ne se contente pas de tenir à l'amitié de Helga, mais qu'il veuille l'épouser. Il restait souvent éveillé la nuit et se creusait la tête. Évidemment il y avait de bonnes raisons en faveur de ce genre de mariage inhabituel, mais en même temps le projet de Wolfgang lui semblait absolument grotesque et irréalisable. Il était exclu que Helga ou n'importe quelle autre femme s'embarque dans une aventure semblable. Et Wolfgang se leurrait s'il s'imaginait que Helga ne se doutait pas qu'il y avait quelque chose entre eux, car ils étaient toujours ensemble. Elle finirait par comprendre un jour que Wolfgang, son mari, avait une liaison amoureuse avec son meilleur ami. Cela ferait un énorme scandale et ils ne pourraient plus se montrer nulle part. Non, le plan de Wolfgang n'allait pas les aider, mais au contraire sceller définitivement leur destin.

Friedeward essayait de dissuader son ami, mais il ne savait que répondre à Wolfgang quand il lui demandait comment il pensait organiser leur vie future sans que quelqu'un remarque ce qui les liait réellement. Wolfgang le traitait de naïf, de gamin qui ferme les yeux devant le danger, sans comprendre que le péril n'est pas écarté pour autant.

– Si tu as une meilleure idée, je t'en prie, je suis prêt à l'entendre. Mais tant que rien ne te vient à l'esprit, c'est encore ma solution qui est la meilleure.

L'après-midi du premier dimanche de l'Avent, les différentes paroisses de Heiligenstadt organisaient avec toutes les chorales de la ville un concert de Noël dans l'église Saint-Gilles, les traditionnelles Vêpres de Heiligenstadt, au cours desquelles l'ensemble des chœurs locaux chantaient des chorals. Le cantor Heinrich Zernick tenait l'orgue et son fils Wolfgang joua, sur un piano à queue installé dans la nef, une sonate de Mozart en *do* majeur et le *Rêve d'amour* de Liszt. Les deux professeurs de musique de son école avaient proposé qu'il participe lui aussi au concert ; on ne voulait pas priver les habitants de Heiligenstadt de ce jeune talent avant qu'une carrière sans aucun doute brillante ne lui fasse faire le tour du monde.

Ce quart d'heure dans l'église de Saint-Gilles fut l'apogée des concerts de la période de l'Avent et de Noël. Manifestement, tout le public était bouleversé. Wolfgang avait joué ces deux morceaux avec une compréhension étonnante pour son âge, alliant sérieux et une légèreté empreinte de retenue, il s'était montré à la hauteur des œuvres avec une passion parfaitement maîtrisée, tout en paraissant complètement à l'aise. Avant et après sa prestation il avait à peine prêté attention à la présence du public, il était tout seul, concentré sur son jeu, ses mains, les touches.

Les femmes et les jeunes filles du chœur avaient visiblement eu à lutter contre les larmes en l'écoutant et, après la seconde de silence absolu qui suivit chaque pièce, des applaudissements fournis crépitèrent, un comportement inhabituel dans une église, dont le curé prit note avec une certaine désapprobation.

Friedeward ne put féliciter son ami immédiatement après le concert, trop de monde se pressait autour du jeune pianiste pour exprimer son admiration ou simplement lui donner une poignée de main. Wolfgang, debout parmi ses admirateurs, était rouge comme une pivoine, il avait l'air embarrassé et complètement épuisé ; à ses côtés, rayonnante de joie, son amie Helga.

À la fin du concert, Wolfgang passa chez Friedeward. Il apportait une bouteille de vin que lui avait offerte Helga. Elle était repartie à Leinefelde avec son père qui, le lundi, devait reprendre son service de chef de gare à quatre heures du matin et voulait se coucher tôt. Les deux jeunes gens étaient seuls, les parents de Friedeward étaient partis à Dieterode, un village au sud de la ville, immédiatement après les Vêpres de Heiligenstadt, car la veille sa grand-mère avait glissé sur les escaliers verglacés de l'épicerie et s'était cassé la clavicule. Les deux jeunes gens s'installèrent dans le séjour, Friedeward alla chercher un tire-bouchon et des verres dans la cuisine, et ils trinquèrent à Wolfgang et à son début triomphal de concertiste.

– Si les professeurs du conservatoire avaient été présents aujourd'hui, tu n'aurais pas besoin de passer une audition devant eux dans six semaines à Berlin, dit Friedeward tout excité, ils t'auraient accepté sur-le-champ. Qu'est-ce que je dis, ils t'auraient donné immédiatement ton diplôme. Que veux-tu encore apprendre d'eux, Wölfchen ? Que peuvent-ils t'apporter de plus ? Tu es un immense pianiste, tu pourrais immédiatement te produire n'importe où.

– Aujourd'hui, ce n'était pas trop mal, protesta Wolfgang, embarrassé. Ça s'est bien passé. J'avais le trac, mais après les premiers accords je me suis calmé. Je me sentais moi-même, libre, complètement détendu. J'étais seul, je n'étais là que pour moi et pour le piano. Alors j'ai eu le sentiment que tout irait bien, je savais que ma prestation ne pouvait pas être complètement ratée.

– Pas complètement ratée ! C'est l'euphémisme du siècle ! Les gens ont même applaudi, ce qui est interdit dans une église. Qui peut encore t'apprendre quelque chose ? Quand tu seras au conservatoire de Berlin, Je crois que c'est toi qui pourras leur en remontrer, et pas l'inverse. Tu es sans doute un génie, Wölfchen, et le monde va le découvrir, le monde entier.

– Arrête, Friedl, je n'en suis encore qu'au début. J'ai travaillé ces deux petits morceaux depuis une éternité, et en plus cette sonate de Mozart et le *Rêve d'amour* font partie des œuvres pour piano faciles. Elles ne présentent aucune difficulté.

– Mais quel beau jeu ! Quelle ardeur, quelle sensibilité ! Voilà ce qui était exceptionnel, et tout le monde l'a senti.

– Tu as bu un verre de trop, Friedl, tu dis des bêtises. Merci quand même. Moi aussi, je suis très content.

Ils s'embrassèrent et se caressèrent, s'enlacèrent de longues minutes, se serrèrent l'un contre l'autre.

– Tu veux ? dit Friedeward en souriant à son ami.

Comme les parents de Friedeward avaient eu la surprise de trouver la grand-mère en proie à une forte fièvre, ils avaient immédiatement conduit la vieille dame aux urgences à Reifenstein où elle fut sur-le-champ admise et soignée. Les parents ne pouvaient pas l'assister plus longtemps, l'infirmière leur dit qu'ils avaient la possibilité de voir la malade aux heures de visite, en dehors de ces horaires ce n'était pas souhaité, c'était même interdit, ils reprirent donc le chemin de la maison où ils arrivèrent à huit heures.

Les deux jeunes gens étaient couchés dans la chambre de Friedeward quand ils entendirent la porte d'entrée s'ouvrir. Ils sautèrent du lit en vitesse et étaient en train de s'habiller lorsque Pius Ringeling fit irruption dans la chambre sans frapper, ils n'avaient que leur slip et leur chemise, étaient pieds nus et sans pantalon devant le père et professeur redouté.

Pius Ringeling se figea lorsqu'il les vit. La situation était absolument évidente. Le lit en désordre, deux verres de vin à moitié pleins posés sur la table de nuit soulignaient ce qui de toute façon sautait aux yeux. Comme pétrifié, il resta sur le seuil de la porte, le sang reflua de son visage. De la main gauche, il s'appuya au chambranle et prit une profonde inspiration.

– Sors de chez moi, cria-t-il à Wolfgang d'une voix sifflante, quelqu'un comme toi… quelqu'un comme toi n'a rien à y faire. Dehors ! – Puis il se tourna vers son fils : – Et toi, habille-toi et viens immédiatement dans mon bureau.

Il jeta encore un regard lourd de tout son mépris aux deux garçons, recula d'un pas et s'en alla. Il laissa la porte de la chambre ouverte.

Ils se dépêchèrent tous les deux de finir de s'habiller en silence, en évitant de se regarder. Friedeward accompagna Wolfgang dans le corridor et lui tendit son manteau. Ils se dirent au revoir avec un petit sourire qui trahissait leur angoisse et leur désespoir. Lorsque son ami fut parti, Friedeward avança lentement vers le bureau de son père, frappa discrètement et attendit. Quelques secondes plus tard, il frappa à nouveau, un tout petit peu plus fort et, après que le père eut proféré un autoritaire "oui", il ouvrit la porte et entra.

Son père était assis à sa table de travail, devant lui le fouet qu'il avait remisé dans le tiroir inférieur un peu plus de deux ans auparavant.

– Avance, dit-il d'une voix rauque, en lui indiquant la chaise devant son bureau. Je n'arrive pas à comprendre. C'est pervers, contre-nature ! C'est puni d'une peine de prison, tu en as conscience ? Wolfgang, une tantouze, et toi, tu te laisses faire par ce salaud, ce petit salaud. Je vais te faire passer cette perversion, et complètement. J'avais espéré ne plus jamais avoir à me servir de ce fouet, mais tu ne me laisses pas le choix !

Il se leva, se saisit du fouet et, d'une rapide rotation de la main, il en déroula les lanières et les libéra du manche. Il alla à la porte et la verrouilla de l'intérieur.

– Allons-y ! signifia-t-il à son fils en lui indiquant un siège.

Friedeward déboutonna en silence son pantalon, le laissa tomber, des larmes inondèrent son visage, mais il resta totalement silencieux. Il s'appuya contre le siège. Avant que le premier coup ne l'atteigne, il serra les dents. Son père frappa onze fois, chaque coup était l'expression d'une colère froide. Hors de lui, il laissait les lanières s'abattre, on aurait dit qu'il avait perdu la tête, il agonissait son fils d'injures grossières qu'il n'avait encore jamais prononcées de sa vie. Au hasard des coups, il posait des questions précises : il voulait exactement savoir ce que les deux garçons avaient fait, lequel des deux avait entraîné l'autre dans cette saloperie contre-nature, comment ils en étaient arrivés là, s'il croyait encore en Dieu et ce qu'il dirait à son Créateur le jour où il paraîtrait devant Lui, en craignant d'avoir perdu pour toujours le paradis et la béatitude éternelle.

Friedeward était dans un désespoir tel qu'il dit avoir été séduit. Wolfgang l'avait convaincu et il ne savait pas à quoi il s'engageait, il avait seulement été curieux. Il se mordit les lèvres, la langue, pour se contraindre au silence, mais la douleur lui ouvrait la bouche.

La mère de Friedeward secoua en vain la poignée de la porte. Elle n'avait encore jamais vu son mari dans une telle fureur. Le visage cramoisi, il donnait des coups ciblés l'un après l'autre et il se retint seulement en voyant la peau rougie juste au-dessous de la hanche éclater et le sang couler. Le père laissa retomber le fouet.

– Va dans ta chambre, maintenant, dit-il, et sans se soucier davantage de son fils qui, plié en deux par la douleur, se redressait, remontait son pantalon, se glissait vers la porte, il saisit sa corbeille à papier, en sortit une mince feuille de journal et essuya soigneusement, l'une après l'autre, les lanières de cuir.

Friedeward se rendit dans la petite salle de bains, se déshabilla lentement, en prenant soin d'éviter tout geste superflu, et essaya à l'aide du minuscule miroir rond dont il se servait pour se raser de voir son dos et ses fesses. Il tâta avec précaution les endroits douloureux, prit un gant de toilette, le tint sous le robinet et lava rapidement le sang en réprimant un cri de douleur. Dans sa chambre il s'allongea sur le lit sans se déshabiller, il ne pouvait pas faire passer au-dessus de sa tête sa chemise et son maillot de corps, ses bras n'en étaient pas capables, et pour ôter son pantalon il aurait dû se pencher ou s'asseoir, il ne pouvait faire ni l'un ni l'autre. Ses larmes ne cessaient de couler, il bourra un coin de la couverture dans sa bouche et la mordit.

Il entendit la voix de son père dans le vestibule et prit peur. Il craignait qu'il vienne dans sa chambre pour continuer à le frapper, l'insulter, l'humilier. Mais le claquement de la porte d'entrée lui indiqua que manifestement son père sortait, il en fut soulagé et sentit la tension de son corps se relâcher, il pouvait maintenant s'abandonner complètement à sa souffrance.

Quelques minutes plus tard il sursauta. Une idée lui traversa l'esprit : son père était sorti pour se rendre chez Heinrich Zernick, le père de Wölfchen. Il allait tout raconter au cantor, il allait lui dire ce qu'il avait vu, lui révéler que Wolfgang était pédé. Pervers. *Une tantouze.* Un spasme secoua son corps, et il se mit à sangloter avant de recommencer à mordre la couverture pour ne pas crier de douleur, de rage, de honte.

Pius Ringeling s'était effectivement rendu tout droit chez Heinrich Zernick. Le cantor lui ouvrit la porte, étonné mais content de cette visite tardive, tout en remarquant avec surprise l'excitation du professeur qui sans le saluer exigea d'avoir immédiatement un entretien seul à seul avec lui. Il ne voulait pas non plus saluer la femme de Zernick, mais exigea du cantor qu'il le reçût dans son bureau, il voulait lui parler, disait-il, il le fallait, ce qu'il avait à lui dire n'était pas, dans un premier temps, destiné à sa femme.

Dans le cabinet de travail du cantor, une pièce où se trouvaient un piano à queue et des cuivres accrochés au mur, il se laissa choir sur le siège qu'on lui offrait. Et là, sous le regard incrédule du cantor, il se mit à raconter avec précipitation et en s'interrompant fréquemment qu'il avait surpris leurs deux fils dans la chambre de Frieward, à demi nus et tous juste sortis du lit. En même temps il ne cacha pas à quel point il trouvait leurs actes abominables, contre-nature, et qu'il les tenait pour un péché mortel.

Le cantor secoua la tête à plusieurs reprises. Il essaya de contredire Pius Ringeling, mais le professeur n'accepta aucune objection, la situation n'était que trop évidente et les deux garçons n'avaient pas non plus essayé de nier. Ce qu'au demeurant ils n'auraient pas pu faire, car il l'avait constaté de ses yeux.

Lorsqu'il eut terminé d'exposer ses accusations, Heinrich Zernick réussit enfin à reprendre la parole et invita à plusieurs reprises le professeur à se calmer. Il lui exprima sa compréhension, il semblait évidemment que les faits suscitaient le soupçon, mais il savait que son fils Wolfgang était un jeune homme parfaitement sain, avec les intérêts et les préférences propres à cet âge. Il n'était en aucun cas *de l'autre bord*, donc homosexuel, mais lié depuis des années à une jeune fille, une belle jeune femme intelligente qui habitait la ville voisine de Leinefelde. Ils étaient pour ainsi dire fiancés et il avait déjà parlé mariage avec le père de la jeune fille. Il était complètement exclu que Wolfgang s'intéresse aux hommes.

– C'est complètement impossible, cher professeur Ringeling, répétait le cantor, souriant même, j'en mets ma main au feu. Ce que vous avez vu ne pouvait que vous troubler, bien sûr, je le comprends tout à fait. C'était vraisemblablement une bêtise de jeunesse, une blague puérile, une lubie irréfléchie, mais certainement pas ce que vous supposez. Mon fils est engagé avec une belle jeune fille, il va l'épouser, c'est décidé, ils se connaissent tous les deux depuis qu'ils sont enfants. Donc, quoi qu'il se soit passé, vous n'avez pas à vous inquiéter.

– Je ne suis pourtant pas un imbécile, grogna le professeur, je sais ce que j'ai vu. Et j'ai questionné très sérieusement Friedeward qui a tout avoué.

– Sérieusement questionné ? demanda, non sans une ironie discrète, Heinrich Zernick agacé par le comportement de son visiteur. J'espère que vous ne l'avez pas frappé. Il est presque majeur, ça ne se fait pas.

– La façon dont j'élève mon fils, monsieur Zernick, n'a rien à voir ici. Je préférerais savoir ce que vous comptez faire. Friedeward a avoué les faits, et ce sont des faits criminels. Et il m'a révélé qu'il avait été incité par votre fils. C'est pourquoi je vous demande ce que vous comptez faire. Je ne supporterai pas que votre fils continue à fréquenter le mien. J'exige qu'il quitte immédiatement Heiligenstadt, sur-le-champ. Sa place est dans une maison de redressement où on lui apprendra les bonnes manières et la morale. Qu'il ne reparaisse pas devant mes yeux, sinon je m'en chargerai moi-même.

Pius Ringeling jeta un regard méprisant au cantor.

– Sinon, répéta ce dernier avec une connotation à la fois ironique et mauvaise, sinon que voulez-vous donc entreprendre ? Poursuivre mon fils avec votre fouet ?

Les deux hommes s'étaient levés et se jetaient des regards furieux.

– Sinon, répliqua Pius Ringeling sur un ton menaçant, sinon je dénonce votre fils. Friedeward est mineur. Wolfgang est majeur. Pour cet acte, il ira en prison.

M. Zernick était stupéfait. Il déglutit plusieurs fois avant de reprendre la parole :

– Vous n'en ferez rien, monsieur Ringeling. En le faisant, vous courriez à notre perte à tous, y compris celle de Friedeward et la vôtre.

– Faites quitter la ville à ce garçon. Je ne supporte pas qu'il soit à proximité de mon fils.

– Attendez, attendez. – Le cantor se laissa tomber, épuisé, sur une chaise. – Je vais interroger Wolfgang, maintenant, tout de suite. En votre présence. Je ne peux tout simplement pas imaginer cela. Je vous en prie, laissez-nous l'interroger ensemble.

Il s'avança vers la porte et appela Wolfgang qui sortit immédiatement de sa chambre. Il avait remarqué que le père de Friedeward avait sonné à la porte et toute la maison avait pu entendre la violente altercation. La tête baissée, il entra dans le salon de musique.

– Assieds-toi, lui dit son père en lui indiquant l'une des chaises. M. Ringeling m'a rapporté un incident étrange. Peux-tu, je te prie, m'expliquer ce que vous avez fabriqué, Friedeward et toi ? Et dis la vérité, s'il te plaît. On n'arrivera à rien avec des faux-fuyants et des mensonges. Alors ?

Wolfgang garda la tête baissée et raconta, gêné, bégayant, une histoire qu'il avait inventée quelques minutes auparavant. Il dit qu'ils avaient voulu expérimenter quelque chose qu'ils avaient lu dans les livres.

– Expérimenter ? Dans les livres ? Dans quel genre de livres ? le tança Heinrich Zernick avec inquiétude. Il lança à Wolfgang un regard perçant.

– Alors ? Dans quels livres ?

– Des romans que nous avons lus.

– Des romans ? Quelle sorte de romans ? Et où avez-vous trouvé ces horreurs ?

– Mais, chez tante Helena.

– Tante Helena ? Et quels livres exactement ? Des scribouillages français ?

– Non, ce sont des livres allemands. D'écrivains importants.

C'est à ce moment-là qu'intervint Pius Ringeling qui, jusque-là, avait suivi l'interrogatoire en silence, en clignant des yeux :

– Qu'est-ce que ça peut bien vouloir dire, *des écrivains importants* ? Je vous ai enseigné ce qu'est la littérature, ce qu'est un écrivain *important*. Ne viens pas me raconter que ces cochonneries ont été écrites par un écrivain digne de ce nom.

– Qu'avez-vous donc lu, demanda Heinrich Zernick, choqué, qu'est-ce que tante Helena vous a donné ?

Wolfgang se recroquevilla, il eut du mal à citer les noms d'écrivains vénérés, il eut l'impression de les trahir, mais ensuite il dit en regardant son père :

– C'était un livre de Musil, et un de Thomas Mann. Et Thomas Mann, nous l'avons déjà étudié en classe, un essai et une nouvelle.

– Musil ? demanda d'un ton cassant Pius Ringeling, je ne le connais pas. Et Thomas Mann ? Thomas Mann n'a pas écrit de cochonneries, il a reçu le prix Nobel. Quel est donc le titre de ce roman ?

– *Tonio Kröger*, répondit Wolfgang au supplice, *Tonio Kröger* est l'une de ses nouvelles.

– Une nouvelle, ah bon. Et qu'y a-t-il donc dans ces livres qui vous ont menés à vous livrer à ces cochonneries que j'ai surprises ?

– Ce n'étaient pas des cochonneries, monsieur Ringeling, bafouilla Wolfgang. Il s'agit de jeunes hommes qui sont amis.

– Amis ! Vous n'aviez pas de pantalons. Ce n'est pas une amitié, c'est une saloperie ! Que diable vouliez-vous donc expérimenter ?

Wolfgang se tut et garda la tête baissée.

– Quoi donc ?

– C'était que, il y avait des choses tellement bizarres dans le roman. Des choses que nous ne pouvions pas nous représenter. Et alors nous avons voulu essayer pour voir si c'était vraiment comme ça. C'est tout.

– Curiosité. Curiosité stupide, c'est bien ce que j'avais pensé, intervint Heinrich Zernick, ce genre de stupidités, je n'en aurais pas cru capable un garçon presque adulte, Wolfgang. Tu me déçois. Profondément. Et Helga dans tout ça ? Que doit-elle en penser ? As-tu seulement songé à elle ?

Wolfgang continua à garder les yeux baissés. Lorsque son père l'attrapa par le menton pour qu'il le regarde, il évita son regard, les larmes emplirent ses yeux.

– Et Helga ?

– Quoi Helga ? Cela n'a rien à voir avec elle.

– J'ose l'espérer. Et maintenant va-t'en, Wolfgang. Nous en reparlerons, c'est certain. Va dans ta chambre.

Lorsque le jeune homme eut quitté la pièce, Heinrich Zernick regarda son visiteur et poussa un soupir de soulagement :

– C'est bien ce que je pensais. Un enfantillage, non prémédité, rien d'autre. Je vais parler à ma sœur. Ça ne peut pas continuer comme ça. Elle doit réfléchir davantage à ce qu'elle donne à lire à ces jeunes gens. Et ce livre de Thomas Mann, je vais bien sûr en prendre connaissance, je veux savoir ce qu'il y a dedans. Il n'est pas possible qu'un écrivain aussi célèbre, aussi important, puisse publier des stupidités perverses. Ou avez-vous une autre idée, monsieur Ringeling ? Est-il possible que cet écrivain célèbre ait vraiment écrit ce genre de cochonneries ?

– Je ne sais pas.

– Les années de nazisme étaient effectivement horribles, mais ce genre de choses ne se produisaient pas. En tout cas, je suis soulagé que nous ayons eu tort et que tout soit rentré dans l'ordre. Nous allons reparler avec nos enfants, faire appel à leur conscience morale, et cet incident sera réglé.

– Réglé ? Pas pour moi.

– Que voulez-vous dire ?

– Ce que votre fils nous a raconté, c'est peut-être vrai, mais peut-être que non. J'exige qu'ils ne se voient plus tous les deux, que vous éloigniez immédiatement votre fils de Heiligenstadt. Je ne permettrai pas qu'il continue à fréquenter mon école. S'il avait l'impertinence de se présenter demain, je sais ce que j'aurai à faire. Je vous ai prévenu, monsieur Zernick.

– Mais, cher monsieur Ringeling, ils ont commis tous les deux un enfantillage. Mon Wolfgang est pour ainsi dire fiancé à Helga, tout a été clarifié…

– Pour moi, rien n'est clarifié. Je vous ai dit ce que j'avais à vous dire. Bien le bonjour, monsieur Zernick.

Sur ce, Pius Ringeling tourna brutalement les talons, sortit de la pièce et de la maison. Heinrich Zernick se laissa tomber sur une chaise, croisa les bras sur la table et, épuisé, posa sa tête dessus. Sa femme accourut et demanda, inquiète, ce qui s'était passé. Zernick la pria de patienter un peu, il lui raconterait tout, mais pour le moment il lui fallait reprendre son souffle et ses esprits, il était complètement anéanti.

Friedeward entendit son père ouvrir la porte d'entrée. Il retint sa respiration, se contracta sous la couverture, ferma les yeux. C'est seulement dix minutes plus tard, quand il fut certain que son père ne reviendrait pas dans sa chambre, qu'il se détendit et respira calmement. Il avait pris sa décision. Il voulait tout laisser tomber, vraiment tout ! “Ça suffit, murmurait-il, ça suffit.” Et maintenant qu'il avait pris une décision irrévocable, il pouvait prendre son temps. Des incidents insignifiants ne l'atteindraient plus, ne l'humilieraient plus, ne le détruiraient plus, ce n'était plus possible. Même si son père devait se servir une fois de plus du fouet, il pourrait désormais le laisser faire tranquillement, car intérieurement il avait déjà pris un chemin qui le menait loin, très loin, un chemin inaccessible à tous. Bientôt il serait parvenu au but. Cela plongerait son père dans le désespoir. Eh bien, qu'importe! Mais lui, il serait libre, libre pour toujours, son père en revanche serait rongé par le malheur et le péché mortel. Il devrait porter cette culpabilité pour le restant de sa vie.

Il pensait à Wolfgang, espérait qu'il l'accompagnerait. D'ailleurs, quelle alternative lui restait-il? S'engager avec lui sur cette voie, ce serait une belle chose. Tout serait plus facile. Ce serait le comble du bonheur. Un accomplissement. Oui, se disait-il, ce serait un accomplissement, sa vie serait accomplie et, en union avec Wolfgang, ce serait l'accomplissement suprême. Un ultime bonheur, un ultime instant de félicité. On les trouverait ensemble, main dans la main, et personne ne pourrait jamais plus les séparer. Ils comprendraient tous qu'ils s'appartenaient pour l'éternité.

Mais comment s'y prendre? Dans les forêts aux environs de Heiligenstadt, on trouvait encore de nombreuses munitions, des grenades amorcées et des engins explosifs non éclatés, cependant aucun de ses camarades n'y avait encore trouvé un pistolet. Des morceaux de fusil, certes, déjà rouillés et hors d'usage, mais pas de pistolets d'officier utilisables. Un jour Robert avait rapporté de la forêt un poignard de SS, il avait limé la croix gammée, nettoyé et huilé sa trouvaille jusqu'à ce qu'elle étincelle à nouveau. Mais les armes blanches ne convenaient sans doute pas. Friedeward s'imaginait que s'en aller dans l'eau devait être une belle chose, mais comme Wölfchen et lui étaient de bons nageurs, comment pourraient-ils se noyer? Le mieux restait l'armoire des produits toxiques dans la salle de chimie. Il suffisait de passer discrètement devant le concierge; il serait facile d'ouvrir le placard. Ce n'était qu'une vieille vitrine verrouillée, il suffirait vraisemblablement d'une simple règle pour ouvrir la serrure sans bruit. Et là il y avait tout ce dont ils avaient besoin, suffisamment de poisons pour eux et aussi pour une bonne douzaine de personnes fatiguées de vivre. Friedeward savait déjà quel cocktail il devait mixer. C'est maintenant que le cours de chimie de son père allait se montrer rentable, et l'idée de cambrioler sa précieuse armoire de produits toxiques et de lui asséner ainsi un coup insupportable lui procurait une joie particulière.

Il souriait quand il finit par s'endormir.

Le lendemain matin, Wolfgang Zernick ne se présenta pas à l'école. Les autres élèves de la classe interrogèrent Friedeward. Il répondit, embarrassé, qu'il ignorait où il se trouvait. Il était soucieux et inquiet, il craignait que le père de Wolfgang ait interdit à son fils d'aller à l'école où il rencontrerait son ami. Il était malheureux comme les pierres, car il voulait exposer à Wolfgang son plan de salut, la seule issue encore possible, et son intention de forcer la vitrine de la salle de chimie.

Mais, le lendemain, Wolfgang ne vint pas non plus. Les camarades de classe assommèrent Friedeward de questions. N'était-il pas allé lui rendre visite à la sortie des cours ? Friedeward les éconduit en prétextant qu'il avait ces temps-ci beaucoup à faire.

Le troisième jour, la professeure principale annonça dès le début du cours que Wolfgang Zernick ne reviendrait pas à l'école. À la grande surprise du corps enseignant, il avait signifié par écrit qu'il se désinscrivait et voulait préparer son baccalauréat dans une autre ville. Surpris, les élèves regardèrent Friedeward que cette nouvelle laissa complètement abasourdi. Il ignorait tout de la scène de colère qu'avait faite son père dans la famille Zernick et de ses menaces proférées contre le cantor.

Ce jour-là Friedeward eut du mal à suivre les cours, il était troublé et désemparé. Son ami était parti sans lui dire au revoir, sans rien dire du tout. Il ne lui avait pas même écrit une lettre ni fait passer le moindre message. Wolfgang avait disparu de la ville, il fréquentait vraisemblablement maintenant une autre école, ailleurs. Et Friedeward était certain que son père y était pour quelque chose, il avait certainement tout raconté au cantor. Comment Friedeward pourrait-il trouver où on avait envoyé Wolfgang ? Il ne l'apprendrait jamais ni de son propre père, ni de la famille de Wolfgang. Ils allaient surveiller son courrier, subtiliser les lettres de son ami et les lui cacher. Friedeward était au désespoir. Qu'en était-il maintenant de ses projets ? L'idée d'aller vers la mort avec son Wölfchen lui avait donné des ailes. Mais le faire seul serait un acte solitaire et triste, une véritable trahison de leur amitié.

Bien sûr, l'inattention de son fils en classe et sa nervosité n'échappèrent pas à Pius Ringeling. Il était certain que l'absence de son ami le préoccupait, d'autant plus qu'il ignorait où il se trouvait. Il en prit connaissance avec une certaine satisfaction et, ce jour-là, il lui ficha la paix, il ne le rappela pas à l'ordre, ne lui infligea aucun blâme.

Dans la bibliothèque de la salle des professeurs, appelée bibliothèque de l'école, une étagère entière était réservée aux livres des frères Mann, Heinrich et Thomas. Pius Ringeling emprunta le volume de nouvelles dans lequel se trouvait *Tonio Kröger* et lut le récit en une soirée avec un effarement grandissant. Il n'en revenait pas qu'un écrivain d'une telle renommée, universellement reconnu, prix Nobel de littérature de surcroît, ait pu écrire une telle saleté, pas plus qu'il ne pouvait imaginer que dans un pays civilisé on puisse publier un éloge non dissimulé de la sodomie.

Le lendemain il remit le livre à sa place, mais seulement pour le reprendre en cachette quatre jours plus tard, pendant une pause, entre deux cours, alors qu'il était seul dans la salle des professeurs, et le lendemain il le brûla avec du bois mort dans son pré recouvert de la gelée blanche hivernale. C'était la première fois de sa vie que Pius Ringeling commettait un vol, mais il ne se sentait pas coupable. Le dimanche suivant, il confessa sa faute qu'il justifia auprès du prêtre en la présentant comme un acte de morale et de décence incontournable. Le père Weidermann, l'aumônier de Sainte-Marie, partagea son point de vue et renonça à lui infliger une pénitence.

Après la visite de Pius Ringeling, Heinrich Zernick avait ruminé toute la nuit sur la voie à suivre pour l'empêcher de porter plainte. Le comportement de Ringeling qui dépassait les bornes l'avait profondément atteint, de sa vie il n'avait vu un homme de son niveau de culture se laisser emporter par la colère et la rage au point d'oublier toute forme de civilité. Il n'était pas question de discuter avec lui, il n'aurait vraisemblablement aucun scrupule à effectivement porter plainte, si le cantor ne répondait pas à ses exigences qui en réalité étaient des injonctions.

Heinrich Zernick faisait confiance à son fils, il était absolument certain que Wolfgang avait dit la vérité. Les deux garçons avaient bel et bien recherché le contact des corps, excités et séduits par Dieu sait quel texte ampoulé, ils avaient suivi leurs désirs stupides et post-pubertaires, la concupiscence d'une sexualité déjà éveillée mais pas encore maîtrisée. Depuis des années son fils était l'ami de Helga, les deux familles étaient certaines qu'ils allaient se marier un jour, et sa femme et lui craignaient seulement que l'affection et l'amour de ces deux enfants ne puissent faire éclore un enfant trop tôt, avant même le mariage. Non, son fils était absolument normal, il n'avait aucune tendance répréhensible, mais on ne pouvait faire entendre raison à ce forcené de Ringeling, il ferait ce que sa colère lui dictait. Si le cantor n'obéissait pas, il précipiterait Wolfgang et toute la famille dans le malheur, et bien sûr aussi son propre fils ainsi que lui-même.

Le lendemain matin il réveilla sa femme à cinq heures. Il lui expliqua à quelle conclusion il était parvenu durant la nuit et la pria, en dépit des larmes de désespoir que lui faisait verser son amour maternel, de l'aider à convaincre Wolfgang de franchir ce pas inévitable.

– Sinon, ce Ringeling va le dénoncer, dit-il. Wolfgang serait convoqué au tribunal et vraisemblablement jeté en prison. Un scandale indescriptible. Non, Gretchen, non, c'est ce que nous devons faire si nous ne voulons pas que tout cela débouche sur un malheur. Ce Ringeling est certes un imbécile, mais il est dangereux. Lorsque Wolfgang aura quitté la ville, il se calmera peut-être et reviendra à la raison. La situation sera sans doute tout autre dans trois ou six mois. Mais pour le moment nous devons nous plier à son diktat.

Sa femme, en larmes, acquiesça, et ils se rendirent dans la chambre de Wolfgang pour le réveiller.

Une heure avant que les classes commencent, Heinrich Zernick et son fils prirent le premier train pour Berlin où la cousine de Zernick était supérieure des Sœurs enseignantes et de la Theresienschule, une école privée à laquelle l'administration municipale de Berlin-Est avait fini, après de longues tergiversations, par accorder le statut de lycée catholique romain. Comme la parole de sa cousine avait du poids, il espérait qu'elle pourrait obtenir que Wolfgang suive les cours de cette école pendant les derniers mois précédant son baccalauréat.

Il insista même auprès de sa cousine pour qu'elle aide son fils – Zernick ne voulait évidemment pas révéler les accusations catastrophiques de Ringeling à l'encontre de Wolfgang, il se contenta de faire allusion à des difficultés d'ordre politique dans lesquelles ce dernier aurait été piégé, ce qui signifiait menace d'exclusion du lycée à brève échéance et interdiction de se présenter au baccalauréat –, mais sa cousine ne put lui donner aucun espoir. L'agrément de son école n'avait pu être obtenu que sur intervention des Alliés*, et l'administration municipale utiliserait toute infraction pour rompre le contrat et fermer l'école privée confessionnelle, qu'elle considérait de toute façon comme sa bête noire. La Theresienschule ne devait en aucun cas accepter un garçon, même un catholique convaincu. Elle conseilla au cantor de s'adresser à la Zinzendorfschule à Herrnhut, une école certes protestante et située dans une localité peu enviable, car bien que cette communauté ait des écoles dans le monde entier, celle-ci était subordonnée au pouvoir de la zone d'occupation soviétique, elle n'était donc pas sous la protection des Alliés et Wolfgang pourrait certainement y préparer son baccalauréat.

Deux jours plus tard, Heinrich Zernick pouvait confier son fils aux bons soins du cantor de Herrnhut qui, des décennies plus tôt, avait été l'un de ses camarades d'études ; ce dernier lui assura qu'il veillerait sur Wolfgang durant les cinq mois à venir. Son fils passerait l'examen en mai comme tous les autres élèves ou comme externe du petit lycée de Haute-Lusace, et son ami le cantor avait même trouvé pour le jeune Zernick, dans la ville voisine de Strahwalde, une chambre chez deux sœurs, veuves de guerre toutes les deux et disposées à mettre cette pièce à la disposition de Wolfgang. En contrepartie, celui-ci dégagerait la neige devant la maison et fendrait les bûches pour les deux vieilles dames.

Heinrich Zernick rentra apaisé à la maison, se rendit à la direction du lycée de Heiligenstadt pour faire enregistrer le changement d'établissement de son fils et demander que son dossier soit transmis à la direction du lycée de Herrnhut. Il frappa ensuite à la porte de la salle des professeurs et demanda à parler à Pius Ringeling. Le professeur sortit dans le couloir, les deux hommes se

* Alliés occidentaux.

saluèrent d'un simple signe de tête et le cantor déclara brièvement que son fils avait changé de lycée, ce dont le professeur prit acte sans broncher.

– Ainsi tout est réglé, dit le cantor en tournant les talons sans prendre congé, s'apprêtant à s'en aller.

– Non, tout n'est pas réglé, dit Pius Ringeling d'un ton cassant, j'exige que personne, ni vous, ni votre femme, personne ne dise à Friedeward où se trouve Wolfgang.

Les deux hommes se regardèrent en silence, sans sourciller, puis Ringeling fit demi-tour et regagna la salle des professeurs. Le cantor jeta un regard furieux à la porte close, on l'entendit pousser deux profonds soupirs avant de reprendre le chemin de l'église.

Depuis ce fameux dimanche de l'Avent, Friedeward était privé de sorties. Après l'école il devait rentrer immédiatement à la maison et n'en sortir que l'après-midi pour faire les courses pour la famille. Il continuait à vivre dans ses rêves éveillés, pensant à mettre fin à ses jours, jouant avec l'idée d'échapper ainsi définitivement à son père. Il se représentait son propre enterrement, voyait son père, ses parents devant la tombe ouverte dans laquelle on faisait descendre le cercueil contenant son corps mort, mais libéré. Il se perdait pendant des heures dans ce genre de pensées et se sentait à ce moment-là enfin libre et serein. Cependant il ne voulait pas accomplir ces derniers pas sans être accompagné de Wolfgang, il ne voulait franchir ce seuil qu'en sa compagnie. Or Wolfgang avait disparu, sans laisser le moindre mot, la moindre adresse, et il ne pouvait se renseigner auprès de personne. Dans sa famille, le nom de son ami n'était plus prononcé, comme s'il avait été frappé d'anathème, et il ne pouvait pas non plus questionner les parents de Wolfgang, bien qu'ils aient assurément su, eux, où leur fils se trouvait.

Il envisagea de s'enfuir de chez ses parents, de Heiligenstadt. Il pourrait partir comme son frère en Amérique ou en Australie, ou du moins en Italie. Mais alors il perdrait certainement Wolfgang pour toujours. Jamais, jamais ils ne se retrouveraient ni ne se reverraient et cette idée étouffa dans l'œuf tout projet de fuite. Il ne voulait pas, il ne pouvait pas vivre sans Wolfgang. Et il allait donc tenir le coup ici, jusqu'au jour où il serait autonome, un homme libre qui pourrait faire ce qu'il voulait, ce qui lui plaisait.

Cependant il était encore attaché à la maison paternelle, à son père, et il n'avait le sentiment de se sentir chez lui, protégé, que pendant les heures qu'il passait avec ses livres bien-aimés allongé sur son lit ou à sa table de travail. Les auteurs étaient ses frères spirituels, ses vrais maîtres, des amis. La tante de Wolfgang, Helena, à qui il continuait à rendre visite, en cachette bien sûr, depuis qu'il n'était plus privé de sorties, et qui n'obtempérait pas aux rappels à l'ordre de son frère Heinrich, lui procura des volumes de poésie de Rilke et Stefan George, elle lui offrit même édition très ancienne et précieuse des poèmes de Anton-Ulrich von Braunschweig-Wolfenbüttel ainsi que *Le Bateau ivre* de Rimbaud dans sa version originale en français, car aucune des traductions ne lui semblait réussie et de plus elle voulait inciter le jeune homme à améliorer son français scolaire. Friedeward aimait ces poèmes, surtout les poèmes à Maximin, cette idéalisation de la jeunesse, l'ivresse des jeunes hommes le ravissaient. Il se sentait proche de ces écrivains, écrivait lui-même chaque jour des poèmes qu'il ne montrait à personne, car le seul qui aurait été digne de les lire avait disparu. Et même si tante Helena était bienveillante à son égard, elle ne s'en tint pas moins à l'ordre donné par son frère et ne lui révéla pas l'adresse de Wolfgang, que Friedeward n'osa pas non plus lui demander.

À la maison il lisait ces livres en cachette, car désormais son père surveillait ses lectures, en plus de cela il le convoquait sans cesse dans son bureau pour lui faire la leçon. Il est vrai que le fouet n'était plus accroché au mur, son père l'avait vraisemblablement rangé dans le dernier tiroir de son bureau. Pius Ringeling ne cessait d'inciter son fils à aller confesser sa faute, le prêtre lui donnerait une pénitence et le libérerait de son acte.

– Car c'est un péché, Friedeward, disait-il en saisissant son fils par les épaules, le péché des sodomites est immoral, c'est un crime. Et le catéchisme ne classe pas le péché des sodomites parmi les péchés véniels, pas non plus parmi les péchés mortels ; pour notre foi, c'est un péché sans nom, tu comprends. Un péché contre Dieu, contre la nature, contre la morale, et on ne peut en aucun cas le tolérer. Tu comprends ce que je te dis, Friedeward ?

Friedeward faisait signe que oui, il pensait à Wolfgang. Il s'imaginait son ami assis près de lui, enlaçant ses épaules, ils se souriraient et ignoreraient le sermon paternel. Il acquiesçait sans regarder son père.

– C'est un péché innommable et l'Église refuse un enterrement religieux à ces pécheurs. C'est le droit en vigueur, le droit sacré de notre Église. Les sodomites vivent dans le péché, meurent dans le péché, ils ont perdu la béatitude éternelle, Friedeward. Perdre la béatitude éternelle ! Friedeward, t'imagines-tu seulement ce que tu t'infliges ? L'enfer et la damnation pour l'éternité ! Friedeward, reprends tes esprits, reviens à toi !

Friedeward regardait son père avec sérieux et humilité, il restait longtemps silencieux et finissait par hocher la tête en signe d'approbation.

– Bien, Friedeward. Tu peux t'en aller. Nous aurons certainement l'occasion d'en reparler un jour. Ou même à plusieurs reprises. Car il en va de ton salut éternel, sur ce point rien ne doit nous échapper. Le salut éternel, nous pouvons à peine nous représenter ce que c'est, nous n'avons pas la moindre idée de ce qui nous attend, nous ne savons rien des béatitudes célestes. Mais lorsque nous pensons à l'enfer et à la damnation, nous frissonnons d'effroi. À cause de toi j'ai passé des nuits sans sommeil. Je prie le Seigneur pour toi, nuit après nuit. Pour qu'Il t'assiste, qu'Il te sorte de cette fange. Allez, va.

Friedeward supposait que son père avait parlé de lui avec le prêtre. Lorsqu'il était allé à confesse, Weidermann l'avait interrogé avec insistance sur d'autres péchés, d'autres fautes, et comme Friedeward affirmait qu'il n'avait rien d'autre à confesser, il lui avait rappelé plusieurs fois que seuls l'aveu, la confession et le repentir pouvaient le libérer complètement de la faute. Mais Friedeward était resté silencieux et n'avait rien dit, ni de Wolfgang et de lui. Au cours d'une conversation privée, le père Weidermann lui avait posé sans détour des questions sur son ami Wolfgang et sur lui, et Friedeward avait avoué que Wolfgang lui manquait, ils étaient liés par une amitié pure et altruiste. Le prêtre ne creusa pas davantage la question, mais ne sembla visiblement pas satisfait de la réponse.

Les conversations de Friedeward avec son père et le père Weidermann commencèrent à porter leurs fruits. Il se mit à réfléchir, feuilleta des livres de théologie pour trouver les passages dans lesquels la curie ou le pape prenaient position, explicitement ou par allusion, sur les pratiques homosexuelles. Le plaisir des sens, lut-il, était condamnable, lorsque sa satisfaction était une fin en soi et séparé de sa finalité qui était de transmettre la vie par une union dans l'amour. La tendance aux relations sexuelles avec des partenaires de même sexe et les actes qui en résultaient étaient la source d'un grand désordre moral et ne provenaient pas d'un réel besoin affectif et sexuel. Celui qui s'adonnait au plaisir sexuel comme fin en soi menait une vie de désordre, loin de Dieu.

Les théories pieuses impressionnèrent Friedeward, lui procurant des nuits d'insomnie. Nuit après nuit, la damnation lui apparut sous des traits effrayants, il faisait des cauchemars, voyait devant lui l'enfer, le diable, le purgatoire et, dans un demi-sommeil, sursautait dans son lit. Il maigrit, perdit plus de cinq kilos, ses côtes devinrent saillantes, ses yeux profondément enfoncés dans les orbites, la grâce et le charme de la jeunesse disparurent de ses traits. Friedeward semblait nerveux, il était agité en classe et avec ses camarades. Les filles le plaignaient, elles voulaient l'aider, mais il les repoussait et se renfermait de plus en plus. Il ne pouvait parler à personne de ses cauchemars, de ses angoisses, de sa faute.

Car pour Friedeward il ne faisait aucun doute qu'il s'était chargé d'une faute, qu'il avait transgressé les principes de la morale usuelle et de sa foi. Le péché était un poids, l'idée que la sérénité éternelle ne lui serait pas accordée le tourmentait. Mais malgré toutes ces angoisses, il avait la nostalgie de Wolfgang, de son Wölfchen, il désirait qu'il l'enlace, il avait envie de sentir sa peau et d'être à nouveau avec lui. Comme il aurait aimé aller se promener avec lui, lui parler, partager son lit. Et lorsque son excitation retombait, sa conscience lui infligeait des tourments encore plus violents, sa voix intérieure le maudissait pour ce nouveau dérapage.

– Je me suis rendu coupable, père, répétait-il à haute voix plusieurs fois par jour, et en le disant il ne savait pas au juste s'il s'adressait à son père Pius Ringeling ou à son Père céleste.

En mars, la professeure de musique proposa un cours de danse aux deux classes de terminales. Jusqu'au début des épreuves du baccalauréat il y aurait chaque vendredi soir deux heures de cours. Tous les élèves, sans exception, s'inscrivirent, car l'école de danse de la ville, submergée de demandes, proposait une liste d'attente, sans compter que pour des écoliers elle coûtait très cher. La professeure de musique promit de leur apprendre en deux mois la valse et le fox-trot, ainsi que quelques pas de tango, en somme des connaissances suffisantes pour le bal de fin d'études. Les élèves devaient avoir une tenue correcte, mais aussi apporter leurs baskets, car les chaussures de ville étaient interdites dans la salle de gymnastique.

Comme tous les autres élèves, Friedeward se rendait le vendredi à six heures au cours de danse. Il était intéressé, même si l'inhabituelle proximité corporelle avec l'autre sexe lui était désagréable, alors que pour la plupart de ses camarades elle était le charme même de la chose. Quelques-uns des jeunes garçons profitaient de la circonstance pour serrer leur partenaire si fort contre eux que celles-ci se plaignaient avec véhémence et la professeure dut à plusieurs reprises rappeler que le calme et un comportement correct étaient de mise.

Au début du cours les jeunes femmes furent priées de s'asseoir sur des petits bancs du côté droit du gymnase, les jeunes hommes s'installèrent de l'autre côté en face d'elles. La professeure, après une courte introduction, donna le signal, tous les garçons se levèrent, traversèrent la salle en direction des filles et s'inclinèrent devant elles pour les prier de leur accorder cette danse. Pendant les deux premiers cours certains d'entre eux s'élancèrent avec frénésie vers l'autre côté pour inviter la fille de leur choix. Après quelques rappels à l'ordre, les choses se firent avec plus de discipline, désormais on se hâtait apparemment avec calme, mais à pas rapides, et les favorites observaient avec amusement l'ardeur des jeunes hommes et, suivant celui qui se présentait, elles se sentaient flattées ou déçues.

Friedeward ne se précipitait pas vers l'autre côté, angoissé il s'avançait lentement et invitait l'une des sept filles restées sur les bancs. Sept paires d'yeux pleins d'espoir étaient fixées sur lui, car comme il y avait plus de filles que de garçons, celles qui n'étaient pas invitées étaient condamnées à danser entre elles. Au commandement de la professeure les couples devaient se placer, prendre la position et attendre qu'elle commence à jouer au piano.

Il advint que, dès le deuxième cours, Friedeward invita toujours la même fille, une certaine Gudrun qui était dans une autre classe de terminale, et comme la professeure avait exigé que chaque garçon raccompagne sa partenaire chez elle après le cours, il avait eu l'occasion de parler avec elle. Gudrun était une jeune femme pas très jolie, solidement bâtie, son buste était celui d'une frêle jeune fille alors qu'elle avait un gros derrière et des jambes comme des poteaux. Lorsqu'ils avaient fait leurs premiers pas de valse, elle avait échappé des mains de Friedeward et failli tomber. Elle avait sifflé entre ses dents : "Fais donc attention. Il faut que tu me tiennes fermement, sinon je vais tomber sur le cul. Tiens-moi donc convenablement."

Friedeward se sentit gêné et s'efforça de l'empoigner énergiquement et de la tenir dans ses bras, mais la jeune fille n'était jamais satisfaite et n'arrêtait pas de le critiquer.

Les deux jeunes gens étaient si souvent ensemble que les autres élèves furent convaincus qu'ils étaient amoureux et formaient un nouveau couple dans leur école.

Gudrun présenta Friedward à ses parents et se rendit avec lui chez les parents de celui-ci, car seule une amitié avec une fille pouvait apaiser la suspicion de Pius Ringeling. Au cours de promenades qu'ils firent dans les environs, Gudrun insista pour qu'il l'embrasse et exigea de lui qu'il la tienne vraiment, c'est ainsi qu'elle s'exprima. Cela lui fut désagréable, répugnant même, mais il se força et fit ce qu'elle exigeait. Lorsqu'elle lui demanda s'il ne voulait pas voir ses seins, il s'empressa d'acquiescer d'un signe de tête et ouvrit de grands yeux pour les contempler. Il les toucha du bout des doigts et ne les embrassa qu'après y avoir été invité.

En juin, après leur réussite au baccalauréat, Gudrun rompit avec lui de façon tout à fait inattendue. Elle se contenta de lui dire qu'il ne lui convenait pas, elle était tombée amoureuse d'un mécanicien avec qui elle préférait sortir.

Friedeward n'eut qu'une mention Bien au bac. Dans sa classe il avait glissé des premières places, qu'il avait autrefois partagées avec Wolfgang, à la moyenne, ce qui contrariait fortement son père et repoussait dans un lointain inaccessible la faculté de médecine. Depuis quelques mois déjà les sciences humaines se dessinaient comme seule perspective, car il n'y était pas indispensable de présenter une mention Très Bien, ce qui affectait son père plus que lui, puisque de toute façon la philosophie et les arts l'intéressaient bien plus que les sciences naturelles et la médecine que son père avait espérées et prévues pour lui.

En mars, deux mois avant le bac, il avait posé sa candidature pour la faculté de philosophie de l'université Friedrich-Schiller à Iéna et envoyé son bulletin du premier semestre. Celui-ci était très bon, présentait de bien meilleures notes que ses résultats au bac, et comme lors de l'examen d'admission il ne pouvait pas faire étalage de textes philosophiques qu'il avait lus, ce furent ses connaissances inhabituellement étendues de la littérature classique qui retinrent l'attention, il fut accepté à condition que ses résultats au bac soient satisfaisants, et avant même l'examen il se mit en quête d'un gîte dans sa future ville universitaire. Il reçut une réponse positive d'une veuve de guerre qui pouvait lui louer à partir de septembre l'une de ses deux chambres, car le locataire actuel, un étudiant, avait donné congé pour la fin de l'année universitaire.

À la fin juin, il rencontra à l'improviste Wolfgang dans la rue. Ils furent surpris tous les deux, Friedeward encore plus que Wolfgang, car il ignorait complètement son retour. Pendant un moment ils se firent face en silence, stupéfaits et heureux. Ils ne se touchèrent pas, ne se serrèrent pas la main, prirent rapidement rendez-vous pour l'après-midi dans un des lieux isolés au bord de la rivière qu'ils avaient l'habitude de fréquenter et se séparèrent aussitôt. Ce n'est que lorsqu'ils se retrouvèrent trois heures plus tard au bord de la Leine, seuls et sans observateurs, qu'ils se sautèrent au cou et se racontèrent comment ils avaient passé les mois précédents.

Wolfgang qui, lui aussi, avait passé le bac dans le lointain Herrnhut, toutefois avec mention Très Bien, allait intégrer deux mois plus tard l'Institut de musique religieuse, un département de l'École supérieure de musique de Leipzig. Son père lui avait écrit qu'une fois le baccalauréat passé et réussi, il pouvait revenir sans problème à Heiligenstadt, car ce M. Ringeling, avec lequel depuis l'incident il n'avait échangé ni parole ni salut, devait s'être calmé, ou s'il lui prenait effectivement l'idée de porter plainte contre Wolfgang, il devrait craindre à son tour d'être accusé de diffamation. Car même s'il ne se rendait à la police que plusieurs mois après ce malheureux malentendu, il aurait à répondre à quelques questions embarrassantes.

– Et maintenant tu vas à Leipzig ?

– Pour cinq ans.

– Et moi, je vais étudier à Iéna. La philo. Même si ce n'est pas avec ça qu'on gagne sa croûte. Mais ça m'intéresse. J'aimerais bien mieux étudier la littérature allemande, mais il y a trop de candidats, ils n'en prennent qu'un sur vingt. Avec mes notes je n'ai aucune chance d'être admis. Je ne pouvais plus me concentrer en cours depuis que tu es parti. Je ne savais pas où tu étais ni si je te reverrai. Et c'est seulement parce que j'ai espéré te revoir que je suis resté chez mes parents, Sinon je me serais enfui. En Amérique, ou plus loin.

– Plus loin ? Qu'y a-t-il d'encore plus loin ?

– Bah oui ! Je voulais me supprimer. Je voulais que nous nous suicidions ensemble. Je l'ai souvent imaginé.

Wolfgang embrassa Friedeward, ils restèrent ensuite immobiles allongés l'un près de l'autre, suivirent leurs pensées, jouirent de leur bonheur de s'être retrouvés. Lorsqu'ils entendirent tout à coup un bruit dans le fourré, ils s'habillèrent en vitesse, tout en essayant de ne pas faire de bruit pour ne pas être découverts. Sur le chemin du retour ils se promirent l'un à l'autre d'être à l'avenir plus prudents et de ne plus jamais se donner rendez-vous en ville. Friedeward demanda à Wolfgang des nouvelles de Helga, il voulut savoir s'ils étaient toujours ensemble.

Wolfgang répondit en souriant qu'il allait épouser Helga un jour ou l'autre. “Cela rendra les choses plus faciles pour nous deux”, ajouta-t-il.

Friedeward se contenta d'approuver d'un signe de tête. L'idée que son ami allait épouser une femme le tourmentait, mais c'était bien sûr une décision raisonnable. Absurde, mais tout indiquée pour ne pas mettre leur amour en danger.

Ils se virent rarement tous les deux à Heiligenstadt et, lorsqu'ils se rencontrèrent, c'était toujours dans des lieux isolés, cachés. Ils avaient des discussions animées, ils ne manquaient jamais de sujets, on aurait dit qu'ils voulaient rattraper le temps perdu pendant leur séparation forcée par un échange intensif d'idées et de projets d'avenir. Friedeward confia aussi à son ami ses craintes, car si leurs relations étaient découvertes, il ne devrait pas seulement s'attendre au mépris de son père, mais aussi de sa famille et de tout leur entourage; sans compter que le souci du salut de son âme le tracassait. Wolfgang lui aussi avait beaucoup réfléchi à ce sujet, mais il était parvenu à des conclusions bien différentes. Il lui parla de l'amour qui selon la Bible et la théologie était la chose la plus importante et la plus noble, et par conséquent leur amour devait lui aussi être béni, le reste c'était le Moyen Âge, l'obscurantisme qui allait disparaître avec le temps, comme avait disparu la persécution des sorcières et des magiciens. Les temps allaient venir où leurs sentiments et leurs relations ne seraient plus interdites. Friedeward écoutait les paroles de son ami avec soulagement, mais il n'était pas pour autant complètement libéré du fantôme menaçant, continuait à être en proie aux doutes et aux angoisses, la crainte de mettre en jeu pour toujours son salut éternel était trop profondément ancrée en lui.

Il n'avait pas échappé à Pius Ringeling que le jeune Zernick était de retour en ville. Cela le rendit furieux, mais il n'en dit rien, il se contenta désormais de surveiller son fils plus strictement encore.

À la fin août, Friedeward et Wolfgang partirent pour Iéna et Leipzig. Friedeward s'en alla à Iéna le 27 août, un mercredi, le lendemain son ami quitta Heiligenstadt, mais n'arriva que le 30 à Leipzig, il fit d'abord étape à Iéna pour passer tranquillement un jour et une nuit avec son ami. Ils visitèrent ensemble le nouveau lieu de résidence de Friedeward, se rendirent à l'université où celui-ci devait se faire inscrire et firent l'après-midi une grande promenade jusqu'au Schweizerhöhe et à la tour Bismarck.

Wolfgang put passer la nuit dans la chambre de son ami, les deux jeunes gens polis et bien élevés plurent à la logeuse, le soir elle leur montra des photos de son mari tombé au front auxquelles ils firent semblant de s'intéresser, elle mit à la disposition de ses hôtes un lit de camp et le lendemain matin leur prépara à tous les deux le petit-déjeuner. Lorsque Friedeward lui demanda s'il lui serait possible d'héberger Wolfgang dans sa chambre deux ou trois fois par mois, elle leur donna immédiatement l'autorisation, tout en ajoutant que les visites féminines n'étaient pas admises, encore moins les visites nocturnes, car elles donneraient lieu à des commérages dans l'immeuble et elle devait veiller à sa réputation.

L'enthousiasme pour la philosophie que Friedeward avait éprouvé au début disparut dès le premier semestre. Six ans plus tôt, l'université de Iéna avait été la première du pays à créer un Institut de matérialisme dialectique et à obliger les étudiants de toutes les facultés à suivre un cours d'initiation au marxisme-léninisme les premiers semestres, les étudiants l'appelaient avec mépris *la radiothérapie rouge*. La faculté de philosophie était elle aussi tellement conforme à la nouvelle idéologie d'État que Friedeward trouva seulement de l'intérêt à l'histoire de la philosophie ainsi qu'à la logique classique, une matière obligatoire redoutée de la plupart des étudiants qui la trouvaient trop mathématique. Au cours du premier semestre, chaque fois que son emploi du temps strictement organisé le lui permettait, il allait rendre visite à Wolfgang à Leipzig. Ils suivaient ensemble les cours accessibles aux étudiants de toutes les facultés, faits par des professeurs réputés en art, musique et littérature allemande, un cycle de conférences qui traditionnellement avaient lieu le mercredi soir.

Le grand amphithéâtre de plus de trois cents places était généralement bondé avant même le début de la conférence, il y avait même des étudiants et des étudiantes assis sur le rebord des fenêtres et sur les marches pour suivre attentivement le célèbre orateur. Le grand amphithéâtre se trouvait dans l'un des bâtiments de l'université qui avaient été bombardés, dans le hall d'entrée il y avait de gigantesques tas de décombres, on avait provisoirement dégagé les couloirs, mais au milieu des ruines et des gravats on voyait des ordures et des déjections d'animaux. La plus grande affluence était pour les cours d'un vieux philosophe à la vie bouleversante, à la renommée brillante, dont on prononçait le nom avec respect dans la ville entière. Les étudiants l'appelaient simplement *Hegel-sur-terre.* L'amphithéâtre était aussi plein pour ses cours que pour ceux du directeur de l'Institut de germanistique, un monsieur corpulent qui n'avait pas un seul regard pour son auditoire, se rendait toujours à petits pas rapides à son pupitre et transportait d'admiration son auditoire par son flot de paroles au débit surprenant, bouillonnant, par ses phrases pleines d'esprit mais extrêmement sinueuses qu'il achevait toutefois toujours correctement, sans la moindre faute. Lui aussi, les étudiants ne l'appelaient jamais par son nom, mais *Goethe-soi-même.*

C'est dans ces cours que Friedeward trouva ce qu'il cherchait, la raison pour laquelle il avait choisi la philosophie, il trouva une pensée vivante, une raison en éveil qui cherchait à comprendre l'esprit du temps. Ici on ne présentait pas pour chaque problème une solution, empruntée à une idéologie à laquelle on devait croire, ici on ne résolvait pas les énigmes du monde, mais on les classait parmi les tâches aussi urgentes qu'insolubles. Il enviait Wolfgang, qui pouvait assister à tous les cours, alors que lui, ses obligations à Iéna – il y avait des listes de présence à presque tous les cours et séminaires – l'empêchaient très souvent de se trouver en milieu de semaine à Leipzig.

Après les cours on se rendait la plupart du temps avec les camarades d'études dans l'un des cafés du centre-ville, où, autour d'une infusion ou d'un ersatz de café, on continuait à discuter. C'est à l'une de ces occasions – après la conférence sur Büchner – qu'ils firent la connaissance de Jacqueline. Pendant deux ans, elle avait étudié la dramaturgie à l'Institut du théâtre allemand situé au château du Belvédère à Weimar, à la suite de quoi elle avait changé pour Leipzig où lui avaient été proposées des études complémentaires au Département d'études théâtrales et une place de doctorante. Jacqueline avait deux ans de plus que les deux garçons, mais des intérêts et des conceptions communes les rapprochaient et faisaient oublier la différence d'âge. Désormais ils se rencontraient plus souvent tous les trois et avaient des discussions enflammées.

Parfois Jacqueline venait aux conférences accompagnée d'une professeure de sa faculté, Herlinde Grosser, une femme de quinze ans son aînée qui dirigeait les travaux de Jacqueline et qu'apparemment cette dernière admirait et appréciait. Les deux jeunes gens plurent aussi à la professeure et une amitié si chaleureuse s'établit entre eux quatre qu'ils en vinrent rapidement à se tutoyer, si bien que Friedeward regretta encore plus amèrement d'être attaché à Iéna par ses études, d'autant plus que Leipzig lui plaisait davantage comme ville universitaire et il y aurait volontiers commencé des études d'histoire de l'art ou de théâtre comme Jacqueline, ou de germanistique auprès dudit professeur si dynamique qu'il admirait.

Au printemps 1953, au début du second semestre d'études de Friedeward et de Wolfgang, Jacqueline fêta son vingt et unième anniversaire, et elle invita la moitié des camarades de son séminaire. Herlinde lui avait proposé d'organiser la fête dans son appartement, car les nombreux invités auraient eu peine à trouver place dans la chambre de Jacqueline, et fêter son anniversaire dans un restaurant n'était pas dans les moyens d'une étudiante. Jacqueline avait donc préparé un festin avec l'aide de trois amies dans la cuisine de Herlinde, réuni dans le grand séjour trois tables en une et mis un couvert de fête. Les invités arrivèrent à l'heure et apportèrent vin, bière et jus de fruits.

Lorsque Friedeward sortit sur le balcon pour fumer une cigarette, il y trouva Jacqueline et Herlinde, il eut l'impression de déranger, voulut rentrer dans le salon, mais Herlinde le retint. Ils discutèrent un moment et la conversation tomba sur les études de Friedeward. Herlinde avait déjà appris, en s'entretenant avec lui, que ses études à Iéna ne le satisfaisaient pas, et elle avança l'idée d'un changement d'université. Il était inscrit à l'université de Iéna, ce ne serait donc qu'une formalité.

– Changer d'université ? C'est possible ?

– Bien sûr, on peut le faire. C'est un long chemin, il te faudra d'abord l'accord de la nouvelle faculté, mais sur ce point je pourrais t'aider.

– Ça serait formidable. Ce que j'aimerais encore plus, ce serait changer de discipline. L'art ou la germanistique me plairaient davantage, je crois.

– Alors cela va être encore un peu plus difficile, mais ce n'est pas impossible. Préviens-moi quand tu auras pris ta décision, je verrai ce que je peux faire.

– C'est tout réfléchi. Je viendrai à Leipzig plutôt aujourd'hui que demain.

– Bon, alors je vais parler au vice-recteur. Fais-moi passer ton dossier par Jacqueline, ton diplôme du bac, le récépissé d'inscription, etc. Ensuite, nous verrons.

– Merci, mille mercis, Herlinde.

La fête d'anniversaire se termina vers une heure du matin par un incident. L'un des étudiants – ivre comme il l'était – avait peloté Jacqueline, qui l'avait repoussé, sur ce il l'avait traitée de coincée frigide, de putain de lesbienne. Friedeward attrapa alors le gars complètement interloqué par le veston et le poussa sans ménagement jusqu'à la porte de l'appartement. L'ivrogne brailla et jura encore un moment dans le hall de l'immeuble, jusqu'à ce que les voisins se plaignent du tapage nocturne et le chassent de l'immeuble.

Lorsque les invités furent partis, les trois amis aidèrent Jacqueline à débarrasser et à faire la vaisselle. Wolfgang et Friedeward remirent en place les tables, les chaises et autres sièges, et descendirent la poubelle. Lorsqu'ils eurent terminé, ils prirent congé, Jacqueline préféra ne pas partir en même temps qu'eux, elle voulait encore boire un dernier verre en paix avec Herlinde pour trinquer à son anniversaire.

– Je suis désolé de cette scène avec cet imbécile, dit Friedeward, tu as des camarades débiles.

– Il n'est pas dans mon séminaire. Je ne sais pas ce qu'il étudie. C'est un ami d'Evelyn qui m'a demandé à plusieurs reprises si elle pouvait l'amener.

– J'espère que ça lui servira de leçon.

– Ce n'était pas si grave, Friedl. Crois-moi, il n'y a pas de filles, de femmes, qui n'ont pas vécu ce genre de choses. Les hommes fonctionnent de façon étonnante.

À peine ont-ils bu deux verres qu'ils veulent toucher. Ça doit être dans les gènes, chez vous !

– Pas moi, Jacqueline, je ne le fais pas, et Wolfgang non plus.

– Alors vous êtes tous les deux la grande exception. Rentrez bien. Je ne vais pas tarder non plus.

En quelques semaines, Herlinde Grosser réussit effectivement à obtenir que Friedeward puisse changer d'université. Grâce aux bonnes relations qu'elle entretenait avec le vice-recteur, il put commencer des études de littérature allemande à Leipzig quinze jours après le début du nouveau semestre. Une chargée de cours de cette discipline, amie de Herlinde, lui avait concocté un programme qu'il devait rapidement étudier tout seul, pour rattraper les cours des premiers mois, ce qu'il fit facilement grâce à ses connaissances en histoire littéraire.

L'enseignement dispensé par les germanistes lui plaisait bien davantage que les séminaires conformes à la ligne du Parti à Iéna. Il est vrai que les étudiants de premier semestre de Leipzig devaient inévitablement aussi se soumettre à la *radiothérapie rouge*, mais à la différence de leurs camarades de Iéna, ils supportaient la chose, blasés et sans faire preuve de trop de zèle, comme un mal dont ils devaient s'accommoder pour devenir professeur d'allemand, éditeur ou critique littéraire. Ce qui les intéressait vraiment, c'était de découvrir le "Secret des Maîtres", comme disait un chargé de cours, et ils s'exerçaient à des interprétations passionnées, polémiquaient sur les questions de style, se frayaient péniblement un chemin dans les textes en moyen-haut-allemand et écoutaient fascinés lorsqu'un professeur qu'ils estimaient expliquait et commentait des vers ou un texte en prose qui leur avaient semblé jusque-là sans intérêt. Ils étaient fiers de pouvoir étudier sous la houlette de semblables coryphées qui faisaient la fierté de Leipzig, qui partout dans la ville, dans chaque café, étaient l'objet de regards admiratifs et dont les noms étaient familiers même aux chauffeurs de taxi. Ces professeurs vénérés étaient les véritables princes de la ville, des princes secrets, et un peu de l'éclat de leur dignité majestueuse retombait sur ceux qui pouvaient assister à leurs cours et les écouter.

Trouver à se loger fut le seul véritable problème qui se posa à Friedeward. En plein milieu de semestre, il était exclu qu'un étudiant puisse trouver une chambre. Pour cette raison il s'installa dans la chambre de Wolfgang, avec l'assentiment de la logeuse qui toutefois doubla le loyer de la petite pièce. On enleva la table de travail pour pouvoir installer un second lit. De toute façon Wolfgang passait toutes ses journées dans les salles de répétition et les amphithéâtres de son université, et Friedeward lisait ou écrivait à la bibliothèque universitaire ou à la Deutsche Bücherei*. Il trouvait là, au milieu des rayonnages de livres qui montaient jusqu'au plafond, le calme dont il avait besoin pour se concentrer.

Mais, deux mois plus tard, il reçut quatre propositions de chambres différentes. Dans l'ensemble du pays une insurrection, brève mais violente, une rébellion brutale avait eu lieu qui ne prit fin qu'avec l'intervention des chars soviétiques. À Leipzig aussi il y avait eu des manifestations, des échauffourées, des actes de violence, on avait décrété le couvre-feu, la population fut exhortée par haut-parleur à rester calme et à ne pas gêner les forces de l'ordre dans leur travail.

Lorsque la violence dans les rues s'amplifia non seulement la nuit mais aussi le jour, les véhicules munis d'un haut-parleur disparurent, la circulation des trams fut interrompue et il y eut des appels à la grève générale. Le calme ne revint que lorsque les tanks roulèrent dans les rues et occupèrent les places principales.

---

* Bibliothèque nationale de la RDA.

Herlinde avait fortement recommandé à ses amis de prendre leurs distances.

"Cela ne peut pas bien se passer, ne cessait-elle de répéter, vouloir s'en prendre à mains nues aux fusils-mitrailleurs et aux tanks, c'est une folie. Le réveil sera difficile pour tous ceux qui y auront participé. Tenez-vous à l'écart. Sauvez-vous dès que quelque chose se passe près de vous en ville, dès que vous vous retrouvez dans un attroupement ou lorsque l'armée débarque."

Au bout de trois jours les manifestants avaient été maîtrisés, arrêtés, ou s'étaient enfuis en Allemagne de l'Ouest en traversant la frontière verte, la frontière inter-allemande. Les journaux regorgeaient d'articles relatant de prétendues exactions des insurrectionnels, accompagnés de photos de ceux qui étaient déjà incarcérés ainsi que de ceux que la police recherchait. Le journal de l'université ne parlait lui aussi que de ce sujet. Un peu plus d'une centaine d'étudiants et quelques enseignants avaient participé au soulèvement. Les auteurs des articles s'en prenaient violemment aux enseignants et aux étudiants rebelles : celui qui s'était rendu coupable de la destruction du bien commun n'était pas digne d'appartenir à une université qui, depuis six semaines, avait l'honneur de porter le nom du grand Karl Marx. Ces gens-là devaient s'attendre à des peines de prison ou devraient à l'avenir faire leurs preuves dans la production.

Du jour au lendemain, les chambres de ceux qui avaient été incarcérés ou s'étaient enfuis se trouvèrent libres et, pour la première fois, on vit sur le panneau d'affichage de la faculté de germanistique des offres, manuscrites, de location de chambre, provenant la plupart du temps de femmes seules, veuves de guerre. Les affichettes mentionnaient toujours plus ou moins la même chose, on recherchait des *étudiants sérieux, bien élevés, disposés à accomplir des petits travaux et à monter les seaux de charbon.*

Fin juin, Friedeward put emménager dans une très jolie chambre, dans le quartier des Musiciens, la bibliothèque de l'université était au coin de la rue et il pouvait se rendre à la faculté à pied. Il écrivit alors à ses parents qu'il avait quitté Iéna pour Leipzig, et la philosophie pour la germanistique ; il avait jusque-là veillé à ce qu'une visite inopinée ne leur permette pas de découvrir qu'il avait pris ses quartiers chez Wolfgang. C'est pourquoi il leur avait laissé croire les semaines précédentes qu'il étudiait toujours à Iéna, il faisait suivre son courrier et envoyait à un de ses anciens camarades d'Iéna la lettre mensuelle qu'il leur destinait pour qu'il la mette à la poste. Il avait prié son ancienne logeuse, la veuve de guerre, de laisser son nom sur la sonnette à la porte, de sorte que si son père rendait visite à son fils à l'improviste, il ne le trouverait certes pas, mais il trouverait au moins son nom. La logeuse trouva cette requête étrange, l'observa avec un regard suspicieux, mais accepta.

À la fin du deuxième semestre, Friedeward avait réussi avec succès tous les examens de l'ensemble de l'année et, bien qu'arrivé en retard, il faisait partie des meilleurs éléments de son séminaire. Ses camarades l'aimaient bien. Ils savaient seulement qu'il avait commencé ses études à Iéna et croyaient qu'il avait été inscrit là-bas en germanistique. Herlinde lui avait conseillé de ne pas parler dans son nouveau séminaire de ses études de philosophie, son changement d'université obtenu sans aucune difficulté était tout à fait inhabituel et elle ne souhaitait pas que son intervention soit connue.

– Il ne faut pas réveiller les chiens qui dorment, dit-elle, mine de rien tu as eu de la chance et j'ai donné un coup de pouce à la chance, mais personne n'a besoin de le savoir.

Friedeward manqua la fête de fin d'année de son séminaire, car Jacqueline les avait invités, Wolfgang et lui, à la fête du Département d'études théâtrales. Cette fête traditionnellement organisée avec la participation des étudiants de l'École d'art dramatique était légendaire, c'était le couronnement de l'année d'études. Les filles avaient préparé des salades, un étudiant avait apporté à l'école cinq pains démesurément longs en utilisant la camionnette de l'entreprise de son père, boulanger à la cuisine centrale de l'ancien combinat d'extraction de charbon Brabag, où il les avait cuits pour les étudiants. Chaque participant était prié de se charger de ses boissons et, à côté de chaque chaise, il y avait un sac contenant des bouteilles.

Les camarades d'études de Jacqueline examinèrent attentivement Friedeward et Wolfgang, ils étaient tous fermement persuadés que l'un des deux était son amoureux et Jacqueline renforça encore cette supposition en s'installant à la même table qu'eux et en ne dansant qu'avec eux. Herlinde vint avec quelques autres enseignants pour une demi-heure, s'entretint avec quelques étudiants et s'en alla rapidement.

Tard dans la soirée, la compagnie devint plus bruyante, impossible de ne pas entendre qu'on se disputait. Une étudiante reprocha violemment à une autre fille de lui avoir piqué son copain, une autre gifla un étudiant de l'école, lui reprochant un geste déplacé pendant qu'ils dansaient ensemble, ce dont les autres prirent note en ricanant.

– Voilà qu'ils recommencent à nous peloter, ces primates décérébrés, se contenta de commenter Jacqueline. Qu'est-ce qu'ils peuvent imaginer que ressent, ou doit ressentir, une femme à ce moment-là ? Du plaisir ? De l'excitation ?

– Ils sont seulement saouls, dit Wolfgang, et demain ils ne se rappelleront rien.

– C'est écœurant et tu ne devrais pas essayer de les défendre, lui lança-t-elle.

– Mais je ne le fais pas. Moi aussi, je trouve que ce sont des imbéciles.

Lorsque Friedeward reconduisit Jacqueline chez elle après minuit, elle remit le sujet sur le tapis et lui demanda s'il était vrai qu'il ne lui arrivait jamais de peloter une femme. Et lorsqu'il le lui confirma, elle s'arrêta brusquement et lui dit :

– Alors tu serais le copain idéal pour moi, si je pouvais te croire.

– Tu le peux.

Ils continuèrent leur chemin en silence, puis Jacqueline s'arrêta, attendit de croiser le regard de Friedeward et lui dit en souriant :

– Et Wolfgang ? Tu le tripotes ?

Friedeward rougit et secoua la tête.

– Vraiment pas ?

– Tu me prends pour qui ? Pour un de ceux de l'autre bord ?

– Ce serait grave ? En tout cas, pas pour moi.

– Et qui plus est, c'est puni par la loi. La loi punit la sodomie, il y a des alinéas à ce sujet.

– "Sodomie" ? D'où tu peux bien sortir ce mot ? De la Bible ou du siècle passé ?

– Mais ça s'appelle comme ça.

– Non, ça ne s'appelle pas comme ça. Ça s'appelle homosexuel ou pédé, mais sodomie, c'est quand on le fait avec des animaux.

– C'est passible d'une sanction.

– Mon Dieu, oui, c'est répréhensible. Mais traverser au rouge est aussi passible d'une sanction et nous venons de le faire.

– Qu'est-ce qui te fait penser ça ? Pourquoi crois-tu que Wolfgang et moi…

– C'est l'avis de Herlinde. Elle n'y trouve rien à redire, moi non plus d'ailleurs. Je ne sais pas pourquoi c'est répréhensible. Je ne vois pas en quoi ça regarde les gens.

Ils reprirent leur chemin en silence, chacun plongé dans ses réflexions. Friedeward lui avait promis de l'accompagner jusqu'à la Fregestrasse où elle habitait.

Jacqueline s'arrêta devant la porte et lui répéta à plusieurs reprises :

– Friedeward, tu peux me le dire, à moi.

Elle croisa ses doigts et les posa sur ses lèvres.

– C'est un signe ? Qu'est-ce que ça signifie ?

– Silence éternel, lui répondit-elle.

Il rit en secouant la tête :

– Non, Wolfgang et moi, nous sommes seulement des amis.

– Tu as une copine ?

– Non, mais Wolfgang en a une, ils sont quasiment fiancés.

– Dommage, je pensais…

– Tu pensais quoi ?

– Ça m'aurait bien plu que vous soyez un peu plus que des amis.

– Mais pourquoi donc ? Pourquoi tu dis ça ?

– Parce que c'est comme ça. Si tu es capable de te taire, je pourrais te raconter quelque chose. Un secret très secret.

– Je suis capable de me taire. Comme une tombe.

– Fais le signe.

Friedeward croisa les doigts et les plaça sur sa bouche.

– Mon copain est une femme.

Friedeward la fixa sans comprendre. Jacqueline éclata de rire et lui donna un coup de coude.

– Tu ne comprends pas ? Je suis de l'autre bord. Je suis lesbienne.

– Tu es… ?

– Oui

– Et qui est ta copine ?

– Top secret. Et maintenant, dis-moi : as-tu aussi des amours répréhensibles ? À moi tu peux le dire.

Embarrassé, Friedeward acquiesça en rougissant.

– Et ton copain, c'est Wolfgang ?

Il approuva à nouveau d'un signe de tête et se détourna tellement il était gêné.

– Bien. Ça me plaît. Alors nous pouvons rester amis.

– Est-ce que Herlinde… ?

– Que veux-tu dire ?

– Est-ce Herlinde ?

– Quoi qu'il en soit, elle est mon amie. Notre amie.

Jacqueline rit, puis elle plaça à nouveau ses index croisés sur sa bouche, déposa un baiser sur la joue de Friedeward, ouvrit la porte de la maison et disparut à l'intérieur.

Deux jours plus tard, Friedeward avait le dernier cours du semestre, un séminaire donné par un jeune assistant en linguistique sur les modèles grammaticaux, et ensuite il partit tout seul pour Heiligenstadt. Il était convenu avec Wolfgang qu'ils ne se verraient pas dans la petite ville, mais ils avaient l'intention de passer deux semaines ensemble au bord de la Baltique et avaient retenu depuis le début de l'année une place au camping de Markgrafenheide. Ils voulaient raconter à leurs parents qu'ils partaient en vacances avec des camarades d'études, ils ne voulaient en aucun cas risquer qu'ils découvrent leurs combines.

Dès le premier jour des vacances, Pius Ringeling convoqua son fils dans son bureau et voulut connaître les raisons du changement de discipline dans ses études. Friedeward expliqua que l'orientation des études de philosophie à Iéna ne correspondait pas à ce qu'il en attendait et qu'il avait cherché une possibilité d'aller étudier la germanistique à Leipzig. Après un moment d'hésitation bien jouée, il avoua à son père la véritable raison de son changement d'université, il s'agissait d'une jeune fille dont il était tombé amoureux. Le père accueillit la nouvelle avec une satisfaction visible et demanda son nom.

– Jacqueline Duehren, elle étudie l'art dramatique.

Le père demanda où et quand il avait fait sa connaissance, le métier de ses parents, et les réponses de son fils semblèrent le soulager. Friedeward avait raconté qu'il avait fait sa connaissance à une fête d'anniversaire à Iéna où elle était venue rendre visite à une amie. Le père se rendit ensuite dans le séjour avec son fils qui dut répéter à sa mère ce qu'il venait de dire. Pius Ringeling déboucha une bouteille de vin et en versa un verre à chacun, puis il leva le sien à la santé de Jacqueline, ajoutant qu'il espérait qu'ils auraient bientôt l'occasion de faire sa connaissance. Friedeward acquiesça en disant qu'ils avaient l'intention d'aller camper au bord de la Baltique avec des copains et que Jacqueline aurait ensuite le temps de venir jusqu'à Heiligenstadt.

Pendant les vacances, Wolfgang et Helga se retrouvèrent tous les trois ou quatre jours à Leinefeld ou à Heiligenstadt, la plupart du temps ils se promenaient en ville en se tenant par la main. Friedeward évitait de se joindre à eux, il ne tenait pas à exciter à nouveau les soupçons de son père, qu'il semblait avoir définitivement calmés en lui racontant l'histoire de sa prétendue copine.

À la mi-juillet les deux amis partirent pour la Baltique, Wolfgang trois jours plus tôt, à ses parents et à Helga il avait parlé d'une semaine d'atelier avec son séminaire. De ce fait il ne put pas, comme l'année précédente, emprunter la tente de la veuve de guerre, mais il avait pris la précaution de se renseigner auprès de ses amis à Leipzig et dégoté une tente pour quatre personnes.

Lorsque Friedeward partit, ses parents le chargèrent à plusieurs reprises de saluer Jacqueline de leur part et de l'inviter à Heiligenstadt. Il le promit, elle passerait les voir au retour, ou au moins avant la fin des vacances.

Lorsque Friedeward arriva au camping, Wolfgang avait déjà monté la tente. Il avait préparé sur le petit réchaud une soupe pour accueillir son ami, dit-il, en réalité il avait fait dissoudre dans de l'eau le contenu de deux sachets et avait agrémenté le tout de petits morceaux de saucisses et de persil qu'il avait coupé de nuit dans le jardin d'une villa.

Les journées à la mer furent magnifiques, il y avait longtemps qu'ils n'avaient pas vécu aussi paisiblement. Ils avaient enfin trouvé tous les deux la possibilité d'organiser leur vie comme ils souhaitaient qu'elle soit à l'avenir. Wolfgang voulait rester lié à Helga mais repousser la date des fiançailles, de même que celle du mariage, et avant la conclusion de cette union il n'y aurait aucune relation intime entre eux, c'était exclu pour Helga, elle le lui avait dit clairement, pour son plus grand soulagement. Il ne pouvait pas savoir comment la situation évoluerait après la période des fiançailles, mais cela ne le perturbait pas. Il aurait déjà gagné cinq ou six années pendant lesquelles personne ne le soupçonnerait, dit-il, et ce qui se passerait par la suite ne le préoccupait absolument pas pour l'instant. L'important était seulement qu'il puisse être avec Friedeward sans courir de risque.

Et Friedeward, qui avait raconté à son ami sa dernière conversation avec Jacqueline, se laissa aller à imaginer une communauté d'intérêts avec elle. Finalement c'est elle qui y avait fait allusion et ce genre d'arrangement lui semblait idéal, pour lui comme pour elle. Il raconta à Wolfgang avec ravissement comment il avait parlé à son père de sa prétendue promise, décrivit le soulagement de ses parents et la façon dont son vieux paternel l'avait presque chaleureusement serré dans ses bras pour la première fois depuis cinq ans. Il allait bientôt se rendre à Heiligenstadt en compagnie de Jacqueline pour que ses parents puissent faire sa connaissance. Chez lui comme à Leipzig cette relation serait le meilleur camouflage. S'il le fallait, il ferait lui aussi un mariage blanc avec elle, ainsi le tout dernier soupçon quant à son orientation sexuelle serait sans fondement. Et Jacqueline pourrait elle aussi vivre tranquillement sa relation avec Herlinde, car il était évident que cette dernière était sa partenaire.

Ils s'imaginaient leur vie, une vie joyeuse, sans problème, sans danger, certes une vie cachée, mais c'était le prix pour vivre leur amour sans être soupçonné.

En rentrant de Markgrafenheide, Friedeward fit un crochet par Leipzig, il voulait rendre visite à Jacqueline pour la convaincre de son projet. Elle n'était pas chez elle. De la Fregerstrasse il se rendit chez Herlinde Grosser où il pensait la trouver. Herlinde lui ouvrit, vêtue d'un vêtement d'intérieur qui couvrait à peine son abondante poitrine. Elle s'étonna de la visite de Friedeward en pleine période de vacances. Il lui demanda si Jacqueline était là.

– Tu as de la chance, aujourd'hui elle est ici, elle m'aide à préparer le semestre prochain.

– Je peux lui parler ?

– Mais bien sûr. Entre.

Elle l'introduisit dans le séjour où, un instant plus tard, Jacqueline pénétra, vêtue elle aussi d'un simple vêtement d'intérieur. Elle se réjouit de voir Friedeward, le pria de s'asseoir et lui demanda si elle pouvait lui offrir quelque chose. Il secoua la tête en ajoutant qu'il était juste de passage, il allait chez ses parents, il souhaitait avoir un bref entretien avec elle en privé. Au cours de ses divagations sur la plage il avait longuement réfléchi à ce qu'il lui dirait, mais maintenant, en sa présence, il lui semblait difficile de la convaincre et il se mit à bégayer. Il lui rappela leur conversation nocturne après la fête de fin d'année, lui expliqua de façon confuse et embarrassée qu'elle lui avait donné l'idée d'un projet audacieux, avant de terminer en lui déclarant avec volubilité et emphase ce qu'il s'était imaginé avec Wolfgang sur la plage. Lorsqu'il ajouta qu'il en avait déjà parlé à ses parents qui espéraient bientôt faire sa connaissance, Jacqueline éclata de rire.

– C'est un scénario d'horreur ! je ne sais pas si j'ai envie de me retrouver dans la maison de tes parents comme ta fiancée ! Je me tordrais de rire. Et ta mère voudrait certainement vérifier si je sais bien faire la cuisine, non ?

Friedeward tenta de lui expliquer que simuler une relation amoureuse les aiderait l'un et l'autre. Et d'ailleurs c'est elle qui lui avait donné cette idée.

– Attends, dit-elle, elle sortit de la pièce et revint peu après avec Herlinde.

– Bon, tu veux bien réexpliquer ton plan, s'il te plaît. Herlinde, il faut que tu le saches, notre Friedl s'est imaginé quelque chose avec Wölfchen qui nous concerne aussi. Vas-y, Freidl, expose votre fabuleux projet.

Friedeward perdit ses moyens. Il lui était désagréable de parler de ses intentions, et donc de se dévoiler, devant Herlinde, une femme plus âgée. Il avait l'impression d'être assis devant ses parents ou le père Weidermann. Quand il tourna trop longtemps autour du pot, Jacqueline l'interrompit et prit un malin plaisir à exposer sans détour ce qu'il n'arrivait à exprimer que de manière confuse. Herlinde écoutait, imperturbable.

– Très bien, dit-elle finalement, en hochant la tête, c'est très bien pensé. Et toi Jacqueline, ne sois pas si stupide. Le plan de Friedl est bon. Il peut vous aider, il peut nous aider. Prenons quelques jours de réflexion. Nous en reparlerons quand Friedeward reviendra de Heiligenstadt.

– Je dois faire comme si j'étais la fiancée de Friedl ? Il faut que j'aille chez ses parents, des catholiques intransigeants, et jouer la comédie ? Tu perds la tête, non ?

– Tu as une meilleure idée ? Tu as réfléchi à ce qu'il allait advenir de nous ?

– Mais est-ce la raison pour laquelle je dois épouser un gars ? Tu parles sérieusement ? Mon Dieu, Herlinde !

– Un jour ou l'autre il y aura des rumeurs, Jacqueline. Quelqu'un nous verra, tirera la conclusion qui s'impose, nous dénoncera. Nous devrons nous séparer et j'aurai vraisemblablement des sanctions disciplinaires. Non, Jacqueline, le plan de Friedl peut nous aider, toi et moi. Nous en reparlons après les vacances, Friedl, salue Wölfchen de ma part. Je retourne à ma table de travail.

Herlinde les laissa seuls tous les deux. Jacqueline était encore déconcertée par la visite surprenante et la proposition insensée de Friedeward, mais comme son amie semblait l'envisager si sérieusement, elle ruminait ce qu'elle avait entendu.

– Laisse-moi du temps, demanda-t-elle à son ami, quand j'ai parlé de cela l'autre fois, c'était plutôt une plaisanterie. C'est quand même une idée folle. Mais quelque part, tu as raison. Laisse-nous réfléchir, Friedl.

– Peu importe la décision que tu prendras, je voudrais te demander quelque chose, quelque chose d'important.

– Et ce serait ?

– Si cela t'est possible, ce serait bien que tu viennes une journée à Heiligenstadt.

– À Heiligenstadt ? Chez tes parents ?

Friedeward fit signe que oui en lui jetant un regard insistant, presque implorant.

– Je leur ai raconté que j'avais une copine à Leipzig et que c'était à cause d'elle que j'avais quitté Iéna. Depuis que mon père nous a surpris un jour, Wölfchen et moi, il est méfiant. Il a menacé de dénoncer Wölfchen parce qu'à l'époque il avait déjà dix-huit ans, mais pas moi. Et il a bien fallu que je lui explique pourquoi je voulais absolument aller à Leipzig. C'est pour cette raison que je me suis inventé cette copine. Mon père voulait savoir son nom, ce qu'elle faisait, d'où elle venait, et alors j'ai pensé à toi et j'ai donné ton nom. Si tu venais ne serait-ce qu'une journée, cela m'aiderait beaucoup. Cela nous aiderait, Wölfchen et moi. Car mon père le fera, il le dénoncera ou nous dénoncera même tous les deux. Il est comme ça. Pour lui, les gens comme nous vivent dans un état de péché mortel contre lequel il faut agir.

– Et qu'est-ce que je devrais faire ? Qu'est-ce que tu attends de moi ? Qu'on se tienne par la main ? Qu'on joue à être amoureux ?

– Non, rien de tout ça. Nous pourrions nous promener en ville, je pourrais te montrer les lieux où j'ai grandi, ensuite nous déjeunerions avec mes parents et tu devrais vraisemblablement répondre à une centaine de questions, d'où tu viens, ce que tu fais, comment nous avons fait connaissance, ce genre de bêtises. Ce que les parents veulent toujours savoir. Ça serait vraiment très important pour moi. Il faut tout simplement maintenant que je puisse présenter une copine, puisque j'ai parlé de toi. Autrement cela va leur sembler étrange et je veux éviter à tout prix que mon père puisse penser que j'ai inventé toute l'histoire.

– Écris-moi votre adresse. Je vais réfléchir et j'en parle à Herlinde. Je t'écrirai si je viens ou non.

– En tout cas, ce serait bien si tu pouvais m'écrire régulièrement, tu le ferais ? Peut-être une fois par semaine, ce serait trop demander ? Si ma copine ne se manifeste pas, mes parents vont s'étonner. Je dois être prudent, Jacqueline.

Elle l'accompagna à la porte de l'appartement. Ils se quittèrent sur un sourire, mais le sourire de Friedeward était triste, il était épuisé et abattu. Jacqueline voulut lui redonner le moral et lui promit de réfléchir calmement à son plan et de lui écrire chaque semaine une lettre, même si ce n'était qu'un bout de papier vierge dans une enveloppe sur laquelle elle écrirait l'adresse avec amour et peindrait un petit cœur.

La dernière semaine d'août, Jacqueline vint à Heiligenstadt. Friedeward alla la chercher à la gare et ils se promenèrent tranquillement dans la ville, il lui montra l'école et l'église avant de se rendre chez ses parents. Ils révisèrent encore une fois la comédie à laquelle ils allaient se livrer immédiatement après.

Jacqueline se sentit mal à l'aise quand Friedeward la présenta à ses parents. Elle était angoissée à l'idée de devoir simuler de l'amour alors qu'il ne s'agissait que d'amitié et, de surcroît, d'éviter toute erreur pour ne pas nuire à Friedeward. En outre, elle n'était membre d'aucune Église, les coutumes religieuses lui étaient étrangères et elle craignait de ne pas se comporter correctement pendant le bénédicité et les grâces. Est-ce qu'avant le repas on priait à haute voix ou en silence ? Et devait-elle faire comme si elle s'associait à la prière, devait-elle en tout cas baisser la tête et joindre les mains, ou les croyants rigoureux qu'étaient les parents allaient-ils prendre son attitude pour de l'hypocrisie et en être blessés ? Elle observa donc une certaine réserve, veilla à peu parler, écouta attentivement ce que disaient les parents de Friedeward, répondit avec empressement à chacune de leurs questions, attentive à chaque instant à ne pas se trahir.

Grâce à son comportement calme, raisonnable mais sûr de soi, elle fit bonne impression aux parents. La jeune femme leur sembla être une personne bien élevée et sérieuse, une partenaire valable et utile pour leur fils. Avec elle à ses côtés, il ne retomberait pas dans ce genre d'enfantillage absurde comme son histoire ancienne avec Wolfgang Zernick. À peine les jeunes gens avaient-ils quitté la maison – Friedeward raccompagnait Jacqueline à la gare – que Wilhelmine parlait fiançailles et mariage. Mais son mari hocha la tête :

– Minchen, ne mets pas la charrue avant les bœufs. Nous devons nous réjouir que notre garçon nous ait présenté une fille. Mais qu'elle ne soit pas catholique me pose de gros problèmes, enfin je suis soulagé qu'elle soit, disons, une femme.

– Cette jeune fille me semble très dure, tu ne trouves pas, Pius ? Tu n'as pas eu cette impression ?

– Dure, je ne sais pas. Elle m'a semblé quelqu'un de bien. Elle sait ce qu'elle veut. Et si elle se montre énergique avec Friedeward, c'est encore mieux. Ce garçon a besoin d'une main qui le guide. Tu sais ce que j'ai le plus apprécié chez eux? C'est qu'ils se soient conduits tous les deux convenablement devant nous. Minchen, tu n'as pas idée de la façon dont les jeunes gens d'aujourd'hui se comportent. Ils se bécotent dans la cour, se tripotent, et devant tout le monde. Ils n'ont même pas de respect pour les surveillants à la récréation. C'est écœurant. Et j'ai apprécié leur comportement à tous les deux. Ils connaissent les convenances. Ils nous respectent et ne se laissent pas aller en notre présence.

Que la jeune femme soit une païenne, selon l'expression de Pius Ringeling, préoccupait considérablement les parents, mais que leur fils soit lié sérieusement à une jeune femme – après le bref épisode avec cette Gudrun –, c'était l'essentiel. Ils espéraient qu'entre-temps leur fils avait définitivement oublié ce maudit fils du cantor qui l'avait séduit et mené hors du droit chemin. Et ils remerciaient leur Dieu du fond du cœur et le priaient de montrer à Jacqueline le chemin vers leur foi.

Jacqueline et Friedeward parlèrent peu en se rendant à la gare.

– Tu as trouvé cela très dur? demanda Friedeward au moment où le train entrait lentement en gare et s'immobilisait dans un craquement métallique.

– Non, ça allait. Mais l'idée de jouer la comédie pendant toute une vie est terrifiante.

– Si tu le fais une ou deux fois par an, ça suffit, je veux dire, nous ne vivons pas dans la même ville, nous ne devrons pas leur rendre visite constamment.

Il l'aida à monter les trois marches pour accéder au wagon.

Par la porte ouverte, elle lui répondit:

– Oui, pour Noël et les anniversaires je devrai jouer à la petite femme éprise. La fiancée. Et plus tard même l'épouse. Et que ferons-nous s'ils viennent chez toi, à Leipzig?

– Alors tu feras une brève apparition chez moi, pendant une heure. Et ensuite tu diras que tu dois aller à la fac. Ça plairait même à mon père, pour lui le travail passe avant tout.

– Je ne sais pas, Friedeward.

– On y arrivera.

– Tu as de ces idées.

– Bah, c'est toi qui m'as donné cette idée folle !

L'employé des chemins de fer arriva en courant et ordonna sur un ton bourru à Friedeward de reculer, avant de claquer la porte et de donner le signal du départ.

Les deux couples vivaient leur amour en secret. Ils sortaient tous les quatre, assistaient ensemble aux conférences du mercredi dans le grand amphithéâtre, allaient au café ou au cinéma. En public ils observaient une attitude réservée, ils s'abstenaient d'échanger des gestes tendres, ne se donnaient pas le bras. Ils veillaient strictement à ne pas se trahir, se contrôlaient constamment, chaque geste, chaque remarque irréfléchie pouvaient éveiller les soupçons. Lorsqu'ils étaient seuls, la tension retombait, ils se comportaient librement les uns vis-à-vis des autres, ils se taquinaient gentiment et arrivaient même à plaisanter de l'obligation de feindre à laquelle les autres les contraignaient pour ne pas les perturber. Pourtant, même s'ils arrivaient à prendre la situation à la légère à l'intérieur de leurs quatre murs et même d'en plaisanter, il convenait, dès qu'ils quittaient leurs logements ou leurs chambres d'étudiant, de se camoufler sous une apparence bourgeoise. L'État menaçait de sanctions, l'université ne pouvait accepter la déviance, la rue, les bistrots, les voisins, la ville tout entière ne le supporteraient pas.

Grâce à l'aide de ses amis, Friedeward avait rapidement trouvé ses marques et pris ses habitudes à Leipzig, les études le passionnaient, l'obligation de suivre les inévitables cours politiques était moins stricte que chez les philosophes de Iéna, même les séminaires moins appréciés de linguistique et de vieil-haut-allemand avaient éveillé sa curiosité, et grâce aux lectures obligatoires il approfondissait un champ qui lui était resté inaccessible jusque-là.

En janvier, *Goethe-soi-même* apparut à l'improviste dans un séminaire sur Georg Büchner. Le monsieur rondouillard entra sans frapper, fit un petit signe de la main en direction de l'assistant terrorisé qui dirigeait le séminaire, pour d'une part le rassurer et d'autre part l'inciter à continuer son cours. Puis il se dirigea à petits pas vers l'avant de la salle pour s'asseoir, sur le côté, sur la chaise que l'assistant lui avait apportée avec empressement. Les étudiants n'étaient pas moins nerveux que l'assistant et il fallut quelques minutes pour que tous parviennent à nouveau à se concentrer sur le sujet, mais personne n'osait poser une question pour ne pas se ridiculiser devant ce directeur d'Institut admiré de tous.

Ce dernier écoutait attentivement les explications du jeune assistant, la trentaine environ, et les interventions des étudiants intimidés qui osaient à peine parler. Son visage ne trahissait rien, seule sa main droite s'agitait par moments, ce que les étudiants prirent à juste titre pour un signe de mauvaise humeur. Au bout de dix minutes, il se leva. L'assistant s'arrêta de parler et le regarda, inquiet. Le petit homme corpulent fit un pas en direction des pupitres des étudiants et récita avec recueillement le vers : *"Beaucoup doivent il est vrai mourir au fond**. *"*

Il regarda les étudiants, attendant une réaction, et comme personne ne semblait vouloir dire quelque chose, il lâcha un "Alors ?" autoritaire.

Friedeward fut le seul à lever la main et il se leva après y avoir été invité d'un simple signe de tête du professeur.

Comme ils s'étaient souvent, Wolfgang et lui, lu des poèmes, les vers de Hofmannsthal lui étaient familiers et, gêné et bégayant à moitié, il récita le reste de la première strophe : *"Là où traînent les lourdes rames des navires / D'autres habitent là-haut à côté de la barre, / Connaissent vol d'oiseau et continents d'étoiles."*

* Trad. de Jean-Pierre Lefèbvre. *Anthologie de poésie allemande*, "La Pléiade", 1993.

Goethe-soi-même fit à nouveau un bref signe de tête, demanda à Friedeward son nom, le répéta à mi-voix pour lui-même et quitta la salle sans prendre congé. L'assistant, au garde-à-vous jusqu'à ce que le professeur eût refermé la porte derrière lui, poussa un profond soupir, regarda Friedeward en disant : "Bien, Ringeling ! Très bien ! Dieu merci, il y en a au moins un parmi vous qui connaît les canons de la poésie allemande."

En mars, des affiches hectographiées placardées au tableau noir de toutes les facultés informèrent que le directeur du théâtre étudiant cherchait encore des acteurs pour *Jules César*, de Shakespeare, qu'il allait monter l'automne suivant. Les candidats devaient se présenter pour un entretien préalable à la fin du mois au restaurant universitaire et réciter un monologue, un poème ou un texte en prose. À partir de seize heures, et il était recommandé de s'inscrire.

Le jour dit, Friedeward et Wolfgang se rendirent au restaurant universitaire, Friedeward récita une ballade de Schiller, et Wolfgang un monologue extrait de *Dehors devant la porte* de Borchert. Ils firent une bonne prestation et on leur fit miroiter un rôle. La première devait avoir lieu en janvier, les lectures du texte commenceraient avant les vacances d'été et à ce moment-là les comédiens amateurs décideraient collectivement de la distribution.

La première lecture eut lieu quatre semaines plus tard dans la salle d'un séminaire de la faculté des lettres. Huit étudiantes et plus de trente étudiants avaient été invités à y participer et ils lurent, dans les exemplaires de la collection Reclam qu'ils avaient apportés, les rôles qu'on leur avait attribués. Helfried, le metteur en scène et responsable du théâtre, un doctorant angliciste, interrompait souvent les lecteurs pour changer la distribution, et il fit souvent appel à Friedeward et Wolfgang. Les lectures avaient lieu toutes les semaines, le mardi soir, et dès la quatrième lecture tout semblait indiquer qu'ils allaient avoir tous les deux des rôles importants dans la distribution.

En juin, lors de l'une des dernières conférences du mercredi, c'est *Goethe-soi-même* qui parla du *Divan occidental-oriental* inspiré du poète persan Hafiz. Le professeur, qui n'avait sur le pupitre devant lui qu'une petite feuille de la taille d'une enveloppe, parlait depuis quarante minutes des poèmes sans jeter le moindre regard sur ses notes. Il s'interrompit soudain, parcourut du regard l'amphithéâtre bondé et interrogea les quelque quatre cents étudiants présents :

– Au fait, pourquoi *Divan* ? Est-ce que l'un de vous peut me le dire ? Vous vous êtes bien préparés pour ma conférence, n'est-ce pas ?

Le silence régnait dans la salle, personne ne toussait, on n'entendait même pas les étudiants respirer, ils baissaient tous le nez en attendant que l'orage s'abatte sur eux, *Goethe-soi-même* était bien connu pour ses accès de colère. Il n'était pas rare que le cours se termine avant l'heure pour cette raison et qu'il quitte la salle en claquant la porte.

Le petit professeur se planta devant l'assistance, en silence, parcourant du regard les étudiants intimidés qui baissaient la tête pour éviter son regard.

Face à cette assistance muette, les yeux du professeur se mirent à lancer des éclairs et, perdant peu à peu patience, il s'écria :

– Quoi ? Comment ? "*Je regardai : point d'aide ! je m'étonnai : point de soutien ! Alors mon bras me secourut et ma fureur me soutint**." Qu'y a-t-il, mes jeunes demoiselles de l'amphithéâtre, pas de temps pour la bibliothèque ? Vous n'avez que votre coiffeuse devant les yeux ? Le *Divan* n'est-il rien d'autre pour vous qu'un meuble pour s'asseoir ? Et vous, messieurs ? Vos regards se portent plus longtemps et plus profondément sur votre verre que sur les livres ? J'attends.

Il se retourna vivement et regagna son pupitre, prit la petite feuille avec ses notes, la plia et la mit dans la poche

* Isaïe 63, 5, traduction de la Bible de Jérusalem.

de son gilet. Tous s'attendaient à ce qu'il interrompe le cours et sorte avec fracas, mais soudain il fit volte-face et cria dans la salle :

– Friedeward Ringeling ? Friedeward Ringeling est-il présent ?

Friedeward, assis avec ses amis dans les dernières rangées, se leva et, gêné, répondit présent.

– Eh bien, Friedeward Ringeling, vous pouvez répondre à ma question ?

– Le Divan, enfin, à l'origine, on désignait par Divan la direction de toutes les armées musulmanes. Plus tard au XIIIe siècle, le poète persan Hafiz employa ce terme pour nommer l'ensemble de ses poèmes.

– Bien, bien, monsieur Ringeling. Pas tout à fait exact, mais suffisant. Pour ne pas dire passable. Hafiz n'a pas vécu au XIIIe siècle, mais au XIVe. Vous devez encore faire des recherches chez vous, monsieur Ringeling.

Maintenant le professeur semblait content, il ressortit de sa poche ses notes et reprit sa conférence exactement à l'endroit où il l'avait interrompue. Quand elle fut terminée, les étudiants frappèrent longuement sur leur pupitre, admiratifs et soulagés, pendant que *Goethe-soi-même* se hâtait vers la sortie pour quitter l'amphithéâtre. Lorsqu'il eut disparu, Friedeward sentit le regard de ses compagnons peser sur lui. Il rangea les notes qu'il avait prises et descendit les marches en compagnie de Jacqueline et de Wolfgang. Comme pour le remercier, quelques étudiants lui adressèrent un signe de tête, un jeune homme lui tapa sur l'épaule en disant qu'il avait sauvé le cours au dernier moment. Lorsque Jacqueline se sépara de ses amis devant l'université, elle dit à Friedeward :

– Dommage que Herlinde n'ait pas assisté à ta prestation. Tu nous fais honneur !

Pendant les vacances semestrielles de l'été 1954, Jacqueline et Friedeward ne se rencontrèrent qu'une seule fois, lorsque la jeune femme vint deux jours à Heiligenstadt pour continuer à simuler leur relation amoureuse. On l'installa dans la chambre d'amis au rez-de-chaussée, tandis que Friedeward retrouvait comme d'habitude son ancienne chambre d'enfant dans les combles. Wilhelmine Ringeling voulut savoir si la chambre convenait à Jacqueline et, lorsque celle-ci fit signe que oui, elle ajouta ne pas savoir ni vouloir savoir comment les jeunes gens vivaient à Leipzig, mais sous son toit où régnaient l'ordre et la discipline le mariage était quelque chose de sacré.

– C'est exactement ce que je pense, lui répondit Jacqueline avec un sourire, il faut arriver vierge au mariage, pas vrai ?

Wilhelmine ne fut pas certaine que la jeune femme parle sérieusement, mais elle acquiesça en silence.

Lors de cette visite, Pius Ringeling proposa le tutoiement. Jacqueline était d'accord, toutefois elle refusa d'appeler les parents de Friedeward *père* et *mère*. S'ils n'y voyaient pas d'inconvénient, elle les appellerait par leur prénom, ce qu'ils acceptèrent, bien que ce fût plus qu'inhabituel pour eux.

En septembre le nouveau semestre commença, le cinquième pour Friedeward et Wolfgang. Passé les deux premières années d'études, les étudiants s'étaient débarrassés des cours de politique, les *radiothérapies rouges*, maintenant l'enjeu était le choix d'une discipline. Friedeward s'était inscrit pour la spécialité la plus demandée, la Nouvelle Littérature allemande, la matière dans laquelle plus de la moitié de ses camarades voulaient se spécialiser.

Le premier assistant prit connaissance du choix de Friedeward avec un très grand plaisir. Depuis son intervention impressionnante dans le grand amphithéâtre, il passait pour être une grosse tête et tout le monde supposait, que, coryphée de ce trimestre, il allait faire son chemin. Ses camarades l'admiraient et l'enviaient, et toutes les filles de l'amphi détestaient Jacqueline qui l'avait apparemment conquis. Au cours des fêtes bien arrosées, elles cherchaient toutes à le séduire, mais il les envoyait toujours toutes balader, aussi gentiment que résolument.

Le 22 janvier, un samedi, eut lieu la première de *Jules César*. Friedeward jouait Octave, Wolfgang contre toute attente n'avait obtenu qu'un tout petit rôle, celui du jeune Caton. On joua à guichets fermés, il devait y avoir encore trois représentations qui, d'après l'expérience, seraient sensiblement moins fréquentées. La première se déroula sans problème, jusqu'au moment où un acteur manqua tomber, chercha à se raccrocher à l'un des deux piliers du temple, et son geste incontrôlé entraîna la chute et l'écroulement des colonnes, qui faillirent emporter avec elles l'un des projecteurs qui y était accroché. Le public applaudit, amusé, le rideau tomba et la représentation fut interrompue pour quelques minutes. Lorsqu'il s'ouvrit à nouveau, il fallut attendre un moment que les spectateurs interrompent leur conversation et que le silence se fasse.

Pour la plus grande joie de la troupe, *Goethe-soi-même* était dans l'assistance et il vint même ensuite à la fête organisée par la troupe. Il loua, brièvement et avec condescendance, la mise en scène, et se mit à parler en long et en large d'un ballet de Werner Egk qu'il avait vu la veille à l'opéra de Vienne. Un sourire complaisant sur les lèvres, il rapporta les remarques qu'il avait faites après la représentation à Egk et au chef d'orchestre Michael Gielen, et se lança dans des éloges dithyrambiques de la danseuse étoile Edeltraut Brexner dont il ne parlait qu'en la nommant Traude. Les étudiants l'écoutèrent poliment, mais avec un certain agacement, et ils furent soulagés lorsqu'il finit par quitter la fête et les laisser profiter pleinement de leur soirée et de leur succès.

Un soir de mai, Jacqueline, dans tous ses états, sonna à la porte de Friedeward chez qui se trouvait justement Wolfgang. Elle avait reçu une lettre de Herlinde, inquiétante, énigmatique, dans laquelle celle-ci la priait de ne désormais venir chez elle sous aucun prétexte et de ne pas lui adresser la parole si elles se croisaient dans la rue ou à l'université. Elle se trouvait, précisait-elle, dans une situation très désagréable et devait mettre au point certaines choses avant de pouvoir à nouveau la rencontrer.

Jacqueline était en larmes lorsqu'elle raconta la situation à ses amis, et elle leur demanda si l'un d'eux pouvait se rendre chez Herlinde pour savoir ce qui se passait. Wolfgang lui promit d'y aller le lendemain, mais Jacqueline insista pour qu'il prenne immédiatement son vélo, bien qu'il soit déjà neuf heures du soir. Elle fit un bout de chemin avec lui, puis elle tourna en direction de son logement, non sans le prier de venir la voir dès qu'il sortirait de chez Herlinde.

Herlinde était toute seule lorsqu'il sonna chez elle. Elle le fit entrer et lui raconta, hors d'elle, qu'une de ses collègues, elle aussi professeure, mais membre du Parti et secrétaire du Parti à la faculté, l'avait convoquée pour un entretien en tête-à-tête. Elle l'avait carrément accusée d'avoir une liaison avec Jacqueline, arguant de Dieu sait quelles preuves qu'elle affirmait avoir et envisageait de soumettre à la direction de la faculté, si Herlinde ne mettait pas immédiatement un terme à cette liaison. Herlinde ajouta qu'elle avait tout nié et parlé de diffamation, mais qu'elle ne savait pas comment se comporter désormais. Elle n'avait aucune idée de ce que pouvaient être les preuves détenues par la collègue, elles avaient toujours été, Jacqueline et elle, extrêmement prudentes en public pour ne jamais susciter le moindre soupçon. Peut-être n'était-ce que des ragots qui étaient venus aux oreilles de cette collègue et qu'elle avait voulu la sonder. Mais il était tout aussi plausible qu'elle l'ait surveillée depuis quelque temps, et pour cette raison elle avait prié Jacqueline de ne pas la contacter. Pour l'instant elle se voyait contrainte soit de changer immédiatement d'université, ce qui était compliqué et renforcerait les soupçons de la collègue, soit de prendre effectivement ses distances avec Jacqueline.

Wolfgang lui promit d'aller immédiatement rapporter ses propos à Jacqueline et quitta, soucieux, Herlinde noyée dans les larmes. Il pédala jusqu'au logement de Jacqueline, la mit au courant et se hâta ensuite d'aller retrouver Friedeward. Jusqu'à minuit passé ils ne cessèrent d'analyser ensemble la situation, très calmement, avant d'aller se coucher, épuisés.

Le lendemain matin, peu avant sept heures, un bref coup de sonnette à la porte de l'appartement se fit entendre. Lorsque Friedeward ouvrit, Jacqueline se tenait devant lui, pâle, les traits tirés par une nuit d'insomnie, mais radieuse.

– Je sais maintenant ce que nous allons faire, dit-elle. Je peux entrer ?

– Oui, mais ne fais pas de bruit, tu risques de réveiller ma logeuse. Je suis déjà content qu'elle ferme les yeux sur le fait que Wolfgang passe régulièrement la nuit ici, mais en contrepartie je me dois de faire encore plus attention.

Elle avança devant lui dans le couloir jusqu'à sa chambre, salua Wolfgang qui était encore au lit et annonça :

– Nous nous fiançons, Friedeward, et le plus vite possible. Alors cette dinde stupide ne pourra plus rien contre mon Herlinde.

Friedeward, décontenancé, se tourna vers Wolfgang qui regarda Jacqueline quelques instants en souriant, avant d'acquiescer avec amusement.

– Oui, finit-il par dire, ça clouerait le bec de cette femme. Et cela nous rendrait service à nous quatre. Qu'y a-t-il, Friedeward, tu n'oses pas ? – Il rit.

Friedeward s'assit sur le bord du lit.

– Hum, je trouve cela un peu précipité. Je ne sais pas.

– Mais c'était pourtant ton idée, s'énerva Jacqueline. Quand, si ce n'est maintenant ? Tu veux peut-être être complice si Herlinde perd son job et que nous sommes arrêtées, elle et moi ? Nous comptons sur toi, Friedeward. Moi, je t'ai sauvé la mise avec tes parents. Et imagine un peu : quand tu parleras de fiançailles à ton père, tu auras enfin la paix !

– Fiancez-vous, approuva Wolfgang. Fiancez-vous aussi vite que possible. Et faites en sorte que tout le monde le sache, en premier lieu ton père, Friedeward. Nous allons le glisser dans le tuyau de l'oreille de tous les crétins. Vous serez fiancés et personne ne pourra plus rien contre nous. Allez, Friedeward, tu es prêt ?

– Si c'est votre avis, dit-il timidement. Puis il ajouta en souriant : – Oui, vous avez peut-être raison. Je me réjouis déjà en pensant à la tête de mon père. Au fond, ce n'est pas contraignant, fiançons-nous ! Mais comment nous y prenons-nous ? Nous faisons une fête ? Je dois acheter une bague à Jacqueline, ou quoi ?

– Il faut que nous en parlions encore avec Herlinde, suggéra Jacqueline, mais ensuite nous l'annonçons à tout vent. Friedeward, puisque tu es mon futur, veux-tu le lui annoncer immédiatement ? Je t'accompagne à la cabine téléphonique.

Friedeward enfila un anorak et sortit avec Jacqueline.

Devant la cabine il y avait vingt personnes qui attendaient, ils firent la queue vingt minutes.

Herlinde répondit tout de suite et écouta ce qu'il lui annonçait. Comme elle ne répondait pas à ses propos prononcés à la hâte, il voulut savoir si elle était toujours au bout du fil et si elle avait compris.

– Oui, dit-elle, j'ai tout compris. Mais il faut que je réfléchisse, si cela nous aide vraiment et tout ce que cela suppose. Laisse-moi un peu de temps. Tu peux me rappeler dans une demi-heure ?

Ils convinrent d'un rendez-vous téléphonique entre huit heures et huit heures et demie, Friedeward serait à ce moment-là à l'Institut où un appareil à pièces était moins assiégé que celui-ci.

Jacqueline voulut absolument l'accompagner, de toute façon elle ne retiendrait rien du cours, elle allait le sécher, car elle était absolument incapable de penser à autre chose.

À huit heures dix, Friedeward rappela Herlinde depuis le téléphone installé dans le couloir du premier étage. Dès qu'elle décrocha, elle demanda immédiatement si Jacqueline était près de lui, ce qu'il confirma.

– Passe-la-moi. Je veux la féliciter pour vos fiançailles.

Il lui donna le combiné en riant :

– Il y a quelqu'un qui veut te féliciter.

Le même jour, Jacqueline et Friedeward annoncèrent à leurs camarades d'études qu'ils se fianceraient le mercredi 1er juin, trois jours après la Pentecôte. C'est Herlinde qui leur avait suggéré cette date. Ils ne devaient en aucun cas fêter leurs fiançailles pendant les vacances semestrielles et ils devaient inviter beaucoup d'amis, et aussi quelques chargés de cours, pour que vraiment tout le monde soit au courant. Elle demanda à Friedeward s'il ne voulait pas inviter aussi son directeur d'Institut qui l'appréciait, car si *Goethe-soi-même* assistait à la fête, il n'était pas impossible que la petite feuille de chou de l'université relate l'événement, mais Friedeward rejeta cette proposition qu'il trouvait absurde et exagérée.

Ils annoncèrent la nouvelle par écrit aux parents de Friedeward et à la mère de Jacqueline – son père, un lieutenant de la Division Mitte, était tombé en avril de la dernière année de la guerre en défendant les hauteurs de Seelow sous le commandement du général Schörner*. Ils reçurent par retour une réponse du père de Frieдeward et de la mère de Jacqueline qui les félicitèrent et les prièrent de leur rendre visite. Les jeunes fiancés promirent de le faire après les examens à la fin du semestre.

Les fiançailles remplirent leur objectif. La collègue qui avait menacé Herlinde de la dénoncer lui avoua avoir fait preuve de crédulité face aux propos calomnieux d'une jeune assistante. Après la fête officielle des fiançailles à laquelle participèrent une poignée de camarades et leurs deux tuteurs à l'université, les quatre amis fêtèrent dans l'appartement de Herlinde la liberté acquise à ce prix. Pour le plus grand plaisir des trois jeunes, Herlinde se saoula ce soir-là et dansa sur la table devant eux.

* L'une des dernières batailles sur le front de l'Est en avril 1945 avant la chute de Berlin.

Au début des vacances semestrielles, en juillet 1955, Jacqueline et Friedeward se rendirent pour trois jours chez les parents de ce dernier. Comme lors de la première visite de Jacqueline, la mère de Friedeward avait préparé pour elle la chambre d'amis et fait le lit de Friedeward dans la chambre mansardée. Cette fois aussi, elle nota avec satisfaction que, bien que fiancés, ils acceptaient sans mot dire les chambres séparées. Si Jacqueline n'était pas catholique, elle n'en était pas moins une personne tout à fait comme il faut, ce qui lui rendait plus supportable l'idée que son fils allait se lier à une *mécréante.*

Magdalena, la sœur de Friedeward, vint passer une journée à Heiligenstadt avec son mari Karl et la fille de celui-ci pour revoir son frère et faire la connaissance de sa fiancée.

Magdalena et Jacqueline éprouvèrent immédiatement une sympathie réciproque. Elles avaient presque le même âge, elles étaient toutes les deux sérieuses, plus taiseuses que bavardes. Magdalena apprécia les remarques acides de sa future belle-sœur qui, à l'occasion et sans en avoir l'air, commentait le comportement autoritaire et les ordres rigoureux de Pius Ringeling, en évitant toutefois de se montrer blessante, mais seulement ironique et drôle.

Magdalena menait une vie de famille très retirée, mais heureuse avec son Karl et la petite Gundula qui venait de terminer sa sixième. Karl Lehmann avait pu agrandir sa papeterie et augmenter son fonds de librairie, car la vente de livres de classe en août et septembre était devenue, à côté des ventes de la période de Noël, une source importante de recettes. La petite famille vivait modestement, elle était considérée et aimée dans la petite ville, et le mariage était pour chacun des deux harmonieux et agréable. Magdalena était heureuse d'avoir un mari qui ne levait pas la main sur elle, ne l'insultait pas, qui tenait même compte de ses désirs et dont les attentions la surprenaient, elle n'avait jamais connu cela dans la maison paternelle.

Lorsque Magdalena retourna le soir à Worbis avec sa famille, elle manifesta sympathie et affection à Jacqueline en lui disant au revoir, dit à son frère qu'il avait une femme qu'il ne méritait pas, qu'elle souhaitait qu'il ne lui crée pas de soucis, sinon elle, sa sœur, viendrait lui passer un savon.

Après le dîner, Pius Ringeling ouvrit une bouteille de vin rouge, sa femme posa sur la table des biscuits faits maison et les fiancés durent alors répondre aux nombreuses questions des parents. Comment voulaient-ils construire leur avenir commun ? Quand voulaient-ils se marier ? Où et dans quel cadre ?

Pendant une pause de la conversation, Jacqueline demanda à Pius si elle pouvait lui poser une question.

– Certes. S'il plaît à Dieu, je ne te refuserai pas de répondre.

– J'aimerais voir le martinet. Friedeward m'en a parlé et je n'ai encore jamais vu ce genre de choses. Je ne savais même pas que ça existait.

Un ange passa. Pius Ringeling pinça légèrement les lèvres, sa femme, la bouche ouverte, fixa d'abord Jacqueline, puis son mari, et Friedeward pâlit, paniqué, les yeux rivés sur ses mains sans oser lever la tête. C'est son père qui, le premier, fut à même de reprendre la parole. Il s'efforça de sourire.

– Mais certainement, Jacqueline. Pourquoi pas ? Allons dans mon bureau. Bon, tu nous accompagnes, Friedeward !

Ils suivirent tous les deux Pius Ringeling qui les fit asseoir, alla ensuite à son bureau, ouvrit le tiroir du bas, en sortit le fouet usé qu'il posa sur la table devant Jacqueline.

– Voilà. Le manche a plus de quatre-vingts ans. C'est mon grand-père qui l'avait acheté.

– Et c'est avec ça que tu as frappé tes enfants, Pius ?

– Éduqué, Jacqueline. Je dirais que je les ai éduqués avec ça.

– Magdalena aussi ?

– Ce n'était jamais nécessaire. Mais si cela l'avait été, Magdalena aurait elle aussi reçu une raclée.

– Comme c'est horrible ! Effroyable, Pius. Affreux !

– L'éducation n'est pas une promenade dominicale par beau temps. Il faut aussi se montrer à la hauteur par vents et marées.

– Mais fouetter ses propres enfants avec ce genre d'instrument de torture digne du Moyen Âge ! De petits êtres sans défense ! Non, Pius, c'est plus que cruel.

– Tiens donc ! Alors, écoute-moi bien. Comme tu sais je suis un pédagogue, j'ai étudié sérieusement les sciences de l'éducation. Et que signifie éduquer ? S'employer à corriger durablement le développement et le comportement des adolescents. Mais aussi, si c'est nécessaire, empêcher tout développement déviant.

– Mais aussi avec le fouet ?

– Jacqueline, laisse-moi, s'il te plaît, aller au bout de mon propos. Les moyens dont dispose la pédagogie sont variés. Féliciter et caresser peut selon les situations conduire au succès, mais dans la plupart des cas il est nécessaire de recourir à des méthodes plus dures, si l'on veut que l'enfant devienne un membre de la société mature, utile. Pour cela il a besoin de l'autorité de la famille, surtout du père, et de l'autorité sans limite du maître. Et quand je dis autorité, je ne veux pas dire violence. La véritable autorité se développe à partir de l'attitude morale propre à l'homme fort devant laquelle le faible, l'adolescent, doit se soumettre pour son bien. C'est seulement ainsi qu'il devient à son tour un homme fort, un adulte valable, un membre utile de la communauté humaine.

Jacqueline explosa :

– Ce n'est pas de la pédagogie, c'est tout simplement de la cruauté. C'est le surhomme de Nietzsche : ce qui ne me tue pas me rend plus fort. Non, Pius, c'est tout bonnement inhumain.

– Laisse-moi terminer, ma fille. Cela m'a rendu plus fort. Certes. Plus capable de résister. Mon grand-père a été élevé avec ce fouet, mon père également. Et plus tard, moi aussi. Mon père m'a raconté qu'il avait détesté son père pour cette raison, mais sans cela il ne serait jamais devenu le négociant qu'il est devenu, n'aurait jamais remporté les succès qu'il a remportés. Sans cette éducation à la dure il n'aurait pas, par la suite, exigé autant de lui-même, il ne serait jamais devenu le commerçant considéré et le propriétaire du plus grand magasin de tout l'arrondissement d'Eichsfeld. Il me l'a dit le jour où je lui ai déclaré que je le haïssais, que je ne lui pardonnerais jamais de m'avoir fouetté. Et désormais je sais, moi, que cette éducation m'a aidé. Sais-tu, Jacqueline, ce qui pour moi reste inoubliable ? Un sergent, un sergent de l'armée américaine a fait devant moi le salut militaire en juin 1945. Et deux mois plus tard, un officier russe m'a tendu la main. Deux mois après la reddition de la ville aux Américains, sans combat, le commandant de la ville ordonna la réouverture de l'école. On examina le passé de tous les enseignants, presque tous furent repris. Le sergent me convoqua et lorsque j'entrai dans son bureau, il était justement en train de feuilleter mon dossier personnel. Il releva la tête et dit qu'après avoir tout lu, il pensait que j'étais un homme étonnant et qu'il allait me proposer comme nouveau directeur. Sur ce, il se leva et fit devant moi le salut militaire. Un mois après la fin de la guerre, un Américain saluait un Allemand. Il est probable que cela ne s'est produit qu'une seule fois dans toute l'Allemagne. Quatre semaines plus tard, les Américains se sont retirés et les Russes sont entrés dans la ville, à la fin du mois d'août on a à nouveau vérifié les dossiers des enseignants, et cette fois nombreux sont ceux qui ont été renvoyés. On me convoqua à la mairie où me reçurent un officier russe et le maire qui venait de prendre ses fonctions. L'officier décida que je devais rester à mon poste, provisoirement, ce que l'interprète traduisit pour le maire et moi. Ensuite l'officier se leva et me tendit la main. Trois mois plus tard le Land de Thuringe fut recréé, et on a une fois de plus examiné tous les dossiers, un nouveau directeur, un communiste, fut nommé, mais je demeurai professeur, bien qu'il fût connu de tous que je n'étais pas un ami du nouveau régime, et je suis resté en poste jusqu'à aujourd'hui bien que je n'appartienne à aucun parti, que je ne sois pas communiste, mais chrétien. Et tout cela, c'est au martinet que je le dois. C'est grâce à lui que j'ai eu pendant la période nazie une attitude si droite qu'un officier américain a pu faire devant moi le salut militaire et un officier russe me tendre la main. Et tu peux peut-être deviner ce que les nazis exigeaient des enseignants. C'est seulement parce que mon père m'avait élevé aussi durement que j'ai pu surmonter ces années-là. Pendant le Troisième Reich, des pressions constantes étaient exercées sur les enseignants, sur les professeurs de lycée, pour qu'ils adhèrent à leur nouvelle doctrine du salut. Moi aussi, ils m'ont attiré en me faisant miroiter une promotion et, comme je n'ai pas accepté, ils m'ont menacé de prendre contre moi les mesures disciplinaires les plus sévères. J'ai résisté. Tout le temps. Le directeur essayait d'obtenir du ministre de l'Éducation du Reich que notre établissement soit reconnu comme un lycée d'excellence, comme une école préparatoire aux centres de formation de l'élite nazie. Dieu merci, son projet a lamentablement échoué, mais il me cloua au pilori en public, me présentant comme le responsable. Ses efforts – je dirais plutôt sa tentative pitoyable – s'étaient brisés sur mon intransigeance. Il avait ordonné quelque temps auparavant que tous les cours soient faits dans l'esprit national-socialiste et que dans chaque discipline on rende hommage aux combattants. Sur ce, j'avais mis au programme *Les Aventures de Simplicissimus* et les poèmes les plus importants sur la guerre, comme le *Kriegslied* de Matthias Claudius. Et au cours de latin, bien sûr, *De bello Gallico*. Lorsque le directeur l'apprit, il fulmina, il voulut même me traduire devant un tribunal militaire, comme le sergent américain me l'apprit par la suite, il l'avait lu dans les dossiers trouvés à la mairie. Comment ai-je pu m'en sortir indemne ? Je l'ignore. Peut-être parce que j'étais un vétéran de la Première Guerre mondiale, un invalide. Mais, quoi qu'il en soit, ce sont surtout ma foi et mon éducation qui m'ont aidé. Beaucoup de mes collègues n'étaient pas en mesure de le faire, ils étaient trop mous, ils plièrent, et après la fin de la guerre ils eurent la vie dure, car les anciens nazis ne furent plus autorisés à enseigner. Qu'il en allât autrement pour moi, que je continue encore aujourd'hui à enseigner, je le dois à ma foi et à ce fouet. Élever mes enfants avec ce martinet m'a brisé le cœur, et je l'ai seulement fait, vraiment seulement, lorsque c'était inévitable. Pour les empêcher de commettre à nouveau des fautes graves. Pour éradiquer chez eux les errements de la jeunesse. Et aujourd'hui je peux me dire, oui, Pius, tu as bien fait, tu es venu à bout de ta mission, tu as rempli ton devoir de père. N'est-ce pas, qu'en penses-tu, Friedeward ?

Friedeward l'avait écouté en silence, se contentant de jeter de temps à autre un regard de biais à Jacqueline, il redoutait qu'elle se laisse aller à une critique qui monterait son père contre elle pour toujours. Les paroles de son père, la vue du martinet avaient ravivé en lui des souvenirs, il se revoyait, penché sur le dossier de la chaise, il entendait le sifflement des lanières virevoltantes qui fendaient l'air, sentait les coups, la morsure brûlante de la peau, il sentait le goût du sang sur ses lèvres qu'il mordait. La question de son père le ramena de son enfance au présent. Il regarda Jacqueline, puis son père.

– Je n'ai pas la force de ta foi, répondit-il.

– Alors tu devrais t'en préoccuper, mon garçon, dit le père en hochant la tête. Bon, tu as vu le martinet, Jacqueline, et entendu ce que j'avais à en dire. J'ignore si c'est ce à quoi tu t'attendais, mais je suis convaincu qu'ainsi les choses sont comme elles doivent être.

Il se leva, regarda la jeune femme, content et sûr de lui. Jacqueline se leva à son tour et dit sur un ton excessivement amical :

– Je te remercie, Pius, j'ai enfin pu voir un véritable instrument de torture. Je pensais qu'il n'en existait plus depuis le Moyen Âge et les histoires de sorcellerie.

Toute la soirée on put remarquer que le père de Friedeward était légèrement contrarié, bien qu'il restât très cordial à l'égard de Jacqueline et s'efforçât de dissimuler sa mauvaise humeur.

Le lendemain matin Jacqueline et Friedeward s'en allèrent, les parents insistèrent pour les accompagner à la gare et montrer à Jacqueline l'école où Pius enseignait et que ses enfants avaient fréquentée. Ils venaient juste de refermer le portail du jardin lorsque le facteur arriva, annonçant à Pius qu'il avait une lettre recommandée pour lui, il devait en accuser réception. Étonné, le professeur de lycée signa, prit la lettre et l'ouvrit. Il parcourut avec une certaine irritation les deux feuillets qu'il tira de l'enveloppe. Il pâlit et porta ses mains à sa poitrine.

– Qu'as-tu ? demanda Wilhelmine.

Il répondit d'une voix blanche :

– Rentrons, venez, s'il vous plaît.

Il posa sa main sur l'épaule de sa femme et ils rentrèrent lentement à la maison. Il les pria de s'asseoir dans le séjour, il avait de mauvaises nouvelles, précisa-t-il, des nouvelles épouvantables.

– Hartwig est mort, finit-il par dire. Le service d'état civil de la mairie m'a envoyé son acte de décès. Ils écrivent que Hartwig a été mortellement blessé le 16 juillet lors de l'accident de la fosse du puits 208 dans la mine d'uranium de la Wismut*. L'État a rendu les derniers honneurs à sa dépouille et à celle des vingt-trois autres *Héros du travail* à Niederschlema. Ils ajoutent qu'ils n'ont pu trouver notre adresse que maintenant, car Hartwig n'avait pas indiqué Heiligenstadt comme ville d'origine, mais Burgstädt. Ce n'est qu'après l'enterrement que les autorités ont remarqué que quelque chose clochait. Il est mort, il n'est pas allé en Amérique, mais à la Wismut. À la Wismut où ne travaillent que les criminels ! Quel imbécile !

Sa femme, blême d'effroi, le regarda et le pria de lui donner la lettre. Elle était signée d'un fonctionnaire de la mairie de Heiligenstadt, le certificat de décès établi à Niederschlema y était joint, c'était un imprimé prérempli et en face de la mention "objet" on avait indiqué : *modification des renseignements personnels*. On avait ajouté à la main le nom de Hartwig, sa date et son lieu de naissance, de même que sa dernière adresse connue et l'adresse de sa famille. Le mot *Burgstädt* avait été rayé et on avait écrit au-dessus *Heiligenstadt*. Une ligne sous la mention "Nature de la modification", on avait

* La société Wismut créée en 1947 était chargée d'extraire l'uranium pour l'armement atomique et les centrales nucléaires de l'URSS. Officiellement la société extrayait du bismuth, *Wismut* en allemand.

complété à la main *: mortellement blessé lors de l'incendie des câbles dans le puits 208b le 16 juillet 1955.* Une inscription manuscrite mentionnait que Hartwig travaillait à la société Wismut depuis le 10 juin 1947, en dernier lieu comme convoyeur.

Friedeward regarda par-dessus l'épaule de sa mère.

– Il y a quelque chose qui ne va pas, dit-il. Ils disent que Hartwig a travaillé à la Wismut depuis 1947, mais il n'avait même pas seize ans. La Wismut n'a pas le droit d'employer des mineurs, c'est strictement réglementé, comme en prison. Il y a quelque chose qui cloche.

– Mais pourquoi n'est-il pas allé en Amérique ? Il s'est peut-être fait coincer par la police qui l'a arrêté au moment où il voulait quitter le pays. Et ils l'ont condamné à travailler dans les mines d'uranium, avança la mère au milieu de ses larmes.

– Quoi qu'il en soit il y a quelque chose qui cloche, s'obstina Friedeward, je vais aller à Niederschlema. Je veux voir sa tombe et je veux savoir ce qu'il s'est réellement passé. S'il est allé de son plein gré à la Wismut ou si on l'a condamné à y aller.

– Oui, mon garçon, vas-y, opina le père. J'irai avec ta mère sur sa tombe. Nous pouvons y aller ensemble. Je peux partir vendredi. D'accord, Minchen ?

Friedeward dit qu'il voulait s'y rendre immédiatement, car le lendemain il devait aller à Wittenberg où la troupe de théâtre de la fac avait réservé toute une auberge de jeunesse pour une semaine d'ateliers, il y était attendu le lendemain après-midi. Il jeta un regard interrogateur à Jacqueline qui déclara immédiatement qu'elle l'accompagnerait.

– Vous avez vos papiers d'identité sur vous ? leur demanda le père de Friedeward. La Wismut est très étroitement surveillée, c'est une zone militaire des Russes.

Wilhelmine Ringeling, comme pétrifiée, ne quittait pas des yeux le formulaire. Elle ne voyait ni n'entendait rien. Puis elle caressa presque tendrement le certificat de décès. Un violent soupir lui échappa, un sanglot semblable à un cri. Pius Ringeling posa délicatement sa main sur la sienne, elle sursauta comme s'il l'avait frappée, puis elle se leva en renversant sa chaise, lui jeta un regard noir de fureur et sortit de la pièce.

– Nous allons partir immédiatement, père. Il nous faut bien quatre à cinq heures.

– Oui, dit le père, partez, mais auparavant allez dire au revoir à votre mère.

Ils arrivèrent à Niederschlema tard dans l'après-midi, demandèrent où se trouvait le cimetière et les tombes des mineurs, les *Héros du travail*, comme il était écrit dans le courrier du service de l'état civil. Des fleurs et des couronnes avaient été déposées sur les tombes, ornées de rubans aux couleurs de la République et de l'Union soviétique avec des inscriptions en allemand et en caractère cyrillique. On avait fiché dans la terre noire des panneaux en bois provisoires, ils eurent du mal à trouver la tombe de Hartwig, son dernier lieu de repos.

Dans le grand bâtiment d'accueil de la société Wismut se trouvaient un employé civil et un soldat soviétique qui ne parlait que quelques mots d'allemand, mais était visiblement le chef. Friedeward lui donna ses papiers d'identité, dit que son frère était l'une des victimes de l'accident et qu'il voulait parler à un membre de la direction de l'usine. Certains points n'étaient pas clairs et la famille désespérée était très troublée. L'officier n'arrêtait pas de hocher la tête pour signifier un refus et ce n'est que lorsque Jacqueline lui demanda avec un joli petit sourire l'autorisation de pénétrer dans l'usine que le Russe ouvrit un grand livre qui se trouvait sur un pupitre et établit finalement un *propusk*, un sauf-conduit.

Un cadre allemand de la société Wismut, M. Polenz, les reçut. Lorsqu'il apprit qu'ils étaient parents d'un des *Héros du travail*, il se montra très coopératif et nota les questions de Friedeward. Il leur demanda de revenir le lendemain, il avait besoin de l'autorisation de sa hiérarchie pour répondre à leurs questions. Certes la Wismut était maintenant une SARL germano-soviétique, ajouta-t-il, mais comme elle avait précédemment appartenu à l'industrie de défense de l'Union soviétique, donc aux militaires, toutes les opérations, tous les événements qui s'étaient déroulés sous le commandement du général de division Malzew étaient classés secret-défense militaire. Il signa le *propusk* et nota que le visiteur se présenterait le lendemain à onze heures et devrait être conduit dans son bureau. Puis il les raccompagna et demanda comment les parents de Hartwig avaient surmonté la mort de leur fils. Lorsqu'il apprit qu'ils n'avaient été informés que quinze jours après l'incendie dans la mine et plus d'une semaine après l'enterrement, il promit à nouveau de tirer au clair cette histoire d'erreurs sur la date et le lieu de naissance. Il leur donna une poignée de main en prenant congé.

Le lendemain M. Polenz les attendait à l'accueil, une pile de documents sous le bras. Ils se rendirent ensemble dans une salle de conférences inoccupée.

– J'ai effectivement reçu l'autorisation de divulguer les informations souhaitées, dit-il, après ce grave accident nous faisons tout pour venir en aide aux familles. J'ai aussi réussi à parler à Siggi, Siegfried Lorenz qui était porion lorsque votre frère est arrivé chez nous, aujourd'hui il est à la retraite. D'après les renseignements consignés par Siegfried Lorenz, votre frère s'est présenté le 9 juin 1947 au Service du travail de Aue, où un représentant de la Wismut, conformément à la décision de l'administration militaire soviétique de Saxe n° 131, recrutait des volontaires et les affectait aux différents puits de la mine.

– En juin 1947, Hartwig n'avait pas encore seize ans. Comment se fait-il que la Wismut l'ait affecté à un puits ? il était encore presque un enfant. C'est interdit, autant que je sache.

– Vous avez tout à fait raison, les personnes mineures ne doivent en aucun cas pénétrer dans l'usine. Mais votre frère a réussi à tromper le représentant de la Wismut. Pour son âge il était très grand et fort, il a dit qu'il avait dix-huit ans.

– Votre collaborateur n'a pas vérifié ses papiers ?

– C'est un autre chapitre. Votre frère lui avait raconté qu'il était orphelin de père et de mère, né et domicilié à Burgstädt, c'est aussi ce qu'il a raconté à Siggi par la suite. Ajoutant que son extrait de naissance et autres documents personnels avaient été détruits au cours d'un bombardement. Sur la foi de cette déclaration, on l'a envoyé à l'objet 02, à Oberschlema. On lui a attribué une place dans un foyer de travailleurs, il s'est présenté au porion, Siegfried Lorenz, de même qu'à notre *Ispolniteloe rukovodswo*, l'encadrement exécutif de Wismut à Oberschlema, et dès le lendemain, le 10 juin, il a commencé comme galibot. Les galibots sont des auxiliaires qui doivent pousser les bennes sur les rails jusqu'aux ascenseurs. Un travail dur, c'est vrai, mais bien payé.

Hartwig, orphelin de père et de mère ? Friedeward était perturbé. La situation avait dû lui être insupportable au point d'avoir voulu couper tous les ponts avec la maison paternelle et être sûr que son père ne pourrait jamais le retrouver. Plutôt bosser dans l'obscurité que de sentir un jour les coups du martinet !

– Pendant des années, il a poussé des bennes dans les galeries ? Je croyais qu'il était piqueur ? C'est en tout cas ce qui était écrit dans le document officiel.

– Non, non. Il n'était hercheur qu'au début. Ensuite il a travaillé pendant deux ans à la haveuse, ce sont les travailleurs les mieux payés chez nous. Il travaillait bien, son porion faisait grand cas de lui. Le porion l'a ensuite proposé pour une autre formation, et trois ans plus tard il est devenu machiniste.

– Je pourrais parler au porion ?

– Bien sûr, vous pouvez tout à fait parler à Siggi. Il est au courant et prendra le temps de le faire. Il estime toutefois que c'est Rosl qui aurait le plus de choses à vous dire sur votre frère. Rosl, Rosl Pachulke, est une veuve de mineur que tout le monde appelle maman à la mine, parce que trois fois par jour elle se tient près de la tour d'extraction avec du thé et des sandwichs pour ravitailler les hommes. Elle s'est sans doute aussi occupée de votre frère, a dit Siggi, elle a veillé à ce qu'il évite la *faucheuse des camarades*, c'est ainsi que nous nommons les rations de schnaps pour lesquelles chaque camarade reçoit des bons. Oui, comme je viens de vous le dire, vous pouvez parler à Siggi ou à Rosl, je les ai informés tous les deux.

– Et l'accident ? Comment c'est arrivé ?

– L'enquête n'est pas encore terminée. Pour le moment, nous n'en savons pas plus que ce qui était dans le journal. Le moment venu, nous publierons un rapport complet.

Polenz leur redemanda s'ils désiraient parler à Rosl Pachulke ou au porion Siegfried Lorenz. Friedeward regarda Jacqueline et de la tête fit signe que non. M. Polenz demanda le *propusk*, le signa et les accompagna jusqu'à l'accueil.

– Et nous avons cru Hartwig en Amérique, dit Friedeward dans le train qui les conduisait à Leipzig, presque tous les soirs j'ai pensé à lui avec envie, je voulais le suivre. Je me disais qu'il avait trouvé sa voie là-bas, qu'il s'était enrichi, qu'il était peut-être devenu un vrai millionnaire américain. Au lieu de cela, il était ici au fond de la mine en train de trimer. À lui aussi tout semblait mieux que la vie à Heiligenstadt. Que continuer à vivre sous la coupe de mon père.

– Oui, j'échangerais volontiers un martinet contre un travail dans un puits de mine. Quand ton père t'a-t-il fouetté pour la dernière fois ?

– Je ne sais plus. J'ai déjà oublié, répondit-il en rougissant. Il ne voulait pas en parler, il avait honte d'avoir encore été fouetté alors qu'il avait déjà dix-sept ans, à cet âge-là Hartwig avait depuis longtemps tiré les conséquences de la situation et quitté la maison paternelle.

Un vendredi de septembre, trois semaines après le début du nouveau semestre, Wolfgang se rendit avec son père à Berlin. Lorsqu'il revint le dimanche soir, il raconta à Friedeward qu'ils étaient allés à Berlin-Ouest, à la Maison Heinrich Schütz, l'école de musique du Séminaire Saint-Jean à Spandau. Son père lui avait fait rencontrer Ernst Pepping qui y enseignait l'harmonie et le contrepoint, ainsi que la composition au Conservatoire de musique. Pepping, ajouta-t-il, était aussi important chez les musiciens que *Goethe-soi-même* chez les germanistes. Ils avaient discuté un moment, puis on avait prié Wolfgang de jouer sur le piano à queue plusieurs morceaux qu'il avait étudiés, et pour finir de déchiffrer deux pièces. Tout s'était bien passé, Pepping s'était montré satisfait et avait promis d'intervenir personnellement auprès de l'évêque pour qu'une bourse soit attribuée au fils du cantor est-allemand, et il pourrait changer d'école dans quatre semaines.

– Je vais à Berlin-Ouest, Friedl, je vais pouvoir continuer mes études avec Pepping. Imagine, Pepping ! C'est une immense chance pour moi !

– Tu veux aller à Berlin-Ouest ? Et moi ?

– Viens donc avec moi. Tu peux aussi étudier la germanistique à Berlin. À la Humboldt ou à la Freie Universität*.

Friedeward était horrifié à l'idée que son Wölfchen voulait aller s'installer dans une autre ville et qu'ils ne pourraient plus aller l'un chez l'autre à tout moment.

* Humboldt Universität à Berlin-Est et Freie Universität à Berlin-Ouest.

Même s'ils devaient se voir le week-end, ce n'en était pas moins une séparation, une désunion, bien que temporaire. Ils ne prendraient plus ensemble leur petit-déjeuner, ils ne se raconteraient plus le soir ce qu'ils avaient vécu dans la journée, ce qui leur était arrivé, ils ne se confieraient plus leurs succès ni leurs échecs.

Friedeward redoutait que ce soit une séparation définitive. Il avait trop souvent entendu parler de couples qui vivaient dans des villes différentes et ne se voyaient que le week-end. Au fil du temps au moins l'un des partenaires avait rencontré quelqu'un et laissé tomber l'autre. C'est ce qui était arrivé à certains de ses camarades d'études de son séminaire qui étaient partis de chez eux pour faire des études. Non, Friedeward ne voulait pas risquer de perdre Wolfgang, mais aller à Berlin lui faisait peur. Il n'y connaissait personne, personne n'était au courant de son cursus, il ne lui restait que dix-huit mois avant de terminer ses études, et dans ce court laps de temps il ne pourrait pas se faire un nom dans l'une des universités berlinoises. En revanche il avait une situation exceptionnelle à Leipzig, *Goethe-soi-même* lui avait déjà proposé de commencer sa thèse dès qu'ils aurait son diplôme. À Berlin il serait au contraire un parfait inconnu, aucun assistant n'interviendrait en sa faveur. Changer maintenant serait pour lui très désavantageux, à Berlin on l'obligerait à devenir professeur d'allemand et on l'enverrait dans un trou de province, comme Heiligenstadt, il pourrait dire adieu à une carrière universitaire.

Il est évident qu'il comprenait Wolfgang. Le nom de Pepping lui était familier à lui aussi, étudier auprès de lui signifiait un pas de géant dans la carrière de Wolfgang. Il serait accueilli partout à bras ouverts en tant qu'élève de Pepping, en Allemagne de l'Est comme de l'Ouest. Être un élève de Pepping, c'était dans le monde de la musique comme un titre de docteur chez les germanistes. Il ne pouvait ni ne voulait dissuader Wolfgang.

Les deux amis étaient tiraillés. Ils étaient pour ainsi dire certains tous les deux d'obtenir d'excellentes notes à l'examen de fin d'études, et leurs perspectives d'accéder après leur diplôme à de bonnes situations étaient enviables, mais pour cela ils devaient accepter de ne se voir que le week-end, et même une ou deux fois par mois seulement, car ils avaient tous les deux fréquemment des obligations le samedi et le dimanche. À Leipzig il y avait encore des cours obligatoires le samedi matin et la troupe étudiante dont Friedeward était l'administrateur depuis un an rajoutait parfois des répétitions le week-end, quant aux musiciens d'église, le dimanche était en quelque sorte leur jour de travail, il pouvait arriver que Wolfgang dût jouer de l'orgue à deux reprises dans la matinée et le soir se mettre au piano pour un concert.

Ils discutèrent des nuits entières. Ils avaient tous les deux des réserves, la séparation les remplissait d'effroi, mais ils s'encourageaient mutuellement et se juraient amour et fidélité indéfectible, toutefois ces derniers mots avec une certaine ironie, car on pouvait lire presque quotidiennement cette expression dans le journal ou l'entendre dans les discours de la direction de l'université.

À la fin octobre, Wolfgang se rendit à Hakenfelde, un quartier de Spandau, pour commencer ses études de musique religieuse au Séminaire Saint-Jean. On lui attribua une place dans une petite chambre à deux lits qu'il dut partager avec un jeune garçon de dix-neuf ans originaire de Sassnitz. Il était heureux quand il pouvait prendre le chemin de Leipzig le vendredi, pour échapper à cette promiscuité pendant deux jours, mais il était mécontent de n'en avoir que peu souvent l'occasion.

Son camarade de chambrée ne pouvait pas retourner chez lui. En juin 1953* il avait été arrêté dans son lycée, car il avait accroché une lettre de protestation anonyme au tableau d'affichage. Il avait dû passer trois jours, en compagnie de trois de ses condisciples, en détention provisoire. Pour finir il fut relâché, car on n'avait pu apporter aucune preuve de l'origine de la lettre, mais comme l'enquête n'était pas close, il lui était interdit de quitter Sassnitz jusqu'à nouvel ordre. Une semaine plus tard il s'enfuit à Berlin-Ouest en passant par Potsdam. Il était désormais coincé à Spandau, il ne devait en aucun cas franchir la frontière du secteur oriental de Berlin, car là-bas il était menacé de plusieurs années de prison.

Les conditions de logement très contraignantes de Wolfgang ne lui permettaient pas d'accueillir Friedeward. Ils ne pouvaient se retrouver que dans la chambre de ce dernier à Leipzig. Wolfgang ne pouvait plus assister aux conférences du mercredi, il avait des cours jusqu'au vendredi soir, parfois même jusqu'au samedi midi, et

* Grande manifestation des travailleurs du bâtiment à Berlin-Est réprimée par l'intervention des chars soviétiques.

souvent il ne pouvait attraper que le dernier train pour Leipzig dans la nuit de samedi à dimanche.

Le lendemain de Noël, Wolfgang se fiança avec Helga. La cérémonie se déroula dans l'intimité familiale chez le père de Helga à Leinefelde, en dehors de la famille seules deux de ses amies y assistèrent. Friedeward n'était pas invité. Wolfgang lui avait parlé de ses fiançailles quinze jours auparavant. Après le départ de Wolfgang pour Berlin-Ouest, Helga avait insisté pour qu'ils se fiancent, car son père l'avait incitée à rendre leur relation officielle et définitive. Il pensait qu'un jeune homme dans une ville inconnue était confronté à toutes sortes de dangers, et dans ces cas-là un petit anneau au doigt rafraîchissait la mémoire.

Lorsqu'ils se revirent au début de l'année suivante, Wolfgang raconta à son ami en riant la fête de famille, les toasts qui leur avaient été portés, les vœux de bonheur des parents qui s'étaient mis à délirer sur les petits-enfants, leurs exhortations insistantes pour qu'ils s'embrassent. Friedeward l'écouta non sans inquiétude.

– Et comment t'imagines-tu que ça va marcher? Comment les choses doivent-elles continuer pour Helga?

– Nous sommes fiancés, bon et alors? Fiancés, ça ne signifie absolument rien.

– Et si elle insiste pour que vous vous mariiez?

– Je reste fiancé aussi longtemps que possible. Et si je ne peux plus faire autrement, je l'épouse.

– Et comment veux-tu t'y prendre?

Wolfgang se mit à rire, écarta la question d'un geste de la main, ajoutant qu'il devait bien y avoir une solution. Puis il ajouta en souriant:

– La nuit de noces, pas de problème, ce ne doit pas être aussi difficile. Et de toute façon c'est préférable au fouet, n'est-ce pas?

Cette remarque blessa Friedeward qui ne croyait pas non plus que tout serait aussi facile à faire que Wolfgang le supposait. Mais Wolfgang n'en démordit pas, il se débrouillerait d'une façon ou d'une autre, la seule chose importante était que personne ne découvre leurs combines. Sur le quai de la gare, il dit au revoir à son ami avec bonne humeur et monta dans le train pour Berlin.

Ces mois-là, Friedeward passa beaucoup de temps avec Jacqueline et Herlinde. Il les enviait toutes les deux de pouvoir vivre dans la même ville, de continuer à bien s'entendre et à prendre au sérieux les soucis de l'autre. Friedeward était devenu l'un des principaux acteurs du théâtre étudiant et, au cours de son septième semestre, il mit en scène la pièce de Jura Soyfer *Edi Lechner regarde vers le paradis*. Cette pièce leur valut une invitation à Varsovie pour le festival du théâtre étudiant, ainsi qu'à Prague la même année.

Malgré les répétitions chronophages, Friedeward ne négligeait nullement ses études, il voulait sortir major de sa promotion, ce qu'il réussit d'ailleurs, et cela le conforta dans la certitude qu'il aurait son diplôme avec mention. Les premiers mois de sa cinquième année d'études, pendant le dernier semestre où il suivit encore des cours avant de se consacrer à son mémoire – *Le roman publié dans les quotidiens : l'esthétique des auteurs de feuilletons au XIXe siècle* –, on lui avait proposé de diriger le séminaire des débutants et de faire une *Introduction à la nouvelle littérature allemande*. Il se réjouit d'avoir la possibilité d'enseigner lui-même, ce qui allait consolider sa position dans son propre séminaire et aussi à la faculté. Les honoraires étaient ridiculement bas, mais ils représentaient un complément de revenus bienvenu. Il voulait bien faire les choses, souhaitait que ses étudiants l'admirent autant qu'il avait vénéré depuis le début *Goethe-soi-même*. Pour cela, il fallait des connaissances approfondies et de l'assurance en public. Il ne devait en aucun cas se montrer hésitant, faire une erreur, car les étudiants s'en souviendraient. De plus il était indispensable de parler sans notes, et c'est ainsi qu'il ne se rendit jamais à son cours sans s'être préparé, et comme son chef vénéré il ne prenait avec lui qu'une petite feuille sur laquelle il avait noté quelques mots-clés. Parler sans notes ne lui fut pas facile, il ne possédait ni le flegme ni l'assurance de son professeur, mais il se contraignit à l'instar de son modèle vénéré à ne jamais avoir autre chose qu'une petite feuille qu'il plaçait devant lui sur le pupitre. Avec le temps, l'expérience lui vint en aide, il devint plus sûr de lui et exposait son point de vue et ses convictions avec fougue et enthousiasme. Dans les couloirs de l'Institut, les étudiants se racontaient ce qu'ils avaient entendu au cours et célébraient sa mémoire visiblement phénoménale et son savoir apparemment universel. On ne tarda pas à le surnommer respectueusement *le petit professeur*, ce qui parvint aux oreilles des enseignants et convint parfaitement à Friedeward.

Wolfgang se rendait de plus en plus rarement à Leipzig, ses obligations au Séminaire Saint-Jean toujours plus nombreuses le contraignaient fréquemment à avertir son ami le vendredi qu'il ne viendrait pas pour le week-end ou, dans le meilleur des cas, seulement la semaine suivante.

Lorsqu'une fois de plus il annula sa venue, Friedeward prit le train pour aller lui rendre visite à Berlin. Mais le week-end ne se déroula pas comme Friedeward l'avait espéré et il rentra le dimanche soir de mauvaise humeur. Wolfgang n'avait pas eu de temps pour lui, son accueil avait révélé davantage de contrariété que de joie, il n'avait pu ni se promener en ville avec lui ni l'héberger. Les quelques chambres d'hôtes du séminaire étaient toutes retenues très longtemps à l'avance par les familles des étudiants ouest-allemands qui faisaient le voyage pour rendre visite à leurs fils. Friedeward dut quémander une place dans une auberge de jeunesse de Berlin-Est, il n'avait en effet pas le "bon" argent pour une chambre dans la zone occidentale. Il ne put passer que quelques heures avec Wolfgang, car ce dernier, qui devait jouer ce week-end-là quatre fois à l'église, ne put quitter le Séminaire que pendant quelques heures. De plus ils durent être extrêmement prudents pendant ces promenades, éviter de se toucher ou de s'embrasser, même s'ils se croyaient seuls. Wolfgang raconta à son ami que l'année précédente un éducateur avait été renvoyé et dénoncé pour sodomie, ce sont les termes, parce qu'il avait été surpris en flagrant délit d'actes vicieux sur un mineur. Depuis lors, une méfiance subliminale s'était répandue sur tout le séminaire, et s'il se faisait prendre en train de faire le moindre geste de tendresse, c'en serait fini de ses études auprès de Ernst Pepping.

Le dimanche soir Friedeward s'en retourna tout seul à la gare, abattu, Wolfgang n'avait pas le temps, à cette heure-là il était à nouveau à son piano, il avait en charge le programme musical d'une réception donnée au séminaire en l'honneur de l'évêque. Friedeward se jura ne plus jamais lui rendre visite à Berlin tant que son ami ne disposerait pas d'une chambre à lui.

L'été 1957, Wolfgang et Helga firent un voyage en Bulgarie, les parents de Wolfgang avaient offert aux fiancés des vacances à Burgas, deux billets de train et deux chambres individuelles dans une pension de famille donnant sur la plage. Friedeward s'était efforcé de trouver un hébergement à Burgas ou dans un village des environs, mais n'avait réussi qu'à réserver une place dans un camping.

Il arriva deux jours après ses amis. Wolfgang et Helga étaient allés l'attendre à la petite gare provinciale. Comme il était tard et qu'il n'y avait plus de bus pour se rendre au camping, Wolfgang invita son ami à passer la nuit dans sa chambre, en utilisant des éléments de la literie de Helga et de son propre lit, ils arriveraient à lui organiser une couche confortable et il n'aurait pas ainsi à déballer et à gonfler son matelas pneumatique cette nuit-là. Ils se rendirent d'abord dans un restaurant immense où l'on pouvait s'installer en terrasse. Ils achetèrent au bar une bouteille de vin bulgare, pour chacun la moitié d'un melon et fêtèrent leurs retrouvailles et le début de leurs vacances. Et c'est légèrement éméchés qu'ils allèrent au lit, Helga dans sa chambre, Wolfgang et Friedeward ensemble dans la chambre voisine. Les deux jeunes hommes discutèrent encore longtemps, rirent beaucoup et fort. À tel point que Helga finit par cogner au mur pour les prier de faire moins de bruit.

Le lendemain matin, après le petit-déjeuner, Friedeward prit le bus pour se rendre au camping, s'enregistra auprès du gardien qui lui indiqua un emplacement où il pouvait monter sa tente.

Ils passèrent les trois semaines ensemble, prirent leurs repas midi et soir ensemble, firent tous les trois une excursion à Nessebar, mais restèrent le plus souvent allongés sur la plage. Ils avaient découvert un coin tranquille à proximité de la côte rocheuse où ils prenaient le soleil chaque jour, allaient dans l'eau et se distrayaient en jouant aux échecs.

Helga aimait passer ses journées avec les deux jeunes gens qui prenaient soin d'elle comme d'une princesse, avec charme et humour, et elle savourait les regards que portaient les autres jeunes femmes sur ses deux compagnons de belle allure. Lorsque la soirée se prolongeait plus que de coutume, Friedeward passait la nuit dans la chambre de Wolfgang, ce qui plaisait aussi à Helga, car le lendemain matin un agréable petit-déjeuner pris en commun l'attendait.

En revanche Helga ne comprenait pas que Friedeward passe ses vacances sans Jacqueline, sa fiancée. Depuis un an, cette dernière travaillait comme dramaturge au théâtre de Dresde, et Friedeward et elle ne se voyaient que rarement. Friedeward se mit à bafouiller en lui expliquant que les dramaturges devaient écourter leur pause estivale, car il leur fallait mettre au point le programme de la saison et préparer avec un écrivain une pièce sur le combinat de Eisenhüttenstadt-Est qui devait être prête au plus tard au début septembre afin que la première puisse avoir lieu pour l'anniversaire de la République.

En fait Jacqueline était partie en Tchécoslovaquie avec Herlinde pour faire de la randonnée dans les Hautes Tatras, mais il ne pouvait ni ne voulait, bien sûr, en parler à Helga. Mentir lui était désagréable, d'autant plus que Wolfgang, sans se gêner, le regardait avec un sourire narquois pendant qu'il faisait gober son histoire à Helga, si bien qu'il se mit à cafouiller, ce qui rendit Helga méfiante, mais elle l'écouta en silence, s'abstenant de toute autre question et se contentant finalement de sa réponse. Plus tard, lorsqu'elle se trouva seule avec

Wolfgang, elle voulut savoir si la relation de Friedeward et de Jacqueline était en crise, et celui-ci déclara ne pas être au courant.

À la fin août, Friedeward, fraîchement diplômé, participa pour la première fois à une réunion du corps enseignant en tant qu'assistant du séminaire de germanistique, suivit attentivement les instructions du directeur de l'Institut et s'empressa comme ses collègues de prendre des notes. On lui attribua deux séminaires pour l'année et, à la fin de la réunion, on lui demanda d'exposer le sujet de sa thèse et l'avancée de son travail, car il devait la soutenir dans trois ans. Il avait l'intention d'approfondir ses recherches sur l'influence et l'importance du roman français et russe sur la littérature allemande du siècle précédent, en insistant particulièrement sur les auteurs allemands tels que Fontane, Raabe et Storm. On prit note de ses explications sans un mot. Le directeur de l'Institut n'eut qu'un bref hochement de tête, alors que Friedeward gêné lui jetait un regard plein d'espoir.

Wolfgang avait lui aussi terminé avec succès ses études à l'École de musique sacrée de Berlin. Ernst Pepping lui avait proposé une année supplémentaire pour approfondir avec lui, à l'École supérieure de musique, ses connaissances en composition, harmonie et contrepoint, ce qu'il avait immédiatement accepté, d'autant plus que l'année supplémentaire était liée à une bourse complémentaire d'un an, il pourrait continuer à habiter au séminaire et utiliser ce temps pour faire acte de candidature à un des postes de cantor vacants. Comme il avait obtenu son diplôme, on lui attribua une chambre individuelle, mais Wolfgang n'osait quand même pas inviter son ami à passer la nuit. Depuis le cas d'abus sexuel avéré au séminaire, la surveillance de tous par tous encore très visible rendait l'ambiance pesante et Wolfgang ne voulait pas prendre de risque.

Désormais le quatuor des années passées ne se retrouvait que rarement. En tant que dramaturge, Jacqueline devait être présente à Dresde pour toutes les représentations en soirée des mises en scène qu'elle avait signées, y compris le week-end. Wolfgang à Berlin-Ouest avait lui aussi des obligations, et il était rare qu'il puisse se libérer plus d'une fois par mois pendant deux jours consécutifs pour venir voir son ami à Leipzig, et Friedeward et Herlinde vivaient certes dans la même ville et enseignaient dans la même université, mais ils n'avaient ni l'un ni l'autre vraiment de raison de se rencontrer. Ils passèrent tous Noël dans leur famille respective, en outre Wolfgang rendit visite à Helga à Leinefelde. Ce n'est que pour la fin d'année que les amis purent passer plus de temps ensemble.

Le soir de la Saint-Sylvestre 1957, ils trinquèrent tous les quatre à la nouvelle loi du code pénal tout juste promulguée, stipulant que les actes homosexuels entre adultes ne seraient plus passibles de sanctions pénales et que les affaires encore en cours seraient classées sans suite. Jacqueline se moqua de Wolfgang qui, à Leipzig, pouvait être un homme libre, alors qu'il continuait à être menacé de poursuites judiciaires à Berlin-Ouest. Lorsque Herlinde leva son verre, elle exhorta ses amis à ne pas se comporter désormais de façon insouciante.

– Cette loi, dit-elle, est une loi formidable, mais les lois ne suppriment pas les tabous. Dans le cas présent, le législateur est plus audacieux et plus progressiste que la société. Gardez-vous bien de croire qu'avec cette loi c'est la fin de la proscription. L'État nous fiche la paix, parfait, aucun procès ne nous menace plus, aucune peine de prison non plus, mais ne nous berçons pas d'illusions, nous restons les parias du pays. Le procureur ne peut plus rien contre nous, mais au quotidien, au travail, la situation ne changera pour ainsi dire pas. Là où on ne pourra plus publiquement nous clouer au pilori, on agira de façon plus subtile. Nous serons défavorisés quand il s'agira de promotions, de nominations, partout où les autres décideront de notre carrière, on nous sciera la planche calmement, silencieusement. Naturellement dans le cadre de la législation en vigueur, personne ne voudrait prendre le risque de nous discriminer publiquement. On ira toujours chercher des raisons pour expliquer pourquoi cette chaire, ce poste de régisseur, de cantor, ne peuvent pas nous être attribués : le manque d'expérience professionnelle, la mauvaise gestion d'une équipe, un manque de conscience collective, et tous approuverons avec zèle. Ne nous berçons pas d'illusions, mes enfants.

– Mais c'est quand même un progrès, objecta Friedeward.

– Absolument, répliqua Herlinde. Et elle ajouta, se tournant vers son amie : – Et toi, Jackie, Friedl et toi, vous devriez enfin vous marier. Ce serait mieux pour vous. Pour nous quatre. Malgré cette loi sympathique.

Au cours des premières heures de la nouvelle année, Jacqueline et Friedeward se mirent effectivement d'accord sur ce point, ils se marieraient civilement avant la pause d'été du théâtre et les vacances du semestre d'été. Jacqueline, légèrement pompette, pouffa de rire à l'idée de devenir l'épouse de Friedl. Elle se donna du mal pour entraîner Herlinde dans son fou rire, mais son amie se contenta de sourire, l'hilarité de ses jeunes amis lui semblait ne pas convenir en regard de la situation grave dans laquelle ils se trouvaient. Ses avertissements de Cassandre ne réussirent pas, malgré tout, à ternir la joie des trois amis.

Le deuxième dimanche de mars, très tôt le matin, on frappa à la porte de la chambre de Wolfgang au Séminaire Saint-Jean. Quelqu'un appuya à plusieurs reprises sur la poignée, mais comme la porte était verrouillée de l'intérieur, on ne réussit pas à l'ouvrir. Une voix de femme intima sèchement l'ordre d'ouvrir immédiatement la porte. Wolfgang qui avait, par insouciance, oublié toute prudence et se trouvait au lit avec un jeune homme de Friedenau, alla jusqu'à la porte et dit que le moment était mal choisi et que de toute façon il était plus que grossier de tirer du lit quelqu'un un dimanche à sept heures du matin.

– Quel culot ! Maintenant allez-vous-en ! cria-t-il avec colère derrière la porte.

– *SE,* contrôle des chambres. Ouvrez immédiatement, ou je fais ouvrir la porte par le concierge. Il a très certainement une clé de votre chambre.

Wolfgang fit signe à son invité de se cacher sous la couverture et entrouvrit la porte. Une femme, bientôt la cinquantaine, un chignon sévère, se tenait dans le couloir et lui tendit une carte qui semblait émaner d'un service public.

– *SE,* répéta-t-elle, j'appartiens à la Sûreté de l'Église et je suis chargée de contrôler votre chambre. Laissez-moi entrer. Ça ne prendra même pas cinq minutes, ensuite je disparais, mais si vous ne me laissez pas passer, vous risquez des mesures disciplinaires et un renvoi du séminaire.

– Sûreté de l'Église ? Je n'en ai jamais entendu parler. Vous êtes de la police ?

– Non, nous sommes le service de sécurité de l'Église. Mais nous avons les pleins pouvoirs pour contrôler toutes les Institutions dépendantes de l'Église, de même que tous ses collaborateurs.

Wolfgang hésita un moment, puis il s'effaça et laissa entrer la femme. Elle jeta un regard sur le lit et la couverture, qui formait un arrondi visible, et intima à la personne qui s'y cachait de se montrer et de faire connaître son identité. Le jeune homme sortit la tête et dit qu'il n'avait aucun papier d'identité avec lui, il était de passage et son ami Wolfgang lui avait proposé de le loger pour une nuit, car il était arrivé très tard à Berlin.

– Vous ne vous êtes pas enregistré. Dans le registre, à la porterie, aucun visiteur n'est inscrit pour cette nuit.

– Non, il était déjà tard et je ne voulais pas réveiller le portier en sonnant, intervint Wolfgang.

– Le portier est là pour cela. Donc vous êtes entré en fraude, monsieur…

– Lehmann, Fritz Lehmann.

– Vous êtes entré en fraude, monsieur Lehmann, c'est une violation de domicile. Et visiblement vous étiez dans le même lit. La loi interdit la luxure, ici on ne la tolère pas.

– Mais ce n'est pas ce que vous croyez. Mon ami a tout simplement passé la nuit ici.

– Monsieur Zernick, je fais mon rapport à la direction du séminaire, je mentionne ce que j'ai vu, tout le reste ne me concerne pas. Quant à vous, monsieur Lehmann, habillez-vous, j'attends devant la porte. Je vais vous accompagner à la loge du portier, le règlement intérieur stipule que les personnes qui ne sont pas enregistrées n'ont pas le droit de circuler dans l'établissement sans être accompagnées. Ensuite j'irai informer la direction du séminaire de cet incident, c'est à elle de décider quelle procédure elle souhaite mettre en place.

La femme sortit de la pièce d'un pas décidé et claqua la porte derrière elle.

– Et maintenant ? demanda le visiteur de Wolfgang en ricanant tout en enfilant pantalon et chemise. Maintenant tu es dans une situation difficile, non ?

Wolfgang le regarda, désespéré, puis il dit dans un soupir :

– Situation difficile ? Tu as sans doute des nerfs d'acier. Il s'agit de difficultés bien plus graves. Ils vont nous dénoncer.

– Moi non, je vais m'en tirer, dit l'homme qui s'était présenté comme Fritz Lehmann, je vais avec cette sorcière jusqu'à la porterie, mais ensuite je me tire. Personne ne me connaît, que peut-il bien m'arriver ? Je lui en colle une et je fous le camp. Est-ce que la porte d'entrée est verrouillée de l'intérieur ?

– Je n'en sais rien. Ou plutôt si, le battant droit on peut l'ouvrir de l'intérieur.

– Parfait. Salut, Wölfchen.

En lui faisant un signe d'adieu de la main, il lui sourit, arbora ensuite une mine contrite en passant la porte et, les yeux baissés, avec une apparente docilité, suivit la collaboratrice de la Sûreté de l'Église.

Sept heures plus tard le directeur du séminaire, Schneidt, réunit dans l'urgence les directeurs pédagogiques et les préfets des différentes disciplines. Les huit messieurs écoutèrent le compte rendu de la femme au chignon sévère, et au terme d'une discussion un peu polémique ils en vinrent, à peine une demi-heure plus tard, à une conclusion unanime. Ernst Pepping proposa d'avertir personnellement Wolfgang Zernick de la décision prise pendant la réunion.

Il rendit visite à Wolfgang dans sa chambre et lui annonça qu'il avait été décidé de ne pas faire de signalement à la police. Bégayant, rouge comme une tomate, Wolfgang essaya d'expliquer à ce professeur qu'il estimait tant qu'il ne s'était rien passé de contraire au droit et aux bonnes mœurs, qu'il n'avait rien fait d'autre que de vouloir aider cet ami, mais Pepping l'interrompit en lui signifiant qu'il ne voulait rien entendre. Ses collègues et lui-même étaient très déçus que Wolfgang se soit mis dans une situation aussi délicate, mais on ne voulait pas empêcher un étudiant aussi talentueux de poursuivre son chemin, pour cette raison le séminaire n'envisageait pas de faire un signalement à la police. Il devait seulement quitter les lieux immédiatement, c'est-à-dire dans les deux heures, l'accès à l'ensemble des bâtiments lui était désormais interdit et il ne recevrait plus de bourse. Il devait interrompre ses études à l'École supérieure de musique, sinon le directeur du séminaire se verrait dans l'obligation d'avertir le directeur de l'incident. Il le priait de lui remettre personnellement la lettre qu'il allait écrire au directeur pour l'avertir qu'il était obligé d'interrompre ses études pour des raisons personnelles.

– Je suis désolé pour vous, monsieur Zernick, ajouta-t-il, mais nous sommes à Berlin-Ouest, pas dans la zone Est, où cela ne tombe plus sous le coup de la loi depuis peu. Vous ne devez pas oublier que vous vous trouvez ici dans une Institution de l'Église. Si vous n'étiez pas aussi extraordinairement doué et si apprécié des enseignants, vous seriez en ce moment au poste de police. Bon, et maintenant écrivez la lettre, je veux l'emporter immédiatement. Ensuite faites vos bagages. Vous devez avoir quitté l'établissement avant dix-huit heures. C'est tout ce que j'ai pu obtenir en votre faveur. Nous ne nous reverrons pas dans les mois à venir, mais je souhaite et espère entendre parler de vous ces prochaines années.

Wolfgang passa la nuit dans une pension proche de la gare de la S-Bahn. Le lendemain matin il acheta deux journaux locaux, s'assit dans un café et étudia les petites annonces à la recherche d'un logement bon marché. Il devait voir comment il pouvait s'en sortir sans la bourse avec le peu d'argent qui lui restait, et en plus il avait besoin d'étudier le piano chaque jour pendant plusieurs heures. Il ne pouvait pas se rendre dans la partie Est de la ville, car depuis un mois il était devenu citoyen de la République fédérale et avait dû remettre son passeport de la RDA aux autorités municipales compétentes de Berlin-Ouest.

Il s'était efforcé d'obtenir la nationalité ouest-allemande, c'était effectivement le seul moyen à sa disposition pour trouver une situation en tant que cantor. Il avait déjà envoyé sa candidature à toute une série de paroisses où le poste de cantor s'était libéré, et on lui avait toujours gentiment répondu en lui précisant les missions à remplir – tenir l'orgue à la grand-messe du dimanche, assurer des concerts, de même que, presque chaque semaine, accompagner les événements musicaux de la paroisse hors les murs, et aussi diriger la chorale paroissiale, entretenir les instruments de musique et se charger de la communication pour les événements musicaux – mais dès qu'on lui demandait ses papiers et qu'il présentait un passeport est-allemand, ses interlocuteurs devenaient plus hésitants. À la paroisse de Bruchsal on lui signifia que le percepteur municipal émettrait vraisemblablement des réserves pour sa nomination, on privilégiait les contribuables *locaux*, car eux seuls restituaient à la ville et à l'État un tiers de leur salaire, or lui, il payait ses impôts dans la zone Est. Mais la plupart du temps, on refusait sa candidature avec des arguments cousus de fil blanc, et il supposait que dans tous les autres cas on hésitait pour les mêmes raisons, il avait donc besoin d'un passeport de la République fédérale s'il voulait devenir cantor en Allemagne de l'Ouest. Il fallait qu'il devienne un citoyen ouest-allemand s'il voulait obtenir l'un des postes de cantor les plus importants du deuxième État allemand.

En outre l'indépendance le tentait. Il pouvait enfin couper les ponts derrière lui, oublier ses obligations anciennes, mettre un terme aux anciennes relations de dépendance, tourner le dos aux mises en garde de ses parents et mettre un point final au chapitre bizarre nommé Helga, avant que cette relation conduise à une catastrophe.

Sans tergiverser, sans en parler non plus à ses parents ni à Friedeward, il avait demandé un passeport ouest-allemand, ce qui le faisait tomber sous le coup de la loi, car il avait quitté la RDA illégalement. Il ne lui était pas permis de mettre les pieds dans le secteur oriental de Berlin, il devait éviter toutes les lignes de métro, de train et de bus qui traversaient la partie Est de la ville, il se trouvait en effet sur la liste des personnes recherchées et il pouvait être arrêté dès qu'il foulerait le sol de l'autre État allemand. Il ne pouvait atteindre l'Allemagne de l'ouest qu'en avion, car le train lui aussi traversait le territoire de l'Est et, lors de chaque trajet, les passagers étaient contrôlés par la police des frontières.

Que pour cette raison il ne puisse voir Friedeward que de plus en plus rarement lui posait un problème, mais on pouvait se retrouver dans la partie occidentale de l'Allemagne. Et il fallait peut-être voir dans cette phase de leur relation un côté positif, une séparation géographique aussi importante allait mettre leur relation à l'épreuve. Ils auraient vite fait de constater si leur amour était véritablement *indestructible.* Il était confiant, non seulement son ami comprendrait sa décision, mais il lui apporterait son soutien.

Il trouva à Waidmannslust, Nimrodstrasse, une chambre qui lui convenait. L'annonce dans le journal la décrivait comme une pièce vaste et calme et indiquait que la propriétaire, veuve d'un professeur, privilégiait les étudiants du conservatoire. Pour la plus grande joie de Wolfgang il y avait un piano à queue dans le salon, sur lequel feu le professeur avait accompagné son épouse quand elle chantait des lieder de Schubert, Zelter, Haydn et Schumann. La veuve avait abandonné le chant dix ans avant la mort de son époux, ainsi qu'elle le déclara à

Wolfgang, l'âge avait eu raison de sa voix, mais jusqu'à la mort de son mari les heures les plus heureuses de sa vie avaient été celles qu'ils avaient consacrées ensemble à la musique dans ce salon. Elle fut impressionnée en apprenant que Wolfgang avait étudié auprès de Ernst Pepping et lorsqu'elle lui demanda s'il était disposé à faire résonner à nouveau le piano dans son appartement, il lui promit d'en jouer chaque jour, ce à quoi elle répliqua qu'en contrepartie elle lui préparerait gratuitement chaque matin un petit-déjeuner.

Désormais il avait une chambre au loyer avantageux et un piano qu'il pouvait utiliser à tout moment, et pour cela il serait en plus nourri le matin. Wolfgang débordait de joie d'avoir trouvé en moins de vingt heures un tel joyau et enfin de ne plus être soumis aux règles sévères du séminaire ni à la surveillance et au contrôle de portiers grincheux. Dans la vie on ne sait pas à quoi malheur est bon, se dit-il, et il sourit en pensant que la femme de la Sûreté de l'Église lui avait au fond rendu service. Heureusement il avait son diplôme en poche, et de toute façon son cursus complémentaire aurait pris fin quelques mois plus tard. Maintenant il voulait accélérer sa recherche d'un poste de cantor, réécrire aux paroisses auxquelles il avait adressé sa candidature quelque temps auparavant, qui sans doute l'avaient refusée au seul motif qu'il n'était pas contribuable de ce pays et qui pourraient désormais la prendre en considération. Il aurait peut-être de la chance, les postes n'étaient pas tous déjà pourvus.

Il écrivit à ses parents qu'il avait interrompu son cursus complémentaire pour se consacrer complètement à sa recherche de poste, il en avait d'ailleurs déjà un en vue dans une grande paroisse. Il les informa qu'il avait quitté le séminaire et était désormais locataire chez la veuve d'un professeur.

Il rédigea aussi une longue lettre à Helga qu'il n'envoya pas immédiatement, mais qu'il lut et relut pendant plus de cinq jours, la corrigeant et la reformulant. Les trois pages initiales devinrent huit feuillets, puis dix, et finalement la lettre n'eut que deux pages dans laquelle il lui annonçait de façon alambiquée qu'il avait fait la connaissance d'une autre femme dont il était tombé amoureux et rompait leurs fiançailles. Si, dans ses premiers brouillons, il l'avait priée instamment de le comprendre et de lui pardonner, la lettre définitive ne manquait ni de clarté, ni de dureté. Il voulait le lui dire sans détour, lui ôter tout espoir d'un revirement de sa part et ainsi finalement lui faciliter la rupture, car finalement sa colère dirigée contre lui serait plus forte que la douleur de la séparation.

C'est la lettre à Friedeward qui fut la plus difficile. Il dut s'y reprendre à trois fois avant de pouvoir lui avouer qu'il ne pourrait plus jamais revenir à Leipzig, car il risquait d'être arrêté pour avoir déserté la République. Et, une fois de plus, il eut recours à un mensonge, prétendant qu'il était tombé amoureux, cette fois-ci non pas d'une femme comme dans la lettre à Helga, mais d'un Berlinois de l'Ouest.

“Mais nous devrions rester amis, Friedl. Ce doit être possible”, proposa-t-il en conclusion de sa lettre.

Trois jours plus tard, Friedeward, pâle et nerveux, se tenait devant la porte du logement de Wolfgang, Nimrodstrasse. Celui-ci, redoutant des éclats de voix qu'il ne voulait pas infliger à son hôtesse, persuada Friedeward de l'accompagner pour une promenade dans la forêt et autour du lac de Steinberg. Friedeward ne comprenait pas ce que tout cela signifiait, pourquoi son ami voulait le quitter, pourquoi il ne lui avait jamais parlé de cet autre homme. À plusieurs reprises il posa les mêmes questions, fit les mêmes reproches, Wolfgang lui aussi tournait en rond, inventa des détails pour décrire son supposé nouvel ami, souligna qu'il ne pouvait plus se rendre en Allemagne de l'Est et que de toute façon il n'allait pas tarder à obtenir un poste de cantor en Allemagne de l'Ouest.

Friedeward était désespéré, en larmes il adjura Wolfgang de ne pas trahir leur amour et de ne pas le repousser de façon si cruelle et froide. Au bout de tout juste deux heures, Wolfgang déclara qu'il devait retourner à l'université, son professeur l'attendait.

Dans les semaines qui suivirent, Wolfgang reçut régulièrement des lettres de Friedeward, les premiers temps il lui répondit, quelques lignes seulement, ou il lui envoya une carte postale, mais il cessa bientôt complètement d'écrire. Les jérémiades de Friedeward l'agaçaient, tantôt il l'abreuvait de lamentations et d'anecdotes sentimentales, tantôt il recommençait à l'insulter et à lui reprocher d'avoir détruit sa vie. Au fil du temps, Wolfgang se contenta de parcourir rapidement les lettres, dans le meilleur des cas, avant de les mettre à la corbeille en hochant la tête.

Quelque temps après Friedeward, le père de Wolfgang rendit visite à son fils. Son ami, Ernst Pepping, l'avait mis au courant des raisons réelles du déménagement de son fils, il n'en crut pas ses oreilles et, profondément affecté, il exigea de son fils des explications, le sommant de ne pas lui servir de nouveaux mensonges. Wolfgang en fut confusément soulagé, il souhaitait ne plus avoir à se cacher, se taire ou inventer des prétextes. Il avoua à son père que depuis sa puberté il se sentait attiré par les hommes et qu'à l'époque Pius Ringeling avait eu parfaitement raison en l'accusant d'avoir eu plus que de l'amitié pour Friedeward.

– Et Helga ? demanda le père, stupéfait. Elle est au courant ? Tu lui as dit ? Vous êtes fiancés, et alors ? Comment les choses vont-elles se passer entre vous deux ?

– Il ne se passera rien. J'ai rompu les fiançailles. Je lui ai écrit et expliqué que je ne me sentais plus lié par mon engagement, car j'avais rencontré quelqu'un d'autre.

– Écrit ? Tu lui as écrit ? Tu es trop lâche pour lui dire en face ! Non, Wolfgang. J'exige que tu ailles la voir et que tu le lui dises. Que tu lui expliques l'inexplicable. Une lettre ne suffit pas. J'attends de toi au moins cette correction.

– Je ne peux pas aller la voir. Depuis deux mois, je suis un citoyen ouest-allemand et donc considéré comme déserteur. On m'arrêterait. Et lui demander de venir ici m'a semblé inconvenant.

– Tu t'es enfui ? Pourquoi n'en as-tu pas parlé d'abord avec nous ? Pourquoi te comportes-tu désormais si bizarrement ? Tu nous abandonnes définitivement et je l'apprends comme ça, en passant. Qu'est-ce qui t'arrive, mon garçon ?

– Je ne pouvais pas faire autrement, père, il le fallait, sinon je n'aurais pas pu obtenir un poste de cantor. Ils ne prennent que des contribuables du secteur occidental, des *locaux*, c'est leur expression, en tant que citoyen de la RDA je ne paie pas d'impôts ici, je n'apporte en somme rien à la ville. Ils ne prennent des gens comme moi que s'ils ne trouvent personne d'autre. Je ne pouvais pas attendre, je ne pouvais pas non plus en parler avec vous, sinon tous les postes m'auraient échappé.

– Ah, mon garçon, je ne sais pas comment je vais le dire à ta mère. Elle a tellement d'affection pour Helga, et maintenant il faut que je lui explique que tu veux vivre avec un homme. Que tu t'es enfui et que tu ne pourras jamais plus nous rendre visite. Elle sera complètement désespérée ! Ah, mon garçon, que fais-tu donc ?

Helga laissa sans réponse la lettre de Wolfgang, ce qui convint parfaitement à ce dernier. Après une démonstration de ses qualités d'organiste et deux entretiens, sa candidature à la cathédrale Sainte-Marie de Hambourg fut acceptée, on lui fit un contrat à l'essai pour quatre mois à partir de septembre, et ensuite un contrat à durée indéterminée. Il prit l'avion pour Hambourg afin d'y louer un petit deux-pièces, donna congé de la chambre chez la veuve de la Nimrodstrasse pour fin août, muni de son contrat de travail il se rendit à la banque pour obtenir un crédit pour l'ameublement de son appartement, et se mit à faire ses valises.

Après sa dernière discussion avec Wolfgang, Frieward s'était replié sur lui-même, il parlait peu, évitait de rencontrer des amis, ne voyait régulièrement que Jacqueline et Herlinde, même les étudiants de son séminaire remarquèrent qu'il était devenu renfermé et taciturne. Dans les discussions, dans les groupes de travail, il expliqua son silence et sa distraction par les problèmes que lui posait sa thèse, il allait effectivement chaque jour à la Deutsche Bücherei, y restait dans une des salles de lecture jusqu'à dix heures du soir à lire et à analyser des ouvrages spécialisés. Il lui arrivait fréquemment de fixer, accablé, les pages d'un livre, sans en lire une ligne, en pensant à l'ami dépourvu d'empathie, si incompréhensiblement perdu, qui désormais vivait et travaillait loin de lui dans l'autre État allemand, avec son nouveau compagnon, partageait avec lui un appartement, allait avec lui au concert, au cinéma, dans les cafés et les restaurants, et ne gaspillait pas son temps à rêver de lui. Lorsque les souvenirs et le désir devenaient intolérables, il lui écrivait une lettre, souvent de plusieurs pages, qu'il rangeait dans un dossier, la relisait ensuite à la maison avant de la mettre sous enveloppe et de la lui envoyer ou, désespéré, de la déchirer en petits morceaux et de la jeter à la corbeille.

Herlinde et Jacqueline prenaient soin de lui, elles savaient qu'il avait perdu tout espoir depuis que Wolfgang s'était séparé de lui, elles s'efforçaient de l'aider tout en respectant son besoin d'être seul, de s'abandonner à son chagrin, d'éviter la compagnie des autres, cependant quand Jacqueline était à Leipzig, elles continuaient à l'inviter chez elles, allaient avec lui dans un des cafés de la ville, au Corso ou café Baum, pour lui remonter le moral, mais aussi pour maintenir crédible le mensonge de leurs fiançailles.

Six mois plus tard, Herlinde réussit à dénicher, pour eux deux, deux petits appartements contigus. Ils appartenaient au contingent de logements attribués à l'Institut d'études théâtrales, mais en empruntant des chemins tortueux elle arriva à ce que l'un de ces appartements puisse être échangé avec un appartement du contingent des germanistes. Y loger Friedeward qui était doctorant ne posa pas de problèmes, en revanche pour Jacqueline, qui depuis longtemps ne fréquentait plus cette université, Herlinde dut une fois de plus passer quelques coups de téléphone avant de pouvoir le louer. Désormais ils habitaient ensemble dans le même immeuble et sur le même palier, avec des accès différents sur lesquels figuraient leurs deux noms, J. Duehren et Fr. Ringeling. Ils avaient fait abattre la cloison mitoyenne et placer une porte verrouillable, de sorte que Friedeward pouvait utiliser les deux pièces de Jacqueline quand elle était à Dresde, pour y loger des visiteurs occasionnels, des collègues de travail et des amis, mais en outre donner surtout à Wilhelmine et Pius Ringeling l'impression qu'ils formaient effectivement un couple vivant sous le même toit.

Au cours de l'une de ces visites, Pius Ringeling raconta à son fils qu'il avait entendu dire que le fils du cantor Heinrich Zernick, qui était parti à l'Ouest pour y exercer le métier de son père dans une paroisse importante de Hambourg, avait eu des problèmes et était sur le point d'être licencié. On supposait qu'il avait eu des fréquentations douteuses et manifestait des tendances homosexuelles. En parlant Pius le défia du regard, attendant visiblement avec attention sa réaction, mais Friedeward réussit à prendre cette information avec calme et indifférence. Il se contenta de répondre qu'à Leipzig ils s'étaient perdu de vue à cause de leurs domaines d'études très différents et que jusqu'ici il n'avait entendu parler ni de la fuite de Wolfgang à l'Ouest ni de son travail à Hambourg.

À la différence de Wolfgang, il ne pouvait pas avouer à ses parents que les femmes ne l'intéressaient pas et qu'il se sentait davantage attiré par les hommes. À coups de martinet, son père lui avait rabâché que ce genre de désir était un péché, un péché révoltant, infâme et inacceptable pour Dieu et les hommes, une tendance sacrilège, démoniaque. Il ne croyait plus en Dieu, n'avait plus remis les pieds à l'église depuis qu'il avait quitté Heiligenstadt et la maison paternelle, mais la croyance en une force supérieure, une puissance placée au-dessus de tout, peu importe qu'elle se nomme Dieu, le cosmos ou la nature, était profondément ancrée en lui. Et de la même façon s'était gravée en lui depuis son enfance l'idée qu'on n'avait pas le droit de pécher, qu'il y avait des choses qui ne devaient pas être, auxquelles la morale s'opposait radicalement. Même si le paragraphe de la loi était abrogé, savoir qu'il était pécheur l'accablait fortement. D'autant plus que les lois sont prescrites par un État plus ou moins arbitraire et fragile, et le domaine de la morale ne fait pas partie des compétences d'un gouvernement à qui il n'appartient pas de dire ce qui est juste et ce qui ne l'est pas. Finalement il y avait des péchés, et même des péchés mortels, qu'un État ne sanctionnait pas, ne frappait même pas d'ostracisme, qu'il appréciait peut-être comme une vertu civique, l'avarice et la rapacité par exemple, mais la loi valable pour lui, la seule ligne de conduite décisive dans sa vie, lui disait encore plus clairement que chaque texte de loi ce qui était juste et injuste. Et son amour, son désir était injuste, il était contre-nature, il lui faisait honte et le salissait.

Il lui fallait se taire, il lui fallait cacher ce que personne ne devait savoir. Il lui serait insupportable de se présenter devant ses étudiants en sachant qu'ils étaient au courant. Ils avaient plus de considération pour lui que pour les autres assistants, et même les étudiants de cinquième année se débrouillaient pour l'avoir comme mentor. Les collègues et *Goethe-soi-même* avaient de la considération pour lui, ils tenaient compte de ses jugements, de ses travaux et de ses conférences, ils les lisaient et, plus d'une fois au cours d'une réunion des enseignants, il avait été invité à présenter l'avancement de sa thèse. Tout serait détruit. Les étudiants ne le regarderaient plus avec admiration, ne noteraient plus avec application chacune de ses paroles, mais cancaneraient derrière son dos, le traiteraient de pédé, de tante. Ses collègues feraient des plaisanteries à ses dépens, comme si ses résultats n'avaient soudain plus de valeur, comme s'ils étaient ridicules, et on lui ferait comprendre avec un clin d'œil que sa sollicitude pour les étudiants masculins ne devait pas aller trop loin. Non, il ne pouvait pas en parler, cette idée lui était insoutenable. Il devait continuer à jouer la comédie à laquelle il était contraint, il n'était pas question de faire autrement. Avec Jacqueline ils devaient continuer à faire semblant d'être un couple amoureux, pour faire plaisir à ses parents et à tout le monde il lui faudrait l'épouser un jour et il devait se préparer à ce qu'on lui demande pourquoi ils n'avaient pas d'enfants.

Le lendemain matin il appela le théâtre de Dresde et demanda à parler à Jacqueline. Il lui répéta ce que son père lui avait dit au sujet de Wolfgang, parla de la façon dont il l'avait regardé, dont il avait épié ses réactions pour le démasquer. Sa mère avait en outre déploré que Jacqueline ne l'ait pas accompagné depuis si longtemps à Heiligenstadt et qu'ils l'aient à peine entrevue à Leipzig. Friedeward était d'avis qu'ils devaient redonner de la crédibilité à leur mensonge et la meilleure façon de le faire, la plus convaincante à leur disposition, c'était le mariage.

– Si au moins nous indiquons une date, j'éviterai pendant un moment les remarques chargées de méfiance. Nous avons décidé depuis longtemps de le faire et l'avons sans cesse repoussé, lui dit-il.

Bien que tout à fait d'accord, Jacqueline souhaitait y réfléchir tranquillement et en parler d'abord avec Herlinde.

– Et à quelle date penses-tu ? ajouta-t-elle.

– La date n'est pas si importante. Dans six mois, dans un an. L'essentiel, c'est que nous l'annoncions, cela les calmera pour un temps.

– Que penses-tu de Noël ?

– Non, pas pendant les vacances semestrielles. N'importe quand pendant le semestre. Je veux qu'ici aussi tous en soient informés.

– Bon, j'en parle avec Herlinde et, la prochaine fois que tu rends visite à tes parents, je t'accompagne. Je m'entends bien avec ton père.

– Merci, j'apprécie tellement tout ce que tu fais pour moi. Quand je vois comme la situation est simple pour toi à Dresde, j'en suis très jaloux.

– Au théâtre l'ambiance est plus détendue. Nous avons suffisamment d'homos et de lesbiennes parmi nous, ça ne pose de problème à personne. Je n'ai pas besoin de dissimuler, je ne le fais que pour toi et Herlinde.

Ils se marièrent au printemps suivant, le 1er avril 1960, un vendredi, huit jours après la soutenance de Friedeward, il avait obtenu la mention prestigieuse, le *summa cum laude*. L'ensemble du collège enseignant, professeurs, assistants, maîtres de conférences assista à la soutenance, ainsi que de nombreux étudiants, il n'y avait plus aucune place libre dans le grand amphithéâtre et, lorsque le doyen annonça le résultat, il y eut un long concert d'applaudissements.

Le mariage eut lieu à Sonnenberg, un quartier de Karl-Marx-Stadt*, où habitait la mère de Jacqueline. Les parents de Friedeward avaient fait le voyage, de même que sa sœur et son mari, ainsi que des amis du couple venus de Leipzig. Après la cérémonie à la mairie – la fonctionnaire d'état civil, jeune et sans expérience, avait eu du mal à prononcer correctement les noms des témoins, Herlinde et Heinrich Ferches, un collègue de Friedeward –, la fête eut lieu dans une salle de restaurant du Wissmannhof** où des chambres avaient également été réservées pour la nuit.

La mère de Jacqueline, Marianne Duehren, n'avait vu Friedeward qu'une seule fois à Leipzig, elle était ingénieure en chef d'un complexe industriel de machines agricoles, le Grossdrehmaschinenbau 8 Mai, elle avait conservé le nom de son premier mari, père de sa fille unique, leur union avait duré seulement quatre ans et elle s'était ensuite remariée trois fois. Maintenant elle

---

* Aujourd'hui Chemnitz.

** Un ensemble architectural des années 1920, remarquable pour sa conception moderniste de l'habitat.

vivait seule dans un bel immeuble du Wissmannhof, connaissait les orientations de sa fille et de sa compagne Herlinde, et s'était contentée de dire à Jacqueline lorsque celle-ci l'avait mise au courant : "C'est bon, Jackie, c'est peut-être mieux. De toute façon on ne peut pas vivre avec ces sales cons. Peut-être que j'aurais eu une vie meilleure avec une femme !"

Elle approuvait aussi le jeu de cache-cache de sa fille, sa prétendue union avec Friedeward, son mariage blanc, et était prête à tenir son rôle dans la "farce", comme elle nommait la cérémonie, vis-à-vis des parents très conservateurs de Friedeward. Elle s'entendait bien avec lui et, le jour du mariage, elle évita ses parents, car Pius Ringeling se plaignit à plusieurs reprises que le jeune couple ne se marie qu'à la mairie et pas à l'église.

– Un mariage doit être conclu devant Dieu, dit-il d'un ton soucieux à Marianne Duehren, après qu'ils eurent bu ensemble un premier verre de vin et qu'il lui eut proposé le tutoiement. Sans cérémonie à l'église le mariage n'est pas béni, ajouta-t-il.

– Chacun devrait pouvoir se sanctifier à sa guise. Moi, je n'ai besoin ni d'autel ni de ratichon, répliqua-t-elle en souriant. Dans ma famille nous étions déjà athées avant la naissance du Christ, en outre j'appartiens à un parti qui ne voit pas non plus ça d'un bon œil.

Pius Ringeling fit une moue dépitée.

– Oui, dit-il nous vivons une époque sans Dieu, dans un pays sans Dieu.

– L'essentiel, c'est la paix. Vous et moi, pardon, toi et moi, nous avons fait l'expérience de deux guerres mondiales, je préfère désormais vivre dans un pays sans Dieu, dans une époque sans Dieu, qu'avec la bénédiction d'une Église toujours prête pour la guerre. Je n'ai pas raison, Pius ?

Au cours du repas, Heinrich Ferches, le témoin, se leva après le plat principal, fit tinter son verre et demanda le silence. Il sortit ensuite de la poche intérieure de son costume une lettre et lut les vœux de bonheur du directeur de l'Institut de germanistique. Le professeur adressait ses félicitations à son jeune assistant pour son mariage et lui annonçait sa titularisation anticipée en tant que maître de conférences à l'Institut de germanistique de Leipzig dès septembre. Ensuite il fit revêtir à Friedeward un vêtement de soie noire, la toge de recteur du XVIIIe siècle que ses collègues avaient achetée dans une vente aux enchères.

Marianne Duehren remarqua que Pius Ringeling ne mangeait presque rien et, inquiète, voulut savoir si le repas ne lui plaisait pas, mais le professeur lui répondit sèchement qu'il souffrait de temps à autre d'un manque d'appétit dû à une blessure de guerre.

Après le repas, Pius Ringeling pria son fils de faire quelques pas avec lui devant la porte, le grand air d'avril lui ferait du bien, dit-il. Inquiet, Friedeward l'interrogea sur sa santé, mais son père grommela une réponse évasive, se contenta de dire que la blessure de guerre se rappelait à son bon souvenir, il ne ressentait qu'une brûlure à l'intérieur de son corps, dans la trachée et les poumons.

– J'ai eu la paix pendant tant d'années, maintenant ça recommence. C'est l'âge. Mais à quelque chose malheur est bon, nous avons reçu une attestation de priorité, dans un mois nous aurons le téléphone. Au moins, mes mauvais poumons auront servi à cela.

Il eut un sourire tourmenté, saisit des deux mains les épaules de son fils et le regarda dans les yeux avec insistance :

– Friedeward, je voulais te dire que ce jour est vraiment pour moi un jour de bonheur. J'espère que tous les deux vous finirez un jour par passer devant un autel, que Dieu bénira votre amour, malgré tout ce mariage me cause une grande paix intérieure. J'étais très inquiet,

Friedeward. Ton frère Hartwig a empoisonné ma vie, et toi aussi tu m'as donné de sérieux soucis. Des nuits entières j'ai imploré Dieu de te montrer le droit chemin. Je t'ai puni, et cela m'était à chaque fois plus difficile. J'ai toujours souffert de devoir vous châtier, mais je sais que c'était juste. Celui qui aime son enfant le châtie, dit Dieu. Et toi aussi, mon fils, tu as trouvé le chemin juste qui plaît à Dieu. Je m'en réjouis profondément, Friedeward, et je pense que tu t'en réjouis aussi. Ai-je raison ? Car qui veut faire son chemin dans le monde en tant que pécheur, en essuyant le mépris des autres ? Et qui peut-on détester davantage que celui qui vit dans le péché ?

Décontenancé, Friedeward regarda le vieil homme, recula d'un pas pour se dégager et dit froidement :

– Toi, mon père, toi.

Pius Ringeling, stupéfait, hébété, regarda son fils.

– Mais… Friedeward, bégaya-t-il. Friedeward, comment peux-tu dire cela ?

– Rentrons, père, on va remarquer notre absence.

Friedeward tourna les talons et rentra dans la salle du restaurant, sans se soucier davantage de son père.

– Voilà que maintenant tu es non seulement l'épouse de Jackie, mais aussi son témoin, dit la mère de Jacqueline à Herlinde, de sept ans seulement sa cadette, alors qu'elles fumaient une cigarette devant la maison, tard dans la soirée.

– Non, Marianne, ce n'est pas tout à fait vrai, répondit-elle, je suis son époux et son témoin.

Elles sourirent, puis elles éclatèrent toutes les deux de rire et ne se calmèrent que lorsque Magdalena, la sœur de Friedeward, les rejoignit et leur demanda ce qui les faisait rire.

– Rien, Magdalena, nous nous réjouissons juste que ton frère ait non seulement terminé sa thèse, mais en plus obtenu un poste. C'est une bonne base pour un jeune couple. Ils ont un souci en moins.

Vers minuit, Jacqueline un peu éméchée se mit à évoquer en rigolant les devoirs conjugaux. Herlinde se joignit à elle et elles trinquèrent en pouffant de rire. Mais Herlinde, soudain redevenue sérieuse, fit remarquer qu'il était temps pour la mariée d'aller au lit et elle l'emmena avec l'aide de Marianne. Comme Jacqueline se refusait d'entrer dans la chambre nuptiale décorée et protestait en poussant des cris stridents, les deux femmes l'installèrent dans la chambre voisine, celle de Herlinde, où elle s'endormit séance tenante.

Le lendemain ils partirent pour Leipzig, prirent ensuite ensemble le tram, trois stations plus loin Friedeward prit congé de sa jeune épouse et de Herlinde, et descendit du tram. Contrairement à sa ferme résolution de ne jamais se montrer en public avec l'un de ses amants, Friedeward se rendit ce soir-là jusqu'à Waldplatz, un lieu connu pour les rencontres, une tasse, où il se paya un mec.

En décembre 1960, trois mois après sa nomination au poste de premier assistant, le directeur de l'Institut le fit venir dans son bureau et lui demanda s'il avait déjà réfléchi au sujet de son habilitation. Le professeur hocha la tête avec satisfaction lorsque Friedeward le lui confirma et lui exposa brièvement les grandes lignes de son projet. Il voulait approfondir ses recherches sur le roman-feuilleton européen et mettre le focus sur la robinsonnade de Henry Neville, *The Isle of Pines** qui, en réalité plutôt une nouvelle qu'un roman, fut publiée en 1668 en trois épisodes dans le *Nordischen Mercurius***, et se trouve donc être le premier roman-feuilleton attesté. Dans sa thèse, Friedeward avait déjà évoqué le texte de Neville, mais brièvement. Neville raconte les aventures érotiques d'un homme qui se retrouve sur une île isolée dans les mers du Sud en compagnie de quatre femmes, la création d'une dynastie qui en résulta et la dynamique qui se développa dans les générations suivantes. Cette première publication d'un roman-feuilleton, en traduction allemande, modifia les modalités de publications pour les auteurs, ce qui eut à son tour une influence sur l'esthétique des textes, le choix des sujets, la narrativité, le style et même le comportement du narrateur face au lecteur. Comme il l'exposa, Friedeward Ringeling voulait montrer que Henry Neville était le tout premier auteur pour qui l'écriture avait été un gagne-pain. Ses histoires de brigands – car les textes n'étaient pas grand-chose

---

* Satire dystopique de Henry Neville (1620-1694), non traduite en français.

** Hebdomadaire puis mensuel publié à Hambourg entre 1664 et 1730.

d'autre – eurent un effet immédiat sur l'ensemble de la littérature européenne qui, sans cette influence en plein classicisme, aurait pris un tour différent.

– Vous faites allusion à Schiller ? À Heine ? lui demanda le professeur, intéressé quoique visiblement sceptique.

– Schiller bien sûr, mais pas seulement, approuva Friedeward, je veux montrer l'influence sur la littérature allemande jusqu'à la fin du XIXe siècle, mais aussi sur les romans français, espagnols, anglais. Cet Henry Neville est l'un des pères spirituels de notre littérature bourgeoise voire décadente, ignoré jusqu'ici. Le titre de mon travail est pour le moment : *Le roman-feuilleton ; sa signification et ses effets sur la littérature classique allemande et européenne.*

Le professeur se contenta de grommeler :

– Friedeward, ne parlez pas inconsidérément. C'est certes une théorie intéressante, mais si elle ne repose que sur la spéculation, vous devez sortir l'artillerie lourde.

– Je sais.

– Quand pensez-vous me remettre votre travail ?

– Dans quatre ans, cinq tout au plus. Cela vous convient, monsieur ?

– Bon, bon, essayez de vous en tenir à quatre ans, je serai encore en poste et je pourrai vous aider ici, pour une chose ou l'autre. La lune de miel devrait être terminée et vous avez à nouveau le temps de travailler. J'attends beaucoup de vous.

– Merci. Je vais faire de mon mieux.

Il voyait Jacqueline une ou deux fois par mois, elle ne venait désormais que rarement à Leipzig, car en plus de son travail au théâtre il lui fallait diriger le Club des Jeunes, des garçons et des filles qui, dans l'espoir de pouvoir débuter une carrière de comédien, se retrouvaient chaque semaine pour étudier une pièce dans la salle de peinture ou sur la scène de répétitions. Lorsqu'elle venait à Leipzig elle habitait chez Herlinde et ils ne se rencontraient tous les trois que lorsqu'ils voulaient sortir le soir. Friedeward habitait seul dans leur logement commun, il pouvait utiliser les pièces réservées à Jacqueline mais n'y fit jamais pénétrer l'un de ses visiteurs. Lorsqu'il recevait des invités et que Jacqueline n'était pas exceptionnellement elle aussi l'hôtesse et donc présente, il verrouillait la porte de communication.

Pendant les vacances d'été, il resta à Leipzig, ne s'accorda pas de pause, mais mit à profit l'interruption des cours pour aller chaque jour dans l'une de ses deux bibliothèques préférées et travailler à son habilitation sans être dérangé.

Lorsqu'un samedi matin d'août il mit la radio en prenant son petit-déjeuner, il fut stupéfait d'apprendre qu'on construisait un mur dans Berlin et que la frontière avec la République fédérale était gardée par l'armée et la police, il était désormais impossible de franchir la frontière, et comme le RIAS* de Berlin-Ouest l'annonçait, le régime est-allemand avait emprisonné ses citoyens. L'information ne lui sembla pas crédible et il se brancha sur d'autres chaînes de radio, mais toutes, sans exception, très excitées, ne parlaient que de cet événement. Son café à la main, il se mit devant la fenêtre ouverte, regarda la rue déserte dans laquelle à cette heure-là on ne voyait encore aucune voiture, et pensa à Wolfgang qui lui était désormais inaccessible.

– Adieu, Wölfchen, dit-il à haute voix, bonne chance. Cette fois, c'est un adieu définitif.

Il respira profondément et dut poser sa tasse, car les larmes lui vinrent aux yeux.

---

* *Radio in the American Sector.*

Le premier jour du nouveau semestre, les étudiants discutèrent des nouvelles mesures de sécurité en vigueur aux frontières de la République, en évitant la polémique dans les séminaires, mais en laissant libre cours à leur indignation en petits groupes. Dans le cercle d'amis intimes on se racontait des histoires d'évasion rocambolesques, en empruntant les égouts, les rivières, avec l'aide de faux papiers ou revêtu d'un uniforme de l'armée américaine qu'on s'était soi-même confectionné, certains avaient même fui vers le Danemark en traversant la Baltique sur un canot pneumatique.

Dans les bureaux des enseignants et au cours des réunions du corps professoral, tout le monde observait une certaine retenue pour parler des nouvelles dispositions en vigueur aux frontières. Ils évitaient tous d'employer le terme officiel de *Mesures du conseil des ministres pour la sécurité de la République,* ou la désignation ouest-allemande de *Mur,* on ne parlait que de la *nouvelle situation* ou des *nouvelles mesures,* et on était soulagé que ni l'État ni le Parti n'aient exigé de la population une attestation d'allégeance, la plupart auraient eu du mal à l'écrire, même si un refus pouvait avoir des conséquences professionnelles.

Toutefois, en octobre, *Goethe-soi-même* s'exprima à ce sujet. Le ministère de l'Enseignement supérieur avait fait savoir au directeur de l'Institut de germanistique de Leipzig que son passeport lui était pour le moment confisqué et qu'il ne pourrait donc pas se rendre à Vienne au congrès où il devait prendre la parole. Il était invité à prononcer dans le grand amphithéâtre de l'université de cette ville la communication principale du congrès, il venait de la terminer et de l'envoyer en Autriche, car elle devait être remise à tous les participants sous forme d'une belle édition brochée à l'issue du congrès. Le professeur explosa dans une colère folle devant ses collaborateurs, traitant les hommes du ministère d'imbéciles, désignant le mur comme une absurdité datant de l'âge de pierre en Chine, on aurait mieux fait, précisa-t-il, d'utiliser les pierres et le mortier pour construire des logements. Dans les jours qui suivirent, les chargés de cours et les assistants craignirent qu'il perde son poste, mais finalement la seule conséquence de son accès de colère fut qu'il obtint, quatre mois plus tard, en février 1962, l'autorisation de se rendre à Paris pour un colloque, les papiers nécessaires lui ayant été remis immédiatement. Il avait sans doute été servi par le fait que le congrès à Vienne était placé sous le patronage du chancelier autrichien et que le gouvernement autrichien avait officiellement protesté auprès de son homologue est-allemand contre l'interdiction de se rendre à Vienne faite à l'orateur principal, ce germaniste de renom.

En janvier de l'année suivante, le journal de l'université publia dans le courrier des lecteurs la lettre d'un étudiant se plaignant des exigences excessives, et impossibles à satisfaire, en vigueur à l'Institut de germanistique, qui allaient bien au-delà du raisonnable. En outre le programme des lectures obligatoires regorgeait de textes d'auteurs complètement démodés, dépassés, ou d'auteurs que personne ne connaissait plus aujourd'hui et que personne n'avait besoin de connaître. Même les cours de littérature contemporaine ne traitaient que de sujets complètement dépassés qui relevaient davantage de l'esthétique bourgeoise que des sciences marxistes de l'art et de la culture. L'auteur de la lettre recommandait de s'adonner plutôt à la lecture de la collection d'essais sur la littérature contemporaine publiée par l'Institut des sciences sociales.

L'étudiant suivait un cursus de journalisme, pas de littérature allemande, qu'il avait choisie comme seconde matière, ce qui l'amenait à fréquenter régulièrement depuis un an les cours de germanistique. La lettre suscita des remous dans tout l'Institut, les chargés de cours étaient contrariés et les étudiants eurent des discussions animées entre eux, s'interrogeant sur le bien-fondé de cette critique. Ce n'est qu'au bout d'une semaine que *Goethe-soi-même* s'exprima sur le sujet. Au cours d'une réunion du corps enseignant, il déclara, furibond, qu'il ne fallait pas prendre à la légère les déclarations proférées par un ignare. On en rit et on l'approuva, mais deux semaines plus tard les accusations de l'étudiant furent reprises dans un article du journal du Parti qui appelait de ses vœux un enseignement de la littérature allemande nourrie de luttes des classes et de praxis, incitait à lutter contre les déviants, les confus et les égarés. L'Institut de germanistique de Leipzig était dénoncé comme le bastion de l'enseignement bourgeois et le repaire d'éternels passéistes, qui, fermés à la critique et à l'autocritique, trahissaient des positions de classe inaliénables et réprimaient systématiquement les cris d'alarme des étudiants révolutionnaires vigilants. Le directeur et professeur d'histoire littéraire était attaqué personnellement. On disait qu'il aspirait à une restauration esthétique et à une distanciation révisionniste du marxisme-léninisme, on disait même qu'avec ses théories idéalistes et réactionnaires il servait la cause des va-t-en-guerre impérialistes du pacte de l'Atlantique Nord.

L'ambiance à l'Institut de germanistique était tout à la fois électrique et morose après cette attaque émanant de l'organe central du Parti et, comme on ignorait qui en était l'auteur, l'article passait pour le verdict suprême et sans appel. Les réunions se succédaient, les professeurs et les chargés de cours furent convoqués les uns après les autres à la présidence de l'université, certains même à Berlin au ministère de l'Enseignement supérieur.

On voyait jour après jour *Goethe-soi-même* arpenter les couloirs, rouge comme une tomate, mal luné, inabordable. C'était surtout lui qui était visé, tout le monde le savait, on s'en prenait à ses essais, à ses chroniques radiophoniques sur les nouvelles parutions en librairie, qui ne furent pas diffusées ce mois-là. Tout le monde savait qu'on voulait sa tête, qu'on voulait le chasser de son poste. Les assistants se chuchotaient à l'oreille que son successeur était déjà nommé, un professeur de l'Institut de sciences sociales de Berlin qui devait être aussi l'un des auteurs anonymes de l'article du journal du Parti.

Quelques mois après la parution de l'article, *Goethe-soi-même* annonça au cours d'une réunion que le ministère avait, après une longue hésitation, décidé de suivre l'avis de la commission suprême et de ne pas ignorer plus longtemps les accusations portées contre lui. La conséquence inévitable de cette décision était, comme tout le monde en était certainement conscient, qu'on allait lui retirer son poste, probablement aussi son habilitation à enseigner et même lui donner d'office le statut de professeur émérite. Il était de fait interdit de prise de parole publique, en tout cas la radio avait dénoncé son contrat, et l'Akademie-Verlag repoussé d'un an, dans un premier temps, la publication du manuscrit qu'il avait remis six mois plus tôt. Il devait hélas en conclure que la conférence qu'il avait tenue la veille sur *Torquato Tasso* et l'homme d'État Antonio Montecatino avait bien été sa dernière conférence du mercredi. Il remercia tous ses collègues pour leur confiance et leur collaboration au cours de toutes ces années et leur souhaita bonne chance, et surtout force de caractère pour l'avenir.

– Une sage précaution m'incite à vous faire aujourd'hui mes adieux, ajouta-t-il. Peut-être me signifiera-t-on demain que je suis aux arrêts, dit-il avec un sourire rageur. Il pria ensuite trois de ses collaborateurs, dont Friedeward, de le suivre pour un entretien privé.

Ce dernier, à peine entré dans le bureau, commença à s'emporter contre la grande injustice faite au professeur, mais celui-ci l'interrompit de son habituel geste de la main droite :

– Laissons cela, dit-il. Parlons de l'essentiel.

Il interrogea Friedeward sur l'état de son habilitation, il sortit ensuite trois livres d'un tiroir de son bureau et les posa sur la table.

– Je pense que vous devriez les lire, un Anglais et deux Américains. Ils abordent votre sujet, sans doute un enrichissement pour votre travail.

– Merci. Puis-je vous les emprunter ?

– Je ne prête pas de livre. Je ne suis pas une bibliothèque de prêt. Les livres, je vous les offre. Je n'aurais pas pu les acheter, mais j'en ai fait une recension pour le *New Yorker* et la *Library Review*. Par chance, il y a encore des publications intéressées par mon jugement. Et voici encore un de mes livres, un exemplaire d'auteur envoyé par mon éditeur de Munich, pour le moment sa parution n'est pas autorisée ici. Prenez les livres, Friedeward, et en guise de remerciements présentez une habilitation de qualité.

De retour chez lui, il s'aperçut que *Goethe-soi-même* lui avait écrit une dédicace : *“Pour Friedeward Ringeling, dont j'espère et attends beaucoup.”* La dédicace était datée du 3 juillet 1963.

Deux mois plus tard, un lundi matin, il apprit à l'Institut que *Goethe-soi-même* avait quitté la République et fait à Munich une déclaration pour expliquer sa fuite, qui avait été lue la veille au soir au journal télévisé. Friedeward en fut bouleversé, il se rendit dans le bureau qu'il partageait avec deux autres assistants, déjà installés à leur table de travail, qui le saluèrent d'un hochement de tête. L'un d'eux, le regardant droit dans les yeux, lui demanda s'il avait vu le professeur la veille à la télévision. Ou l'avait entendu à la radio.

– Non, dit Friedeward. Je viens seulement d'apprendre la nouvelle.

– Mon Dieu, répliqua l'assistant, nous voilà dans de beaux draps. Que va-t-il se passer ? Pour l'Institut ? Pour nous ?

Personne ne dit mot, ils se mirent tous les trois à fouiller dans leurs documents sans relever la tête.

Friedeward ne demanda pas ce que *Goethe-soi-même* avait dit au journaliste ouest-allemand, il s'en doutait et ne voulait pas le savoir, encore moins en parler avec un tiers. Il avait été très lié à son directeur de thèse qui était son mentor, ce que tout le monde savait à l'Institut, il était son préféré et son protégé, ça allait être sa fête, aucun doute là-dessus. On le soupçonnerait d'avoir été au courant des projets d'évasion, on voudrait savoir s'il l'avait possiblement aidé. Quoi qu'il en soit, on allait le presser de renier son maître vénéré, il devrait prendre position sur ce qu'il avait fait, pas seulement sur son évasion, mais on attendrait de lui qu'il condamne tout ce qu'il avait dit et écrit, et qu'il le dénonce comme non-scientifique. On allait reprendre sa thèse soutenue il y a des années, l'examiner à la loupe à la recherche de déviances de la ligne du Parti, et si un jour il soumettait son habilitation, on en examinerait chaque phrase pour dépister toute position bourgeoise ou toute autre position ennemie. Il n'avait lu que trop souvent dans le journal les témoignages d'allégeance zélée et empressée à la ligne officielle émanant de collaborateurs ou de subordonnés de personnalités importantes qui, à la surprise de tous, étaient passées à l'Ouest. Les anciens collègues essayaient alors de sauver leur peau en faisant des déclarations de loyauté plus ou moins sincères.

À midi il reçut comme ses collègues une information du secrétariat, annonçant que le secrétaire du Parti les convoquait à une réunion plénière pour le lendemain. À treize heures tous les membres de l'Institut sans exception, y compris les étudiants, devaient se trouver dans le grand amphithéâtre, une absence non motivée aurait des conséquences. Les trois assistants en prirent connaissance en silence. Ils se regardèrent brièvement, sans un mot.

Chez lui Friedeward se demanda s'il n'était pas préférable de planquer les livres du professeur, mais il ne savait pas où, et en outre il deviendrait suspect de complicité si on découvrait qu'il avait essayé de cacher qu'il les possédait.

Le lendemain matin à neuf heures, un courrier sonna et lui transmit une note de la secrétaire du directeur, Mlle Schwärzger, qui le priait de venir séance tenante. Elle avait souligné de deux traits les mots *séance tenante.*

Friedeward se mit en route avec un mauvais pressentiment, il craignait qu'on veuille lui infliger une sanction avant même la réunion plénière, lui retirer son poste de premier assistant qu'il n'avait pu obtenir aussi rapidement que grâce à *Goethe-soi-même*, ou exiger qu'il renonce à son habilitation. Lorsqu'il entra dans le secrétariat, Mlle Schwärzger se leva, vint à sa rencontre et lui annonça avec sympathie que sa mère avait appelé, son père avait été transporté à l'hôpital, il allait mal, très mal. Le médecin avait déclaré qu'il ne sortirait pas vivant des soins intensifs.

– Partez, monsieur Ringeling, partez chez vos parents. Je préviendrai tout le monde ici. Votre père est mourant, tout le reste est sans importance.

Friedeward acquiesça d'un signe de tête, sortit en courant, rentra chez lui et, une demi-heure plus tard, il était à la gare et montait dans un train pour Heiligenstadt.

Sa mère était à la maison lorsqu'il arriva et elle se mit immédiatement à pleurer. Elle lui raconta qu'on ne pouvait presque plus communiquer avec son père, on lui administrait un antidouleur par perfusion, ce qui le rendait à demi-conscient et il s'exprimait de façon incompréhensible. Le gaz moutarde qu'il avait inhalé il y a des années avait rendu ses poumons poreux, ils pouvaient se déchirer au moindre mouvement, à la moindre compression, au moindre choc. On ne pouvait pas stopper le processus de destruction, les douleurs allaient s'intensifier, il allait lentement s'asphyxier. Voilà ce que le médecin-chef lui avait expliqué. Il n'y avait aucun traitement possible, il ne fallait pas s'attendre à une amélioration de son état, avait-il ajouté. Sa mort serait une délivrance pour lui, ajouta-t-elle. Incapable d'en dire davantage, elle se mit à sangloter.

Il se rendit tout seul à l'hôpital, resta une heure assis à côté de son père immobile avec lequel aucune communication n'était possible, lui sembla-t-il. Il était nourri artificiellement, relié à un goutte-à-goutte et à deux appareils qui enregistraient quelque chose. Friedeward parla avec un médecin, une femme qui l'encouragea à adresser quand même la parole à son père, à prendre ses mains dans les siennes, il était possible qu'il le perçoive encore. Friedeward suivit ses injonctions, toutefois davantage par sentiment de devoir que parce qu'il en avait un réel besoin. Cela lui sembla peine perdue, les yeux entrouverts ne manifestaient aucune réaction. Caresser un père dont il avait eu peur pendant des années et qu'il avait détesté pour sa dureté le mettait mal à l'aise.

Friedeward était à Heiligenstadt depuis trois jours et l'état de son père était inchangé. De chez ses parents, il appela Mlle Schwärzger à l'Institut qui commença par prendre des nouvelles de son père et lui raconta ensuite que l'Institut était sens dessus dessous, personne ne savait s'il garderait son poste. On avait conseillé à certains collaborateurs de donner eux-mêmes leur démission pour éviter ainsi une sanction disciplinaire et un blâme du Parti. Elle lui conseilla de rester auprès de son père aussi longtemps que nécessaire, pour des gens comme lui Leipzig était en ce moment un terrain miné. Il lui demanda de transmettre à Heinrich Ferches le numéro de téléphone de Heiligenstadt et de le prier de lui téléphoner.

Deux heures plus tard, Heinrich Ferches appela. Il le faisait de la poste centrale, dit-il, l'appeler de l'Institut était trop risqué, car en ce moment le Tribunal de la Sainte Inquisition était à l'œuvre, on soumettait chacun à la question, il fallait diaboliser le Vieux ou c'était le purgatoire. Seuls deux collègues avaient vaillamment défendu les doctrines de leur ancien patron, jusque-là il avait réussi à tourner autour du pot, car en tant que linguiste il n'avait pas à s'exprimer sur des théories littéraires.

– Encore une chose, le Saint Office a trouvé un Grand Inquisiteur, mais il ne vient pas de l'Institut de sciences sociales. C'est l'un d'entre nous.

– Quoi ? Un germaniste ?

– Exactement. Devine.

– Aucune idée. Je n'imagine pas l'un d'entre nous capable d'une telle saloperie. Dis-moi.

– Schumann.

– Non, non. C'est impossible. Heinrich, tu veux me faire marcher ! Notre Schumann, c'est absolument impossible. Il a soutenu sa thèse l'an passé avec le Vieux.

– Justement. Pour cette raison, ce Judas se croit particulièrement en danger en tant que dernier doctorant du patron, et il s'est laissé introniser comme représentant extraordinaire du pape avec mission de débusquer les hérétiques. Cela ne sera pas préjudiciable à sa carrière.

– Schumann, je ne peux pas y croire.

– Il a découvert que son ancien directeur de thèse ne pouvait pas comprendre la signification historico-politique de la littérature de RDA et la traitait de *littérature de salon repeinte en rouge*. Ce Monsieur le Professeur, a-t-il dit, il s'est exprimé ainsi pendant l'assemblée générale de l'Institut, souffrait d'un goût qui l'a conduit à se fourvoyer dans les terrains fangeux de la littérature bourgeoise.

– Mais comment est-ce possible, Heinrich ? On l'a contraint ? Schumann n'est pourtant pas un idiot.

– Contraint ? Peut-être en lui tendant une carotte. Pour moi cet homme est mort, et pour toujours.

– Et que s'est-il passé ensuite ?

– Je ne sais pas. Personne ne le sait. Reste dans ton petit Heiligenstadt aussi longtemps que tu peux. En tout cas, moi, je souhaite longue vie à ton père pour que tu ne reviennes pas trop vite à l'Institut. On recherche encore les hérétiques à excommunier. Tu devrais éviter Leipzig pour le moment, Friedeward.

Son père mourut la semaine suivante, la veille de son transfert du service de soins intensifs à celui des soins palliatifs, on avait besoin du lit, en outre on ne pouvait plus rien faire pour le malade. Il n'avait pas repris connaissance et Friedeward, qui lui rendait visite chaque jour, ne pouvait pas échanger un mot avec lui. À chacune de ses visites il restait une heure assis à ses côtés, lui tenait la main, lui passait une serviette fraîche sur le front et les joues, et pensait avec tristesse et colère à son enfance, aux années passées dans la maison de cet homme qui gisait devant lui, sans défense, pitoyable, un petit homme presque transparent que le moindre coup de vent pouvait renverser. Friedeward le contemplait d'un regard froid et sans pitié, rien ne le rattachait à cet homme, il ne pouvait éprouver aucune sympathie pour lui, il n'éprouvait ni affection, ni empathie, ni pitié. L'homme qui était couché dans ce lit, qui était en train de mourir sous ses yeux, était son père, celui qui l'avait élevé, façonné pour le meilleur et pour le pire, il était aussi celui qui l'avait précipité dans les plus grands désarrois de toute sa vie.

Sur l'acte de décès remis par la clinique, il était indiqué que Pius Ringeling, né le 6 octobre 1901, était décédé le 24 septembre 1963 des suites lointaines d'un empoisonnement au gaz moutarde pendant la Première Guerre mondiale.

Friedeward resta encore quelques jours à Heiligenstadt pour soutenir sa mère. Sa sœur, qui ne pouvait pas laisser plus longtemps seuls mari et enfant, rentra chez elle, mais promit de revenir pour les obsèques. Friedeward accompagna sa mère chez le prêtre, à l'administration du cimetière, choisit avec elle dans le seul et unique établissement de pompes funèbres de la ville un cercueil et la décoration de la tombe. Le soir ils dînaient ensemble et avertissaient parents et amis, écrivaient des lettres, donnaient des coups de téléphone.

– L'as-tu jamais aimé ? demanda Friedeward un soir à sa mère.

Elle le regarda, effrayée.

– Mais, mon garçon, répondit-elle, j'étais mariée avec lui. J'étais sa femme.

– Certes, mais l'as-tu aimé ?

– Je ne te comprends pas, Friedeward. J'étais son épouse, comment peux-tu me poser une question pareille ?

– Mère, c'était mon père, mais je ne crois pas qu'il m'ait aimé. Je crois qu'il n'a aimé personne d'entre nous, ni Hartwig, ni Magdalena, ni moi. J'espère qu'il t'a aimée, toi, mais peut-être était-il absolument incapable d'aimer quelqu'un.

– Et toi, as-tu aimé ton père ?

– Je l'ai détesté. Pour moi, il était toujours l'homme au martinet. Et il le restera pour toujours.

– Ton père était un homme très sévère, sévère avec les autres, mais surtout avec lui-même. Il était profondément pieux, comme c'est très rarement le cas de nos jours. Sévère, pieux et juste, mon garçon. Et ce n'était pas un homme heureux, à cause de la guerre, de l'empoisonnement, mais c'était aussi sa nature. Tu veux savoir si je l'aimais. Eh bien, je l'ai respecté, si tu comprends ce que je veux dire. Et c'est peut-être plus important que l'amour.

– La Bible dit que l'amour est la valeur suprême. Il n'est pas question de respect.

– Ne te moque pas, Friedeward. Ta négligence dans le domaine de la foi nous a toujours beaucoup préoccupés, ton père et moi. Dieu méprise les moqueurs et les incroyants.

– Non, mère, je ne me moque certainement pas. Pour cela, il faudrait que j'aie vécu une enfance et une adolescence joyeuses, alors que dans cette maison tout n'était que rigueur. J'aurais aimé savoir me moquer, mais au lieu de cela je suis devenu un premier assistant à l'université occupé actuellement à écrire son habilitation, un travail scientifique dénué de toute dérision, un travail strictement scientifique. Strictement, très strictement, comme vous me l'avez appris.

– Je vais nous faire une infusion, mon garçon, je suis fatiguée.

– Pas pour moi, maman. Je vais prendre une bière dans le frigo. Je peux ?

– Vas-y. Tu es chez toi ici.

Le vendredi de la semaine suivante quelques personnes seulement se réunirent dans la petite chapelle du cimetière. Magdalena était venue avec son mari Karl et Gundula qui avait entre-temps passé le bac et faisait, comme sa mère et sa grand-mère, une formation d'infirmière. Dans l'assistance, il y avait aussi quelques anciens collègues de Pius Ringeling et trois couples de voisins.

Jacqueline n'avait pas pu venir, elle devait remplacer un metteur en scène malade pour une répétition, mais elle avait promis à sa belle-mère de venir la voir bientôt et de l'accompagner sur la tombe de Pius.

Deux jours après l'enterrement, Friedeward rentra à Leipzig, rendit visite le jour même à Heinrich Ferches pour se renseigner sur la situation et l'ambiance à l'Institut avant de s'y rendre le lendemain. Il apprit que c'était probablement un disciple de Frings qui allait devenir directeur de l'Institut, ce qui était bien la meilleure solution, car on craignait qu'un enragé de l'Institut des sciences sociales reprenne la boutique pour faire le ménage. Quatre collègues avaient démissionné pour éviter d'être rétrogradés. Deux d'entre eux allaient enseigner la langue et la littérature allemandes dans un lycée, les autres voulaient essayer d'être recrutés par une université d'une autre ville.

– Et toi, demanda Friedeward, tu as dû aussi signer une déclaration contre le Vieux ?

– Non, ricana Heinrich, ce calice m'a été épargné. À l'assemblée générale, j'ai déclaré que j'étais seulement compétent pour la langue et ne comprenais rien à la littérature, encore moins aux théories littéraires. Et trois autres ont fait comme moi, et c'est comme ça que nous nous en sommes tirés tous les quatre.

– Et comment se présentent les choses pour moi ?

– Bien, Friedeward. Tu as été absent quinze jours et la tempête est désormais calmée. Les règlements de comptes, c'était vraiment moche, les accusations étaient violentes et, maintenant, ils en ont tous honte. Ici, il règne une certaine ambiance de gueule de bois. Je pense que personne ne veut remuer encore une fois ce fumier puant. Ils vont te laisser la paix.

Les suppositions de Heinrich Ferches s'avérèrent exactes. Les collègues lui présentèrent leurs condoléances, lui demandèrent comment il allait après la mort de son père, et tout le monde évita le sujet qui fâche. Nulle part, dans aucun des cours, séminaires, entretiens, conférences, personne ne lâcha un mot sur celui qui s'était enfui de la République, personne ne voulait provoquer un nouveau malheur, on aurait dit que *Goethe-soi-même* n'avait jamais existé à l'Institut de germanistique. Friedeward poursuivit son travail, organisa pour les étudiants des cours de rattrapage pour compenser les cours supprimés, et comme les années passées continua à travailler chaque jour à la Deutsche Bücherei jusqu'à l'heure de fermeture. L'Akademie-Verlag lui avait déjà fait connaître son intérêt pour une publication, bien que le directeur éditorial n'eût pas encore reçu une seule page. Mais sa réputation le précédait et on attendait beaucoup de son travail d'habilitation.

Malgré ses nombreuses obligations, il trouvait toujours le temps, en plus de ses recherches, de soutenir le théâtre étudiant dont il avait abandonné la direction lorsqu'il avait soutenu sa thèse. Il aidait là où il le fallait pour faciliter la voie vers les plus hauts échelons de la hiérarchie et trouvait aussi bien à la direction de l'université qu'à la mairie des moyens financiers. Pour les membres de la troupe il était un ami, un conseiller, un guide spirituel, un spectateur bienvenu pendant les répétitions, on appréciait son jugement et ses idées. Par son engagement pour les étudiants, il poursuivait consciemment et au vu de tous une tradition que son vénéré maître avait initiée. Toutefois Friedeward veillait constamment à ce que la collaboration reste professionnelle et gardait une certaine distance avec les jeunes hommes.

En février 1965, il remit sa demande d'habilitation au doyen de la faculté de philologie, deux mois plus tard sa conférence publique dans le grand amphithéâtre fut saluée par un concert d'applaudissements et il était en droit d'espérer une nomination prochaine au titre de professeur. Son université ne voulait absolument pas le voir partir vers une autre université, on espérait garder Friedeward Ringeling en tant que professeur au séminaire de germanistique, mais il lui fallut attendre encore une bonne quinzaine d'années avant d'être nommé. Comme il n'était pas membre du Parti, le poste fut attribué à un candidat plus jeune que lui qui avait pris ses distances vis-à-vis de *Goethe-soi-même* à grand bruit et proféré des accusations contre lui, ce qui créa un mauvais climat dans toute la faculté. À maintes reprises, la secrétaire dut enlever du panneau d'affichage des lettres diffamatoires adressées à ce monsieur.

Au début des années 1970, des étudiants, à la recherche d'un lieu propice pour installer un club, découvrirent les restes de la Moritzbastei*, la partie des remparts de la ville construite quatre siècles auparavant qui porte le nom du Prince électeur de l'époque, mais se trouve désormais au centre de la ville. Après la Seconde Guerre mondiale on y avait entassé ruines et déblais de la ville bombardée et, quelques années plus tard, seule une petite colline recouverte des buissons sauvages et d'arbustes rappelait l'ancienne construction. Avec l'aide de leur cher mentor, Friedeward Ringeling, les étudiants parvinrent à convaincre la direction de l'université et le conseil municipal de leurs projets, et ils purent effectivement commencer les travaux un an plus tard. Ils passèrent des dizaines de milliers d'heures – bénévolement – à déblayer gravats et décombres de la salle voûtée et, cinq ans plus tard, le 1er décembre 1979, le club put occuper une partie du bâtiment. Il fallut encore trois ans pour terminer l'ensemble et ce club des étudiants passa pour être le plus grand et le plus beau d'Europe.

Cependant, même si Friedeward s'était à maintes reprises engagé en faveur des étudiants, il échoua sur un point : dans son imagination, la salle voûtée du sous-sol était le lieu idéal pour les représentations et les répétitions, et il souhaitait qu'il soit mis à la disposition des étudiants de façon pérenne. Mais au moment de décider de l'utilisation des locaux, plus de soixante-dix pour

---

*La Moritzbastei est la seule partie encore existante des remparts de Leipzig. Construite en 1554, elle a été occupée par le club étudiant de l'université de Leipzig de 1979 à 1993. Depuis 1993, c'est un centre socioculturel géré par la Stiftung Moritzbastei.

cent des personnes concernées se prononcèrent pour qu'il soit uniquement utilisé comme club et restaurant, c'était le seul moyen pour rassembler l'argent nécessaire au fonctionnement d'une entreprise indépendante.

Au bout de quatre ans, outre la version allemande, trois traductions de la thèse d'habilitation de Friedeward avaient été publiées en Pologne, en France et aux États-Unis, une promotion pour la notoriété de l'auteur dans son pays et à l'étranger qui lui valut au sein de son université une assurance incomparable et rendit sa position quasiment inattaquable. Toutefois, au début, on rejeta ses demandes de déplacement professionnel dans les pays occidentaux, car, lui signifia-t-on, il n'était pas membre du Parti et donc rien ne garantissait qu'à l'étranger il s'engagerait activement en faveur de la politique pacifique du gouvernement de son pays. Mais quand l'université de Boston l'invita pour trois mois en tant que professeur en résidence à l'Institut de germanistique, le vent tourna. Le conseiller culturel de l'ambassade américaine à Berlin-Est lui apporta personnellement l'invitation. Il avait lui-même étudié la littérature allemande à Boston, lu l'habilitation de Friedeward et quelques autres de ses écrits, il l'appréciait tellement qu'il avait incité son université à l'inviter. Friedeward le remercia pour l'invitation qu'il lui dit accepter avec plaisir, en lui faisant toutefois remarquer que ses chances de voir ce séjour autorisé seraient meilleures si l'invitation émanait de l'ambassade elle-même. Le diplomate regretta de ne pas être en mesure d'accéder à sa requête, il commettrait une faute grave en outrepassant le domaine de ses compétences, mais il promit de chercher une solution.

Cinq jours plus tard un coursier de l'ambassade apporta à Friedeward une lettre du Conseiller culturel, par laquelle il lui annonçait avoir le plaisir de lui transmettre une invitation de l'université de Boston, l'une des meilleures de son pays. L'ambassade aurait l'honneur d'aider le germaniste de réputation internationale pour l'organisation de son voyage, le professeur Ringeling pouvait d'adresser à lui si c'était nécessaire.

Ringeling déposa une requête auprès de l'université pour être libéré de ses obligations pendant un trimestre et obtenir un visa pour un déplacement professionnel aux USA. Au bout de quatre semaines, il reçut l'autorisation de l'université, il pourrait retirer le visa six semaines plus tard au consulat des États-Unis.

Après son retour de Boston, d'autres voyages à l'étranger lui furent consentis sans réserve, même plusieurs fois par an, et pas seulement dans les métropoles de l'Est mais aussi à Rome, Paris et Londres, il était un orateur très demandé pour les congrès internationaux de germanistes.

Lors de son premier voyage en Allemagne fédérale – il devait faire une conférence à Aix-la-Chapelle –, il fit un détour par Cologne, car il avait appris que Wolfgang Zernick y était cantor. Il l'avait appelé d'Aix-la-Chapelle, Wolfgang s'était réjoui d'entendre sa voix, cependant leur rencontre dans une petite brasserie du quartier de la gare trahit un malaise étrange. C'était la première fois qu'ils se revoyaient depuis vingt ans, ils avaient changé tous les deux, ils n'étaient plus des étudiants mais des hommes entre deux âges. Wolfgang portait une barbe peu fournie et ses cheveux étaient légèrement grisonnants. Ils se donnèrent une accolade rapide, parlèrent des années passées, de leurs succès et de leurs difficultés. Wolfgang mentionna qu'à deux reprises des soupçons avaient pesé sur lui, un membre du conseil paroissial de Tübingen l'avait dénoncé, et aussi une paroissienne zélée de Siegen, femme au foyer, mais il s'en était sorti à chaque fois à bon compte en changeant de lieu de résidence et de travail, les deux fois les juges avaient montré sans équivoque qu'ils n'avaient aucune envie de condamner un homme majeur pour "luxure".

Lorsque trois heures plus tard ils se séparèrent en s'embrassant sur la joue, ils étaient tous les deux certains qu'ils ne se reverraient jamais et ne voulaient pas non plus se revoir. Et bien que Friedeward affichât un sourire, quitter Wolfgang lui faisait mal.

Les voyages à l'étranger étaient pour lui un changement bienvenu. Ils élargissaient son horizon, le contact personnel avec les collègues, leurs échanges enrichissaient son travail. À l'étranger, il était plus tranquille quand il couchait avec un homme. On se rencontrait, passait un peu de temps ensemble, et c'était tout. Pas d'ennuis, de coups de téléphone, de drame. Deux navires qui se rencontraient dans la nuit, rien de plus.

Les intervenants des congrès parlaient presque tous allemand, les échanges n'étaient donc pas difficiles. Quelques interventions et discussions se déroulaient quand même en anglais et Friedeward avait du mal à suivre. Les cours d'anglais dispensés par son père remontaient à trop loin et il manquait de pratique. Et en dehors des salles de conférences, à l'hôtel ou dans la rue, son mauvais anglais ne l'aidait pas davantage, ce qui parfois conduisait à des situations bizarres. À Pékin par exemple, où le portier de la résidence d'une des universités où il logeait lui apporta dans sa chambre un chien prêt à cuire, dépecé, enveloppé dans un sac en plastique, qu'il avait apparemment commandé.

Cependant ses difficultés pour se faire comprendre à l'étranger ne provenaient pas toujours de ses connaissances linguistiques insuffisantes. Se moquant manifestement de lui-même, Friedeward raconta à ses amis du Collège du tabac – c'est le nom que s'était donné le petit groupe – ce qui lui était arrivé à Vienne. Il était entré pour la première fois à l'hôtel Sacher et avait demandé à la réception la chambre qu'on lui avait réservée, immédiatement un monsieur en livrée se confondit en salutations :

– Quel honneur, dit le réceptionniste en se mettant au garde-à-vous, c'est une très grande joie pour l'hôtel Sacher que Monsieur le Professeur descende chez nous.

Friedeward, étonné de cet accueil chaleureux, lui demanda comment il se faisait qu'il le connaisse. Il supposait que le portier avait peut-être été autrefois son étudiant, car il lui arrivait d'être abordé par l'un de ses anciens étudiants qu'il ne reconnaissait pas dix ou vingt ans plus tard, ils n'avaient plus le visage de la jeunesse, leur présentation irradiait le succès professionnel et l'existence bourgeoise à laquelle rien ne manquait.

L'homme à la livrée raffinée le regarda, déconcerté, car il ne comprenait pas qu'on lui pose cette question. Il fallut quelques secondes pour que Friedeward et le réceptionniste tombent d'accord sur le fait que la formulation de l'accueil n'avait rien à voir avec le fait qu'on se connaissait ou reconnaissait, mais était une façon particulière, solennelle, de saluer les hôtes conforme au standing du Sacher.

– Vous saluer du titre de Professeur, c'est bien la moindre de choses, dit le portier.

Friedeward expliqua qu'il était effectivement un professeur, ce qui réjouit considérablement le portier :

– Excellence, quel honneur. Je vais immédiatement prévenir la patronne que nous avons aujourd'hui un vrai professeur dans notre maison. Quel honneur !

Le Collège du tabac était un petit groupe de professeurs et de chargés de cours de différentes disciplines, de romanistique, d'histoire, de médecine, de psychiatrie, de mathématiques, d'ethnologie, parmi eux un vice-président, et les deux amis proches de Friedeward, le physicien Dieffenbach et le mathématicien Cornelius. On se retrouvait une fois par mois au café Baum, les femmes n'étaient pas admises, en cela le groupe respectait les règles traditionnelles d'un *collège*, mais ces messieurs appréciaient d'être servis par la très accorte trentenaire Uschi dans cet établissement de plusieurs étages. Le troisième jeudi de chaque mois, la grande table à l'étage supérieur du restaurant était réservée pour leur cercle, à l'abri des regards des autres clients, et dans la mesure du possible les membres du cercle se rendaient libres ce jour-là. On échangeait sur les événements survenus à l'université, se moquait franchement du maire, de la politique de la région et des hommes politiques de Berlin, c'était à qui ferait les remarques les plus audacieuses ou les commentaires les plus cyniques.

Leurs conversations n'étaient pas destinées à des oreilles étrangères, et les étudiants ne devaient absolument pas savoir ce que leurs enseignants proféraient dans l'intimité sur l'État et ses représentants, d'autant plus que certains de ces messieurs étaient au Parti et dans leurs Instituts respectifs formulaient leurs critiques avec beaucoup plus de retenue. Ils étaient servis à tour de rôle ou parfois ensemble, non seulement par la pimpante Uschi mais aussi par un jeune homme, bientôt la trentaine, qui se faisait toujours appeler Sir Charles par les habitués du café Baum, les deux serveurs savaient que leurs hôtes souhaitaient la discrétion et chaque jeudi ils bloquaient l'accès de la salle du haut aux autres clients avec un panneau "Privé", veillant surtout à ce que les étudiants ne montent pas à l'étage.

Uschi était native de Leipzig et, pour la satisfaction de tout le groupe, elle parlait un saxon authentique et traînant, elle avait de la repartie et une certaine éloquence, son choix de mots malheureux et parfois très malvenu réjouissait la ronde des professeurs tout comme sa silhouette séduisante. Le jeune Sir Charles était né à Dresde dans le quartier dénommé Leipziger Vordstadt. Il parlait ce saxon de la métropole des bords de l'Elbe qui se voulait du haut-allemand, dont on se moquait en le traitant de saxon du Gewandhaus*, une double

* Gewandhaus : salle de concert de Leipzig qui abrite le célèbre orchestre du même nom. Le bâtiment original a été construit en 1781 dans la Halle aux draps, d'où son nom.

mauvaise plaisanterie, car on signalait par là qu'on ne se moquait pas seulement de l'effort pour avoir une prononciation distinguée, mais aussi du fait que Dresde avait un Gewandhaus alors que la ville, résidence royale depuis des siècles, devait s'en passer. Uschi tout comme Sir Charles étaient aux petits soins pour leurs clients, ils savaient bien que chacun de ces messieurs leur laisserait un bon pourboire.

Sir Charles, qui souhaitait qu'on l'appelle ainsi parce qu'il lui déplaisait d'être appelé "garçon" ou "serveur", était, à la différence d'Uschi qui n'avait pas froid aux yeux, très respectueux et silencieux, et traitait le groupe avec la courtoisie d'un valet de chambre britannique. Immédiatement là quand on avait besoin de lui, aucun détail ne lui échappait sur la table, toujours prêt avec sa serviette à réparer un geste malheureux et à remplir un verre vide. Friedeward trouvait qu'il ressemblait à son ami perdu, et il avait aussi l'âge de Wölfchen quand celui-ci l'avait quitté, ses yeux, sa bouche, son sourire faisaient remonter chez Friedeward des souvenirs aussi doux que douloureux.

Tandis que les autres hommes flirtaient avec Uschi et se laissaient aller à des plaisanteries grivoises, il arrivait que l'un d'eux lui dise avec un clin d'œil qu'il était vraiment dommage qu'il se prive de tant de choses. La plupart le prenaient pour un vieux garçon, un célibataire endurci, mais ses amis et ses collègues les plus proches se doutaient depuis longtemps qu'il ne s'intéressait pas aux femmes. Certains s'en étaient rendu compte eux-mêmes, d'autres avaient été affranchis par leurs épouses qui possédaient un sens particulier pour détecter cela. Mais ils se comportaient avec discrétion, respectaient son secret et pouvaient très bien comprendre qu'il ne veuille pas en faire état. Alors qu'excités par l'alcool ils donnaient un pourboire royal à la serveuse, Friedeward glissait discrètement un gros billet à Sir Charles.

Un soir, celui-ci ne se contenta pas de le remercier poliment, mais Friedeward eut l'impression que le jeune homme avait caressé sa main de deux doigts. Il le regarda dans les yeux, surpris, et Sir Charles soutint son regard.

Deux jours plus tard Friedeward se rendit seul au café Baum, monta les escaliers étroits de l'établissement jusqu'au moment où il tomba sur le jeune homme.

– Bonsoir, Sir Charles, quelles tables servez-vous aujourd'hui ?

– Je suis à nouveau à l'étage. Installez-vous, je vous prie, à la table réservée.

– Vous vous attendiez à ma venue ? demanda Friedeward étonné.

– Pas directement, monsieur le professeur, nous gardons toujours une ou deux tables. Pour des hôtes de marque. Pour des hôtes comme vous, monsieur le professeur Ringeling.

Ils prirent rendez-vous. Sir Charles, qui s'appelait en réalité Moritz Karsunke, rendit visite à Friedeward chez lui, et une relation chaleureuse s'établit rapidement entre les deux hommes. Au début, Friedeward s'étonna des lacunes dans la culture de Moritz, du peu qu'il savait de l'histoire et de l'histoire culturelle. L'ensemble des domaines qui ne relevaient pas de sa formation dans la restauration était de l'hébreu pour lui. À Dresde, Moritz avait quitté l'école à seize ans, il avait ensuite commencé une formation de serveur qu'il avait interrompue après une violente altercation avec son père pour aller à Leipzig où depuis il gagnait sa croûte comme serveur sans certificat de fin d'études, à l'hôtel Thüringer Hof d'abord, jusqu'à ce qu'une place mieux payée au café Baum lui soit proposée.

Friedeward avait le souci d'ouvrir l'horizon intellectuel de son jeune ami, lui imposait de lire un hebdomadaire pour s'informer dans les domaines de la culture, de la politique et de l'art, de lire des livres qu'il lui choisissait tout en veillant à ne pas le décourager en mettant la barre trop haut. Les lacunes culturelles de Moritz insondables dans tous les domaines ne cessaient de l'effrayer et sa liaison avec ce genre d'homme le surprenait lui-même. Des mondes séparaient son Wölfchen de ce Moritz Karsunke, avec lui il n'y avait aucune sorte d'échanges intellectuels, il n'était pas non plus une stimulation pour l'esprit, il ne possédait pas l'humour de Wolfgang, il n'était pas capable d'avoir une pensée audacieuse, et aussi bien dans le domaine de la poésie que de la musique il était un sot, Friedeward devait bien se l'avouer. Non, son amitié pour Sir Charles, son inclination pour lui ne reposait que sur sa jeunesse et sa ressemblance extraordinaire, tout à fait étonnante, avec son ancien ami, ce qui lui ôtait ses doutes sur la relation qu'il entretenait avec le garçon de café. D'autre part l'idée que le jeune homme ne l'appréciait ni ne l'aimait pour lui-même, mais que d'autres raisons, probablement déterminantes pour se lier à un homme de vingt-cinq ans son aîné, l'inquiétait. Moritz réfuta ses craintes en riant et protesta avec véhémence, mais Friedeward ne put pour autant se débarrasser de cette idée.

Il lui avait demandé s'il devait l'appeler Moritz, car Sir Charles lui semblait quand même un peu stupide. Son ami lui répondit qu'il devait lui choisir un prénom qu'ils n'emploieraient que tous les deux. Friedeward n'eut pas à réfléchir longtemps.

– Wölfchen, ça te conviendrait ?

– Wölfchen ? Oui, ça me plaît. C'était un ami proche ?

– Oui, mais il y a longtemps. Tu n'étais encore qu'un enfant.

– Je n'ai rien contre. Et moi, comment dois-je t'appeler ? Au café Baum, je m'en tiendrai bien sûr à monsieur le professeur, mais lorsque nous sommes seuls, ça ne va pas. Et Friedeward, c'est un peu empesé.

– Tu as une idée ?

– Je ne sais pas. Friedl, peut-être ?

– Friedl ? Eh bien, pourquoi pas. Tout à fait entre nous, le nom me convient. Wölfchen et Friedl, pourquoi pas !

Ils se voyaient une fois par semaine, toujours dans l'appartement de Friedeward car Moritz habitait en sous-location. Friedeward l'autorisa même à s'installer dans la partie de l'appartement réservée à Jacqueline, car elle ne l'utilisait plus depuis longtemps. Elle ne pouvait visiblement pas s'éloigner de Dresde et, lors de ses rares visites à Leipzig, elle habitait chez Herlinde. Friedeward cacha sa relation avec le garçon à ses amis du Collège du tabac, au café Baum il nommait son Wölfchen Sir Charles comme les autres et veillait à ce qu'aucun geste ne trahisse leur relation plus étroite et plus intime, alors même que les collègues avaient deviné depuis longtemps qu'ils étaient ensemble.

À l'université, on continuait à nommer Friedeward *le petit professeur*, même si les étudiants s'étaient contentés de reprendre ce surnom donné par leurs aînés sans savoir d'où venait ce sobriquet, d'autant qu'il mesurait un mètre quatre-vingts. Friedeward ne s'en offusquait pas, d'autant que ce surnom éveillait chez lui le souvenir de son vénéré professeur, pour lequel des dizaines d'années plus tard il continuait à éprouver de la reconnaissance.

En collaboration avec ses amis, le physicien Dieffenbach et le mathématicien Cornelius, Friedeward avait initié une série de conférences publiques chaque samedi après-midi dans le grand amphithéâtre de la faculté de médecine, on y exposait à un large public et dans un langage accessible les résultats les plus récents de la recherche dans les différentes disciplines scientifiques. En plus des étudiants, les habitants de la ville étaient aux aussi conviés à ces conférences, si bien qu'on voyait dans l'amphithéâtre de nombreuses personnes âgées.

Cette sorte de conférences s'inscrivait dans la tradition des anciennes conférences légendaires du mercredi, mais aussi bien les initiateurs que les intervenants se gardaient bien de l'évoquer.

Friedeward n'avait toujours pas été promu professeur, la promotion était constamment repoussée, les explications devenaient de plus en plus absurdes, le président de l'université finit par exiger énergiquement du ministère de l'Enseignement supérieur qu'il signe cette promotion s'il ne voulait pas perdre sa crédibilité de président. C'est ainsi qu'en 1980 Friedeward obtint enfin une chaire de professeur à l'Institut de germanistique.

En novembre 1981 il reçut une invitation pour se rendre à Vienne en mars suivant. La République autrichienne prévoyait un congrès de germanistes en l'honneur de *Goethe-soi-même*, à l'occasion de son soixante-quinzième anniversaire. Le moment le plus important devait être une matinée au Burgtheater où aurait lieu la remise du "grand prix national autrichien" au héros du jour. Le ministre de la Culture avait demandé à *Goethe-soi-même* de choisir celui qui prononcerait le discours de réception et, pour la grande joie de Friedeward, son vieux professeur l'avait nommé. Le ministère autrichien voulait donc savoir s'il acceptait de faire ce discours et s'il lui serait possible de se trouver le 21 mars, un dimanche, au Burgtheater. Friedeward accepta immédiatement et déposa une demande de passeport, sans imaginer un seul instant qu'on pouvait le lui refuser. À son immense surprise, on lui répondit que sa demande de voyage professionnel en Autriche était rejetée, on ne souhaitait pas qu'il prenne la parole à Vienne, cela ne servait pas les intérêts de l'État.

Friedeward, complètement décontenancé, écrivit immédiatement une lettre de protestation et, dans un second courrier, quinze jours plus tard, il attira l'attention sur le fait que le président autrichien devait assister en personne à la cérémonie et que lui refuser un visa conduirait à des complications diplomatiques qu'aucun des deux états ne souhaitait. Il demandait instamment une explication sur la situation, car il allait de toute façon écrire le discours. Et s'il ne lui était pas permis de le lire lui-même, quelqu'un d'autre le lirait à sa place, ce qui aurait pour conséquence inévitable qu'un grand nombre de personnalités importantes apprendraient que ce voyage lui avait été interdit.

Début janvier, le ministère des Affaires étrangères l'informa qu'un représentant du secrétaire d'État allait lui rendre visite, on priait Friedeward de proposer un rendez-vous. C'est ce qu'il fit et, cinq jours plus tard, un homme jeune se présenta au secrétariat, il dit être un représentant du ministère, ajoutant que le professeur Ringeling l'attendait. Le jeune homme avait l'air blasé et arrogant, mais semblait en même temps un peu mal à l'aise. Il donna à Friedeward le titre de Magnificence, ce que ce dernier récusa, et le jeune homme s'excusa, l'université, ses coutumes et ses titres ne lui étaient pas familiers. Il se mit ensuite à lui expliquer pourquoi le voyage à Vienne lui était refusé. Le ministère était d'avis que la cérémonie en mars honorait un ennemi de la RDA qui, après avoir déserté la République, n'avait pas perdu une occasion de calomnier l'État qui lui avait donné gloire et notoriété. Et maintenant le ministère devait par-dessus le marché soutenir l'État autrichien en chantant les louanges d'un ennemi déclaré de notre République ? On préférait donc contrarier les Autrichiens en les privant de celui qui devait entonner l'hymne.

Friedeward écouta les explications, de fort mauvaise humeur, et répliqua que l'attitude du ministère était complètement absurde, parler d'un érudit aux mérites si connus comme d'un ennemi de l'État était parfaitement grotesque. Il ne pouvait que conseiller de réfléchir encore à cette décision qui risquait de faire de la République la risée internationale. Dans quinze jours il préviendrait le ministère de la Culture autrichienne que le voyage à Vienne lui était interdit, à moins que d'ici là sa requête soit acceptée. Le jeune homme voulut encore ajouter quelque chose, mais Friedeward lui coupa la parole, lui suggérant de parler avec ses supérieurs, car il n'avait plus rien à lui dire.

Quatre jours plus tard, c'est un autre représentant du ministère qui se présenta, un homme plus âgé qui dit s'appeler M. Morschke et laissa entendre à Friedeward dès le début de l'entretien qu'il comprenait son point de vue et regrettait la décision de son ministère. Il avait parlé avec le secrétaire d'État en charge de l'affaire et obtenu que le professeur puisse se rendre à Vienne, le ministère exigeait seulement qu'il écrive un compte rendu du déroulement du voyage et des conversations qu'il pourrait avoir, pour déceler des ennemis potentiels de l'État.

– Un compte rendu de voyage ? demanda Friedeward déconcerté. Qu'est-ce que ça veut dire ?

– Eh bien, seulement une brève description de votre participation au congrès et de vos conversations. Comme il est d'usage.

– Pardon, mais dois-je jouer pour vous le rôle d'un indicateur ? Je ne suis pas un dénonciateur.

– Mais qui parle de cela, monsieur le professeur ! Ces rapports fournissent au poste des informations importantes. C'est purement formel.

– Quel poste ? Je suis professeur, mon poste c'est l'université et elle n'exige pas de moi un rapport. Je n'ai à faire de rapport à personne.

– Si, à nous, le ministère. À nous qui vous remettons le passeport. Mais je vous en prie, regardez les choses avec calme. Vous écrivez ce que vous voulez écrire. C'est votre affaire, l'important c'est que l'estomac insatiable de la bureaucratie soit alimenté avec un rapport.

– Ça ne me convient pas du tout. Vous soumettez ma conscience à une rude épreuve. Non, enlevez-vous ça de la tête. Je n'écrirai rien sur des conversations et des rencontres confidentielles. Et pour tout le reste, vos supérieurs peuvent s'informer dans la presse.

L'homme d'un certain âge – il avait dix ans de plus que Friedeward – soupira et répéta que le secrétaire d'État y tenait, il y avait peu de marges de manœuvre, il lui conseillait de remettre le rapport demandé.

– C'est à vous de décider, monsieur le professeur, vous ne transmettez que ce dont vous pouvez assumer la responsabilité. Vous voulez y aller avec votre femme ?

Friedeward le regarda, déconcerté :

– J'irai seul. Mais pourquoi me posez-vous la question ?

– Bon, d'habitude vos collègues font une demande de visa pour voyager avec leur femme. Vous, nous avons remarqué que vous ne demandiez jamais à voyager avec votre épouse.

– Ma femme travaille au théâtre de Dresde. Elle est très occupée et n'a pas le temps de jouer le rôle de l'épouse accompagnatrice.

– Oui, bien sûr. C'est ce que nous nous sommes dit.

– C'est ce que vous vous êtes dit ? Qu'est-ce que ça signifie ? Qu'est-ce que ça peut vous faire ? C'est un point qui ne concerne que nous, ma femme et moi, n'est-ce pas ?

Friedeward avait immédiatement élevé la voix, quelque chose ne lui plaisait pas chez ce M. Morschke. Sa remarque, son sourire à peine retenu l'agaçaient. Qu'est-ce que ce type voulait de lui ? Voulait-il lui faire comprendre qu'on savait quelque chose à son sujet ?

Sans dissimuler son sourire, M. Morschke enchaîna :

– Très cher professeur Ringeling, laissons là cette petite comédie. Nous sommes bien informés à votre sujet, soyez-en assuré, et nous avons une profonde compréhension. Davantage encore, nous sommes volontiers prêts à vous aider, à camoufler, disons, votre petite particularité, comme nous l'avons déjà fait. Et si quelque rumeur stupide circulait, nous sommes en mesure de l'écraser dans l'œuf.

Friedeward le regarda avec un profond mépris :

– Je pense que vous devriez partir, maintenant.

De la main il lui indiqua la porte. Morschke se leva, prit congé d'un signe de tête et, se retournant vers Friedeward, il dit :

– Faites-nous savoir votre décision dans les huit jours. Et comme je vous l'ai dit, nous sommes disposés à vous aider.

– À m'aider à me nuire, si je vous comprends bien ?

Avec un sourire un peu penaud, son visiteur secoua la tête en ajoutant :

– Quelle opinion avez-vous donc de nous ? Pour qui nous prenez-vous ?

– Pour qui je vous prends, vous ? explosa Friedeward. En tout cas, pas pour un fonctionnaire du ministère des Affaires étrangères. Vous êtes un de ces types de…

Il s'interrompit, ravala ses paroles et serra les dents.

– Vous vouliez dire du ministère de l'Intérieur ? demanda en souriant M. Morschke. Alors, vous avez raison. Mon service apporte son assistance aux collègues du ministère des Affaires étrangères pour toutes les questions relevant de la sécurité.

– Vous appartenez donc à la Sécurité de l'État.

– Comme je viens de vous le dire : au ministère de l'Intérieur, le reprit M. Morschke avec insistance.

Friedeward attendit en silence que son visiteur ait passé la porte. Une semaine plus tard, il écrivit au ministère qu'il se rendrait à Vienne et remettrait le rapport qu'on lui demandait. Dans les paroles de ce M. Morschke, et plus encore dans son comportement, dans sa façon de se présenter flottait une menace impossible à ignorer et il savait que ces gens-là pouvaient lui nuire, lui rendre la vie infernale, le détruire. Il ne voulait pas paraître complaisant ni les dresser contre lui, en outre l'idée de ne pas être le 21 mars au Burgtheater pour y prononcer son discours en l'honneur de son cher maître et mentor lui était insoutenable. Que parmi tous ces élèves, il l'ait choisi lui, était très important pour Frie-deward.

Le voyage jusqu'à Vienne, en train via Prague, fut agréable et le séjour plus que réussi. Le congrès international était de bon niveau, de nombreux intervenants parlèrent de tout ce qu'avait accompli dans sa vie celui qu'on honorait et, après le discours de Friedeward – qui parla une demi-heure de son cher maître dans la salle comble du Burgtheater –, ce dernier le remercia et fit son éloge de façon dithyrambique. Il y eut ensuite un dîner de gala dans le Palais du chancelier fédéral et, le soir suivant, il fut invité à l'opéra par son vieux professeur.

Ils se retrouvèrent trois heures avant la représentation dans le petit café Sacher. Le professeur vint seul, il salua Friedeward excessivement chaleureusement, l'appela par son prénom et insista pour que Friedeward fasse de même et l'appelle Hans. Ils étaient enfin seuls et pouvaient se raconter l'un à l'autre ce qui leur était arrivé depuis leur dernière rencontre. Ces heures au café Sacher, les seules que Friedeward passa en tête à tête avec son professeur vénéré, lui permirent de lui parler de Leipzig et des événements qui avaient suivi son départ de la métropole saxonne. Il raconta avec empressement au vieux monsieur les errements et les tourments que son évasion avait provoqués à l'Institut, lui indiqua qui, à l'époque, lui était resté fidèle, qui s'était empressé de sauver sa propre peau ou de saisir la chance d'obtenir de l'avancement en manifestant son dévouement, en étant donc prêt à condamner l'ancien maître et à le traîner dans la boue.

Un grand nombre de choses étaient déjà parvenues aux oreilles du professeur, mais toujours de façon fragmentaire. Friedeward raconta les changements intervenus dans sa vie personnelle au cours des dernières années, évoqua les réformes répétées de l'enseignement supérieur qui avaient mené, pour les études germaniques également, à des restructurations et à des bouleversements catastrophiques. Sur ce point aussi le professeur semblait parfaitement informé, il hochait parfois la tête, l'air courroucé, mais il ne se montra jamais surpris et ne demanda pas non plus davantage de détails.

– Et vous, Friedeward, vous restez à Leipzig? lui demanda-t-il finalement. Ou bien voulez-vous changer d'université? Peut-être même rester à l'Ouest?

Friedeward répondit qu'à Leipzig, il avait de bonnes conditions de travail, que les étudiants l'appréciaient, mais que ses chances de faire carrière étaient minimes, car il ne voulait pas entrer au Parti, ce qui l'empêchait de remplir la condition première pour obtenir une direction d'Institut, mais que dans les limites actuelles il avait acquis beaucoup de libertés et réussi à se construire une position solide.

– Bien, Friedeward, très bien. Tenez-vous en à cela. Vous seriez un formidable directeur d'Institut, mais les obligations qui vont avec vous auraient mis dans des situations infernales. Restez à Leipzig tant que c'est à peu près supportable. Les étudiants ont besoin de vous. Ils ont besoin d'un enseignant intègre, et vous l'êtes. Restez à votre poste. Ici, ce n'est pas non plus une vallée de roses. Ici, on vous verrait comme une concurrence, les relations vous manqueraient et, dans l'entrelacs des familiarités et des dépendances, on peut facilement se prendre les pieds dans le tapis. La clique qui s'est formée au fil des années. Ce népotisme qui pousse comme de la mauvaise herbe. Le favoritisme. Si ça va à peu près, restez, conseilla-t-il à Friedeward, et soudain son ton exprimait de l'amertume et de la colère.

Il commanda encore du vin pour son jeune collègue, lui-même ne buvait que des infusions, ensuite il régla généreusement l'addition pour eux deux et les hommes se dirigèrent vers l'opéra. Friedeward remarqua, amusé, que son vieux *Goethe-soi-même* notait avec satisfaction que les autres spectateurs le reconnaissaient et le saluaient respectueusement d'un signe de tête, ce qu'il faisait semblant de ne pas remarquer, affichant tout au plus un sourire discret.

Pendant le voyage de retour, Friedeward s'installa au wagon-restaurant, et de bonne humeur grâce au séjour à Vienne il eut l'idée de recopier le programme officiel en guise de rapport de son voyage. L'idée lui sembla audacieuse, mais appropriée, il sortit son stylo et recopia sur une feuille de papier à lettres de son écriture régulière et impétueuse l'intégralité du programme, y compris les horaires et les pauses, il data et signa.

De retour à Leipzig, il ne se manifesta pas comme convenu auprès de M. Morschke, mais attendit son appel, le fit venir à l'Institut et lui remit en souriant la feuille de papier. M. Morschke parcourut des yeux le prétendu rapport et sembla content.

– Formidable, monsieur le professeur, dit-il, il semble que vous n'ayez rien d'autre à rapporter que le programme officiel.

Friedeward approuva, ajoutant que le rapport était correct et complet.

– Bien, répliqua Morschke, nous avions besoin d'un rapport de votre part et nous l'avons. Merci. Merci pour votre bonne volonté. J'espère que nous aurons une autre occasion de collaborer.

Cette remarque énoncée avec un sourire porta un coup à Friedeward. Il avait espéré contrarier cet homme, mais celui-ci ne s'intéressait manifestement qu'à sa complaisance dont le papier stupide qu'il avait en main était la preuve.

– Pour moi il n'y a aucune raison de collaborer avec vous. Portez-vous bien et ne continuez pas à me surveiller.

Effectivement, dans les années qui suivirent, ni M. Morschke ni un quelconque collaborateur du ministère des Affaires étrangères ou de quelque autre administration ne se manifestèrent auprès de lui. Son prétendu rapport ou son comportement clair et sans équivoque semblaient le protéger efficacement de ce genre de visites et d'obligations humiliantes.

Son activité d'enseignant à l'université s'organisait de façon satisfaisante pour lui, il jouissait de notoriété dans son Institut comme auprès de l'ensemble du corps professoral de l'université, en ville aussi il était connu et apprécié, surtout grâce à ses conférences publiques du samedi après-midi dont la renommée flattait l'orgueil des citoyens de Leipzig. Il rencontrait rarement Jacqueline et Herlinde, tout au plus une fois par mois. La semaine Jacqueline était occupée à Dresde et son travail au théâtre l'obligeait souvent à y rester le week-end, si bien qu'elle pouvait rarement venir à Leipzig et c'est Herlinde qui lui rendait régulièrement visite à Dresde.

Dans son cercle d'amis et de collègues, on s'était habitué à le voir assister seul aux réceptions et manifestations, très rarement en compagnie de sa femme à l'opéra ou au théâtre. Friedeward continuait à attacher une grande importance à ce que ses penchants demeurent secrets. Il ne cherchait pas à dissimuler, ne faisait pas semblant de s'intéresser aux femmes, mais le secret était devenu pour lui une seconde nature et il avait l'intention de ne jamais sortir du bois.

Auprès de ses amis Friedeward avait la réputation d'être un camarade en qui on pouvait avoir confiance, sur la loyauté de qui on pouvait toujours s'appuyer, ses nombreux voyages lui avaient conféré une vision des événements politiques du moment quelquefois tout à fait surprenante, mais il était toujours en mesure d'en donner des raisons réfléchies et précises. Il leur semblait bien évidemment un peu extravagant et hors du temps, on souriait de ses petites particularités et de ses marottes, cependant si on se moquait un peu de lui derrière son dos c'était toujours avec bienveillance et respect.

Il était aussi exceptionnellement aimé des étudiants. Ils l'admiraient, le respectaient, car il n'était pas seulement extrêmement intelligent et très cultivé, mais aussi prêt à les aider, toujours disponible pour un entretien, un *Privatissimum*, comme disait Friedeward.

Friedeward aimait écrire des lettres. Jour après jour il en écrivait au moins deux, à des collègues du pays ou de l'étranger, aux rédacteurs de revues scientifiques, il correspondait avec des anciens étudiants devenus eux-mêmes enseignants dans des universités ou des écoles. Il fermait toujours ses lettres en y apposant son sceau de cire – il en avait de différentes couleurs – dans laquelle il imprimait sa lourde chevalière en argent, qu'il ne portait d'ailleurs pas, mais conservait avec la cire dans un coffret en bois noir. Il en avait fait l'acquisition chez un antiquaire, parce que seules deux initiales étaient gravées dessus, un F et un R, ce qui d'après l'antiquaire signifiait Fredericus Rex et indiquait que le propriétaire originel en avait été le roi de Prusse Frédéric II. L'antiquaire l'avait fait expertiser et avait reçu la confirmation que la bague avait effectivement appartenu à Frédéric II, ce qui pour ce genre de pièce unique justifiait le prix élevé. Après cette explication, l'intérêt de Friedeward pour cette bague fut encore plus important, car elle portait ses initiales. Il la fit mettre de côté et apporta une semaine plus tard la somme exigée.

Il écrivait l'adresse et le nom de l'expéditeur de son écriture sûre et régulière, et pour finir, après avoir regardé l'enveloppe posément, il choisissait la cire dans son coffret. À l'aide d'une bougie, il la chauffait et la laissait tomber goutte à goutte, pour ensuite, avec soin et un sentiment de satisfaction, enfoncer sa bague dans le petit tas de couleur. Les couleurs de ses bâtons de cire, leur odeur, qui se renforçait sous l'effet de la chaleur, le résultat – une enveloppe scellée avec ses initiales – le mettaient d'humeur joyeuse et, dans le passé, il avait sacrifié beaucoup de temps et d'argent pour faire venir d'Espagne ou plus tard des Pays-Bas cette cire, jusqu'à ce qu'à Leipzig une boutique de fournitures pour le dessin en propose.

Lorsque, de temps à autre, il ne mettait pas immédiatement la lettre à la boîte car il lui fallait encore acheter des timbres, il la déposait au guichet et se heurtait à l'incompréhension des postiers pour sa prédilection à sceller ses lettres. Ils trouvaient que le sceau défigurait l'enveloppe, et il lui fallait expliquer qu'autrefois cette façon de faire était tout à fait courante, avant qu'ils se décident à accepter la lettre. Ils ne pouvaient pas s'empêcher de lui faire remarquer qu'à cause du poids de la cire, le port serait sensiblement plus élevé, ce qui ne dissuadait pas Friedeward.

En septembre 1988, Friedeward et un groupe de collègues et amis organisèrent une fête pour leur ami Carsten Johannes Cornelius qui enfin, à cinquante-huit ans, atteignit l'échelon supérieur, hors classe, promotion bien méritée. Il y a longtemps que le président le demandait au ministère, il avait finalement obtenu gain de cause et ainsi évité définitivement le renvoi qui menaçait le mathématicien très apprécié. Pendant des années, le ministère avait refusé de lui attribuer une chaire, car Cornelius leur semblait politiquement trop subversif, il ne pouvait pas s'empêcher dans ses cours de critiquer ouvertement le système régissant leur société et semait ainsi dans la tête de ses étudiants "des idées hostiles à l'État". Mais les temps avaient changé et, étant donné le nombre sans cesse croissant de personnes sollicitant les autorités pour que la citoyenneté de la RDA leur soit retirée et un visa pour l'Allemagne de l'Ouest accordé, l'État n'était plus en mesure d'imposer ses exigences avec une rigueur inflexible, sans se soucier des conséquences, il s'efforçait de mener une politique moins répressive pour éviter les critiques d'une population de plus en plus récalcitrante.

Ces changements laissaient prévoir des bouleversements profonds, donnaient de l'espoir, faisaient naître une agitation qui, une année plus tard, aboutit à une période excitante et tumultueuse. Leipzig fut le lieu de manifestations plus importantes que dans les autres villes du pays, semaine après semaine des manifestants se rassemblèrent dans le centre-ville le lundi, plus nombreux à chaque fois. Si, au début, ils étaient des milliers, ils furent finalement des dizaines de milliers à manifester sur le boulevard circulaire autour de la vieille ville, parmi eux certains venus nombreux d'autres contrées du pays avaient spécialement fait le voyage pour protester contre le régime. La pression sur les organes de la Sécurité de l'État fut de plus en plus forte. Début octobre, la rumeur se répandit que l'armée et la police avaient reçu l'ordre de dissoudre la manifestation, au besoin en faisant usage des armes, pour régler la situation une fois pour toutes. On entendit dire que l'hôpital St Georg avait été sommé de libérer des lits et de les tenir disponibles pour les blessés. L'ambiance en ville était excessivement électrique, on craignait des actes de violence le lundi suivant.

Lorsque Friedeward entra à l'Institut le 9 octobre, il apprit que douze de ses étudiants avaient été tirés de leur lit à l'aube et arrêtés. Sur ce, il annula ses cours et se rendit à la préfecture de police, pour se renseigner et prêter assistance à ses étudiants. Au bout de plus de trois heures, on fut en mesure de lui dire dans quelle maison d'arrêt les jeunes gens avaient été conduits et de lui donner le nom du procureur. En fin d'après-midi, Friedeward réussit enfin à le convaincre de relâcher les étudiants, par manque de preuves. Les étudiants se confondirent en remerciements, ils se séparèrent après s'être donné rendez-vous pour le soir même. Comme chaque semaine, Friedeward se joignait à eux pour manifester. Se placer devant ses élèves si la violence de l'État les menaçait faisait partie du devoir et de la responsabilité d'un professeur, lui semblait-il.

Alors qu'il arrivait à l'Institut, la secrétaire se précipita sur lui pour l'avertir que le professeur Kurt Masur avait déjà appelé trois fois et le priait de le rappeler au plus vite, c'était urgent. Friedeward lui téléphona immédiatement et expliqua au chef d'orchestre qu'il avait passé toute la journée à la préfecture de police et à la maison d'arrêt pour faire libérer quelques-uns de ses étudiants, ce qu'il avait finalement obtenu. Il s'enquit de ce que Masur attendait de lui et le Kapellmeister du Gewandhaus lui expliqua qu'il avait rédigé avec quelques personnes qui partageaient ses opinions un appel à la non-violence qui serait lu dans l'église à la suite des prières du lundi, ainsi qu'à la radio avant et pendant la manifestation. On aurait souhaité le compter parmi les signataires, mais c'était trop tard, il venait justement d'enregistrer le texte pour Radio Leipzig. Les deux hommes prirent congé, très inquiets, le souvenir du massacre sur la place de la Paix Céleste à Pékin quelques mois auparavant était encore dans toutes les mémoires, et ils redoutaient tous les deux un scénario analogue à Leipzig.

Lorsque le soir Friedeward approcha du lieu de rassemblement, il fut stupéfait. Une immense foule humaine s'était réunie et s'ébranlait dans le calme. Les forces de l'ordre étaient prêtes à intervenir, mais on ne leur en fournit pas le prétexte. L'ambiance était tendue, mais pacifique, manifester dans le calme son mécontentement vis-à-vis de l'État et du gouvernement fit naître chez les manifestants le sentiment qu'ils avaient déjà gagné.

L'État se désagrégea en quelques semaines, se décomposa, se rétrécit, et ses citoyens incrédules constataient qu'était subitement possible ce qui, peu de temps avant, était encore impensable. Soulagement et euphorie se firent jour, mais aussi le souci de l'avenir. Les espoirs imprécis d'autrefois se transformèrent en attentes, soudain une autre vie était à portée de main, dans un État de droit démocratique dans lequel chacun pourrait vivre heureux comme il l'entendait.

À l'université aussi, il y eut des changements profonds. La présidence dut démissionner en bloc, dans les différentes facultés des enseignants furent remerciés et les Instituts de sciences sociales luttèrent pour leur survie. Ces Institutions très proches de l'État étaient menacées de fermeture, professeurs et chargés de cours craignaient le chômage qui entraînerait la perte de leur réputation.

Un président fut nommé par intérim et, peu après, avec l'accord d'un grand nombre de chargés de cours et d'étudiants de toutes les facultés, Carsten Johannes Cornelius fut nommé président de l'université, lui qui avait accédé au rang de professeur seulement trois ans auparavant. Cornelius était co-fondateur de *L'initiative pour une refondation démocratique* de l'université, désormais sa tâche, son devoir étaient de mettre en place cette refondation en tenant compte des directives du gouvernement du Land à Dresde. Six mois plus tard, il avoua à ses amis qui l'avaient poussé à accepter le poste, qu'il regrettait déjà d'avoir cédé à la tentation du pouvoir, car ce que le ministre attendait et exigeait de lui n'était rien d'autre qu'une série de licenciements.

L'année suivante Friedeward, à la suite du démantèlement de la coopérative locative, acheta son appartement et celui de Jacqueline, les logements étaient proposés aux locataires à un prix avantageux. Il songea à adopter Moritz, pour que celui-ci puisse hériter du logement s'il mourait. L'idée qu'à son âge il pouvait encore être adopté amusa le jeune homme, mais Friedeward lui rétorqua que, dans le cas contraire, Jacqueline serait la seule héritière, or elle possédait elle-même un appartement à Dresde et était suffisamment pourvue.

– Fais ce que tu crois devoir faire, Friedl, je suis satisfait de ce que j'ai. S'il ne tient qu'à moi, tu n'as pas besoin de m'adopter.

Les réunions mensuelles du Collège du tabac continuèrent après les bouleversements, même si trois des professeurs avaient été mis à la retraite anticipée et venaient maintenant aux soirées du jeudi en tant que retraités. Seul Cornelius, le nouveau président, avait quitté le groupe, ses obligations ne lui permettaient plus ce genre de distractions, les directives et décrets venant de Dresde lui valaient une journée de travail de douze heures, sept jours sur sept. Il avoua à Friedeward que c'était moins le côté physique du travail qui l'épuisait que la pression psychologique à laquelle il était soumis et pour laquelle il n'était vraiment pas fait.

– Évaluer, dégraisser, reconstruire, voilà les tâches actuelles d'un président. Je dois licencier des milliers de collègues et de collaborateurs, se plaignit-il auprès de son ami.

– Des milliers ?

Friedeward était consterné.

– D'après les prescriptions du ministère nous devons caler notre mode de fonctionnement sur le modèle ouest-allemand. Les facultés doivent être dégraissées, plus d'un collaborateur sur deux renvoyés, des professeurs, des chargés de cours, des bibliothécaires... Voilà ce qu'on entend à Dresde par reconstruction démocratique de l'université. Non, c'est intolérable.

– Et qui doit partir ? Les fonctionnaires du Parti, les collaborateurs de la Sécurité de l'État, les spécialistes des sciences sociales ?

– Eux bien sûr, en tout premier lieu. Mais cela ne fait même pas un quart du personnel à licencier. Ici, nous n'avions pas seulement des fonctionnaires, mais aussi des spécialistes qui ont servi l'université toute leur vie et ont en partie participé à la révolution. Il faut que je me sépare de gens bien, des chargés de cours et des professeurs méritants. Et que je les envoie tous au chômage. Car, s'il te plaît, que doit faire un chargé de cours en pédagogie de cinquante ans, une linguiste de cinquante ans sur le prétendu marché libre du travail. Personne n'en a besoin, ce sont des hommes de sciences, des enseignants et des chercheurs qui ne savent rien faire d'autre. Comment le pourraient-ils aussi ? Qu'est-ce que ce marché libre tant vanté pourrait bien faire de nous deux, Friedeward ? Rien !

Deux mois après cette conversation avec Friedeward, Cornelius dut signifier à son ami Dieffenbach, professeur de physique fondamentale, que l'université ne pouvait plus continuer à l'employer, le planning qu'on lui avait transmis le forçait aussi à cette suppression de poste, il l'en informait déjà maintenant, c'est-à-dire trois mois avant la décision officielle, pour que Dieffenbach puisse immédiatement poser sa candidature ailleurs. La décision avait été prise, ajouta Cornelius, il ne pouvait rien faire pour lui. Dieffenbach s'en doutait déjà, il connaissait des situations analogues dans des universités ouest-allemandes qui étaient pourtant beaucoup moins bien pourvues et avaient un nombre d'enseignants très insuffisants par rapport à celui des étudiants de sa propre faculté. Avec un collègue il avait déjà envisagé la possibilité de créer en Saxe une usine de panneaux photovoltaïques et n'était pas inquiet pour son avenir professionnel. Il eut la générosité de consoler son ami Cornelius, désespéré de devoir le licencier.

Le 1er juin 1993, un mardi, un courrier du gouvernement du Land arriva à la présidence de l'université de Leipzig, par lequel le ministère informait le président que, dans une antenne extérieure de la Commission fédérale en charge des archives de la Sécurité de l'État, on avait trouvé un document attestant indubitablement une collaboration du professeur Friedeward Ringeling avec la Stasi. Pour cette raison, il était classé dans la catégorie des collaborateurs non officiels de la Stasi et on devait mettre fin à son contrat de travail après un examen approfondi et immédiat de son cas, car dans deux déclarations faites sous serment il avait nié, contrairement à la vérité, toute collaboration et même tout contact avec des collaborateurs du ministère pour la Sécurité de l'État. Une copie de ce document était jointe à la lettre, il s'agissait du rapport signé par Friedeward au retour de son voyage à Vienne et, à côté de sa signature, le tampon de la Sécurité de l'État, la date, un numéro de dossier, de même que la mention manuscrite anonyme signalant que l'officier traitant, M. Morschke, déconseillait toute reprise de contact avec F.R.

Le président, Cornelius, se laissa quelques minutes après la réception de cette lettre avant d'appeler l'Institut de germanistique et de prier la secrétaire de prévenir Friedeward qu'il devait immédiatement se rendre au rectorat.

Friedeward se présenta une heure plus tard, Cornelius montra la lettre du ministère à son ami, qui lui raconta toute l'histoire du voyage à Vienne, et lui parla aussi des insinuations le menaçant de rendre publique son homosexualité. Cornelius, qui s'était douté qu'il s'agissait d'une affaire de ce genre, l'assura que tout était clair, il allait téléphoner au ministre et tout lui expliquer. Au cas où un coup de téléphone ne suffirait pas, il irait lui parler personnellement, de toute façon il devait se rendre dans quinze jours au ministère. Soulagé, il prit congé de Friedeward qui sortit de son bureau, un peu sonné. Désormais Cornelius était lui aussi au courant. Toute sa vie, Friedeward avait veillé à cacher son penchant, lors de rendez-vous secrets au Waldplatz et des rencontres de fortune, quand il séjournait dans d'autres villes il avait constamment été attentif à ne jamais avoir des contacts avec des hommes appartenant à son domaine professionnel, même marginalement. Et voilà que cette vieille histoire le rattrapait.

De retour chez lui, il écrivit à son ancien ami. Il avait suivi de loin la carrière de Wolfgang et savait qu'il était actuellement cantor à Cologne. Il lui proposa un rendez-vous dans le lieu qui lui convenait, à Cologne, Leipzig ou Berlin, c'était une question de vie ou de mort et son ami lui devait ce geste d'amitié.

La conversation téléphonique de Cornelius avec le ministre resta sans effet, car ce dernier devait suivre les décisions de la Commission fédérale, il ne pouvait pas passer outre, dit-il, et ne pas prendre les résultats avec grand sérieux.

Deux semaines plus tard Carsten Cornelius se rendit chez le ministre et, de Dresde, il appela Friedeward. Il avait de bonnes nouvelles, lui dit-il, qu'il passe le voir dans la matinée le lendemain.

Friedeward s'y rendit sans espérances excessives et d'humeur assez morose. Il était préoccupé, car “son Wölfchen” ne lui avait pas répondu – Wolfgang Zernick était resté au cours des années son seul véritable ami, par la suite aucune des rencontres n'avait eu cette intimité, connu ce sentiment de bonheur partagé, cette légèreté d'être ensemble.

Cornelius lui apprit qu'il avait pu expliquer au ministre les tenants et les aboutissants de l'histoire, lui avait raconté la tentative de chantage exercée par ce M. Morschke et avait pu le convaincre que Friedeward était blanc comme neige. Il n'était plus question de le licencier, le ministre demandait seulement à Friedeward de rédiger une lettre dans laquelle il décrirait lui-même cette tentative de recrutement dans ses moindres détails. Le ministre classerait son courrier dans la case confidentielle pour le tenir sous clé autant qu'il le pouvait.

– Il faut que j'écrive, Carsten ?

– Oui, et s'il te plaît, sans laisser de blancs.

– Je dois m'asseoir et écrire que je suis pédé. Ça, je ne le peux pas. C'est complètement exclu.

– C'est confidentiel et ça le restera. Personne n'aura connaissance de ce que tu auras écrit. Et le ministre en a besoin, s'il ne veut pas suivre la décision de la Commission fédérale.

– Carsten, tu peux me garantir que ce papier ne tombera dans les mains de personne ?

Son ami ne répondit pas tout de suite, mais se contenta de le regarder. Puis il dit en secouant légèrement la tête :

– Non, Friedeward, je ne peux pas te le garantir. Il m'a promis de ne le montrer à personne. Mais si la situation s'avérait difficile pour lui, si la Commission protestait contre sa décision, si ton rapport de voyage tombait dans les mains d'un journaliste, s'il l'ouvrait ou si l'un de ces défenseurs des droits de l'homme s'en mêlait, un de ces fous furieux, il n'hésiterait pas une seconde à sortir ta lettre pour se justifier. Pour montrer que tu n'es pas l'acteur, mais la victime. Car notre société de classes est comme ça, il y a la classe des coupables et celle des victimes. Il rendrait ta lettre publique pour sauver son poste et sa tête.

– C'est exactement ce que je craignais, car sinon pourquoi a-t-il donc besoin d'un écrit. Non, Carsten, non. Je ne le veux pas, je ne le ferai pas.

Son ami chercha à le convaincre, le conjura de se conformer au désir du ministre, car dans le cas contraire il serait obligé de le congédier pour obéir aux ordres.

– Mon Dieu, Friedeward, ce n'est pourtant pas grave et il y a longtemps que ce n'est plus répréhensible. Rends-toi ce service et écris. Rends-moi, s'il te plaît, ce service. Tu verras, quand bien même cela deviendrait public, combien de gens ne t'en apprécieront que davantage.

Friedeward n'arrêtait pas de nier de la tête, sa respiration était devenue audible. Puis il regarda fixement devant lui.

– Non, Carsten, finit-il par dire, en aucun cas. Je ne recevrai plus jamais un coup de fouet. Je ne permettrai pas non plus que ma vie et tout ce que j'ai réussi soient foulés au pied. Je ne le permets pas. Je ne le permettrai jamais.

Sur ces mots, il donna l'accolade à Cornelius avec un sourire qui implorait le pardon, tourna les talons, sortit du bureau et fila chez lui.

Le lendemain, alors que Jacqueline était au théâtre, à Dresde, on lui apporta une lettre exprès de Friedeward. Elle en brisa le sceau immédiatement et ouvrit l'enveloppe. Elle en sortit en premier trois feuillets attachés ensemble, le testament de Friedeward ainsi que l'attestation officielle de sa demande d'adoption du jeune homme majeur, Moritz Karsunke, qu'il avait déposée au printemps. Un billet manuscrit était agrafé au testament, dans lequel Friedeward léguait à sa femme sa bibliothèque et à son fils adoptif la petite somme d'argent qui se trouvait sur son compte ainsi que son appartement. Il la priait de veiller, en tant que son épouse, à ce que ses volontés soient exécutées sans difficulté. Il avait antidaté le testament pour ne pas éveiller d'éventuels soupçons sur sa santé, elle devait donc déchirer immédiatement ce billet. Dans une seconde lettre jointe, elle aussi scellée, il la priait de venir immédiatement à Leipzig dans leur ancien appartement commun, mais si possible accompagnée, et en présence des services d'urgence et de la police, car, avait-il écrit, il se trouvait "dans un état incontrôlé". La lettre se terminait par ces mots : "Je te remercie, Jacqueline. Pardonne-moi. Je n'avais pas d'autre choix. Friedeward. Leipzig, le 18 juin 1993."

Une demi-heure plus tard, Jacqueline était dans le train en direction de Leipzig. Elle se rendit au commissariat de police le plus proche de l'appartement de Friedward, montra au commissaire la lettre de ce dernier et le pria de la faire accompagner. Il voulut savoir pourquoi elle était tellement certaine qu'il s'agissait d'un suicide, ce à quoi elle répondit qu'un détail de sa lettre l'en avait persuadée, en outre elle connaissait son époux.

Elle se rendit en compagnie de deux policiers en civil dans leur appartement. Elle eut du mal à trouver immédiatement la bonne clé, elle l'avait utilisée trop rarement ces dernières années. Les policiers lui demandèrent d'attendre devant la porte et pénétrèrent seuls dans le logement. Cinq minutes plus tard, ils la firent entrer. Ils lui dirent que ses pressentiments s'avéraient exacts, son mari était inanimé dans la baignoire, tout indiquait qu'il s'était donné la mort, il s'était ouvert les veines, la police scientifique était déjà informée, elle allait arriver, en même temps qu'une ambulance d'urgentistes. Ils lui demandèrent si elle voulait voir le cadavre de son mari, ce n'était pas un beau spectacle. Mais Jacqueline insista. Après lui avoir fortement recommandé de ne toucher à rien, pas même au défunt pour ne pas compliquer le travail de la police scientifique, ils lui ouvrirent la porte de la salle de bains.

Friedeward était allongé dans la baignoire, enveloppé de son peignoir de bain blanc qui avait pris une teinte rougeâtre. Une bouteille de vin rouge, ouverte, était posée sur le rebord de la baignoire ainsi qu'un verre à moitié plein. À côté on apercevait un minuscule flacon de médicaments qui, d'après l'étiquette, provenait des Pays-Bas, et un petit couteau de cuisine, courbé comme une minuscule faucille. Friedeward avait l'air détendu, l'expression de son visage était presque joyeuse, sa bouche était légèrement ouverte, son menton touchait la surface de l'eau.

Jacqueline fixa le défunt pendant quelques instants, puis elle se détourna et sortit de la salle de bains.

Les policiers lui demandèrent si elle avait remarqué quelque chose d'inhabituel, dans la salle de bains ou dans les autres pièces. Elle leur répondit que l'appartement était rangé.

– Son bureau est en ordre comme il ne l'a jamais été, poursuivit-elle, d'habitude il y avait des piles de manuscrits et de livres, sur sa table de travail il n'y avait pas un millimètre de libre, partout des stylos, du papier, des articles de journaux. Mon mari a dû passer des heures, pour ne pas dire des jours, à ranger.

– Nous venons de trouver cette lettre. Vous pouvez la lire, mais ne la touchez pas.

Elle s'approcha de la table. De la belle écriture régulière de Friedeward, il n'y avait que ces quelques mots : *"Je m'en suis allé las de tout. Friedeward Ringeling. Leipzig, le 18 juin 1993, 22 h 30."*

Les policiers l'informèrent que la police scientifique en avait pour quelques heures et elle ne pouvait pas rester seule dans l'appartement pendant ce temps-là. Elle répondit qu'elle irait chez une amie, y passerait la nuit et pouvait donc leur confier la clé. On prit rendez-vous pour le lendemain, elle viendrait au commissariat pour récupérer sa clé et avoir les résultats de l'enquête.

Elle retrouva Herlinde en ville, elles passèrent la soirée chez elle, parlèrent de Friedeward, se souvinrent de Wolfgang et des bons moments qu'ils avaient passés tous les quatre.

Le lendemain, Jacqueline se rendit au commissariat, apprit que la dépouille avait été emmenée à l'Institut médico-légal et ne serait certainement pas restituée avant au moins trois jours. Le premier examen avait révélé que le défunt avait vraisemblablement ingurgité un barbiturique non autorisé dans le pays, un hypnotique à l'effet de courte durée du nom de Thiopental, et s'était ainsi endormi sans douleur. Seuls les examens en laboratoire permettraient d'avoir des informations plus précises. Elle remercia, traversa la ville, un peu sonnée, et s'acheta une écharpe en soie. Elle avait rendez-vous avec Herlinde à treize heures au café Corso, ensuite elle voulait appeler les collègues du théâtre pour se mettre d'accord avec eux et décider qui en son absence pourrait la remplacer, car elle devrait rester à Leipzig deux ou trois jours pour préparer les obsèques et faire les démarches administratives nécessaires.

Jacqueline attendait Herlinde devant la porte du café. À l'intérieur des femmes âgées étaient assises dans leur coin habituel près de la fenêtre, des veuves qui mangeaient un gâteau, spécialité de Leipzig, buvaient du café et n'arrêtaient pas de jacasser. Au fond de l'établissement, il y avait des étudiants attablés devant un café et une vodka. Jacqueline demanda à Herlinde où elle voulait s'asseoir, une table à l'avant ou derrière, et elle répondit qu'elle ne voulait en aucun cas s'asseoir près des vieilles bonnes femmes, car on ne s'entendait même pas parler.

Avant que Jacqueline ait pu lui raconter ce qu'elle avait appris au commissariat, son amie la surprit en lui annonçant que le président Cornelius avait le matin même annoncé sa démission avec effet immédiat dans une lettre ouverte au ministre. Il avait envoyé une copie de cette lettre par coursier à toutes les facultés, une amie l'avait appelée il y a une heure et la lui avait lue, elle était accrochée au panneau d'affichage. Cornelius avait informé le ministre qu'il se sentait manipulé par le gouvernement du Land, les universités étaient aujourd'hui à nouveau gouvernées d'en haut, la science était planifiée par des concours d'excellence bureaucratiques, par manque d'argent on soutenait des projets de recherche peu sérieux. Le malheureux processus de démontage organisé par le gouvernement du Land avait détruit le paysage intact et sain des universités, l'université était tombée dans les mains de liquidateurs, le doyen mis en place à la faculté de droit se conduisait comme un officier colonial. La RDA disparue à juste titre avait déjà commis les mêmes erreurs, mais la dictature du SED ne se serait jamais permise de toucher aux biens propres de l'université, à ses bâtiments, terrains, forêts, alors que le nouveau gouvernement du Land, lui, se le permettait et vendait ce qui appartenait à l'université. Pendant des siècles les citoyens de Leipzig avaient couché sur leur testament cette université qui, après celle de Heidelberg, était la plus ancienne d'Allemagne. Mais le gouvernement vendait ces biens qui ne lui appartenaient pas, il les bradait carrément. Le gratte-ciel de l'université avait été laissé pour seize millions de marks à une banque, qui l'avait peu après revendu pour le double. L'université avait réellement été expropriée bien que ce soit elle qui du temps de la RDA ait été inscrite au cadastre comme propriétaire. Au lieu de procéder à un renouveau démocratique de l'université, il avait dû remercier sept mille de ses collaborateurs, sept mille des douze mille présents auparavant et, parmi eux, des personnes qui avaient apporté à l'université son éclat et préparé le changement d'une façon déterminante. La mort de Friedeward Ringeling était pour lui la goutte d'eau qui avait fait déborder le verre. Et la lettre se terminait par ces mots : "*Plus avec moi.*"

– Il l'a réellement écrit dans sa lettre ouverte ? Formidablement courageux, notre Cornelius.

– Oui, et l'agitation est à la mesure de la lettre. Mon Dieu, Jackie, il va y avoir un monde fou à cet enterrement. Quasiment une manifestation. Comment comptes-tu t'y prendre ?

– Tu peux m'aider, Herlinde.

– Oui, bien sûr, mais comment ? Tu es officiellement son épouse, les gens s'étonneraient que je m'occupe de l'enterrement. Je ne suis qu'une amie. Nous ne voulons certainement pas que le secret de Friedeward soit révélé. Il se retournerait dans sa tombe avant même d'y être.

– Il faut que tu m'aides, ce que les gens pensent de moi, de nous, m'est complètement égal. Friedeward s'est dissimulé toute sa vie et cela lui a justement coûté la vie. Laisse les gens penser et cancaner comme ils veulent. Nous ne nous cacherons plus jamais. C'est parti. Prenons notre envol.

– Envol ? Mon Dieu, j'ai soixante-quinze ans, une arthrose horrible, je me promène en ville en boitillant, et toi, dans trois ou quatre ans, tu seras à la retraite. Quel envol devrions-nous prendre ?

– J'en ai rien à foutre de ton arthrose, répondit Jacqueline en riant. Viens Herlinde, c'est bon.

Et elle se pencha sur son amie et l'embrassa. Herlinde se défendit et essaya de la repousser, mais Jacqueline avait placé sa main autour de sa tête et pressait fermement ses lèvres sur sa bouche. Des étudiants à la table voisine les remarquèrent, se poussèrent du coude, amusés, et se mirent à applaudir avec enthousiasme. À une autre table, un groupe de filles fit de même en riant. Herlinde repoussa son amie de toutes ses forces, jeta un regard effrayé sur l'assistance réjouie des étudiants qui les regardaient et poussa un profond soupir. Les étudiants des tables restantes se mêlèrent au concert, sans savoir toutefois ce qu'il se passait ni qui on applaudissait et pourquoi. Le vieux serveur, toujours grognon, se montra dans l'encadrement de la porte de la cuisine, jeta un regard empreint de mauvaise humeur à ses clients débridés et disparut en hochant la tête. L'effroi de Herlinde se calma et elle se mit à rire. Puis elle cala sa tête contre l'épaule de Jacqueline.

– Mon Dieu, Jackie, nous prenons notre envol, chuchota-t-elle.

Elle ferma si lentement les yeux qu'on aurait pu croire qu'elle ne voulait plus jamais les ouvrir :

– Notre envol, Jackie, notre envol !

D'une main elle saisit la joue de Jacqueline, la caressa en murmurant :

– Mon Dieu, que c'est bon !

BIBLIOTHÈQUE ALLEMANDE
dirigée par Nicole Bary

Vicki BAUM
Hôtel Berlin 43

Marcel BEYER
Kaltenburg
Secrets

Volker BRAUN
Le Roman de Hinze et Kunze
Le Grand Bousillage

Sherko FATAH
En zone frontalière
Petit Oncle
Le Navire obscur
Un voleur de Bagdad
Otages

Lion FEUCHTWANGER
Les Enfants Oppermann

Fritz Rudolph FRIES
Les Nouveaux Mondes d'Alexandre

Roman GRAF
Monsieur Blanc

Maja HADERLAP
L'Ange de l'oubli

Christoph HEIN
La Mise à mort
Le Jeu de Napoléon
La Fin de Horn
L'Ami étranger
Willenbrock
Dès le tout début
Prise de territoire
Paula T. une femme allemande
Le Noyau blanc
L'Ombre d'un père

Stephan HEYM
Chronique du roi David

Wolfgang HILBIG
Provisoire

Jochen JUNG
Venezuela
Une lame si douce

Gerhard KÖPF
La Chouette, le facteur et le perroquet
Le Fou de Hemingway

Angela KRAUSS
À tire-d'aile

Kristof MAGNUSSON
C'était pas ma faute
Urgences et sentiments

Inger-Maria MAHLKE
Archipel

Andreas MAIER
Le Mardi de la forêt

Thomas MELLE
3 000 euros
Le Monde dans le dos

Herta MÜLLER
La Convocation

Melinda NADJ ABONJI
Pigeon, vole
Le Soldat-tortue

Christoph PETERS
Hanna endormie

Elisabeth REICHART
Viens, traverse le lac

SAÏD
Paysages d'une mère lointaine

Evelyn SCHLAG
L'Ordre divin des désirs

Ruth SCHWEIKERT
Ohio

Anna SEGHERS
La Septième Croix

Erich Wolfgang SKWARA
Esquisse d'un retour

Galsan TSCHINAG
Ciel bleu
Le Monde gris
Vingt jours et un
Sous la montagne blanche
L'Enfant élu
Chaman

Vladimir VERTLIB
L'Étrange Mémoire de Rosa Masur
Lucia et l'âme russe
Un zèbre dans la guerre

Natascha WODIN
Elle venait de Marioupol

Cet ouvrage a été composé par
Atlant'Communication
au Bernard (Vendée)

ACHEVÉ D'IMPRIMER SUR ROTO-PAGE
PAR L'IMPRIMERIE FLOCH À MAYENNE
EN FÉVRIER 2024

N° d'édition : 2054001 – N° d'impression : 104323
Dépôt légal : avril 2024

Imprimé en France